空母「翔鶴」から発進する九九式艦上爆撃機。著者は、昭和10年6月、横須賀海兵団に入団、普通科・高等科信号術練習生を卒業。空母「加賀」「赤城」「蒼龍」乗り組みをへて、16年4月、第1航空艦隊司令部付として「赤城」に乗艦。17年7月には、第3艦隊司令部付として「翔鶴」乗り組みとなった。

(上)インド洋作戦における「赤城」艦上の九七式艦上攻撃機。飛行長淵田美津雄中佐の乗機である。(下)昭和17年10月26日、南太平洋海戦当日の「翔鶴」の艦上。零式艦上戦闘機、九九艦爆などが見える。

NF文庫
ノンフィクション

新装版
機動部隊の栄光
艦隊司令部信号員の太平洋海戦記

橋本 廣

潮書房光人新社

機動部隊の栄光——目次

第四章　インド洋の波濤

第五章　炎のミッドウェー

第六章　旗艦「翔鶴」の航跡

写真提供／著者・雑誌「丸」編集部
米国立公文書館

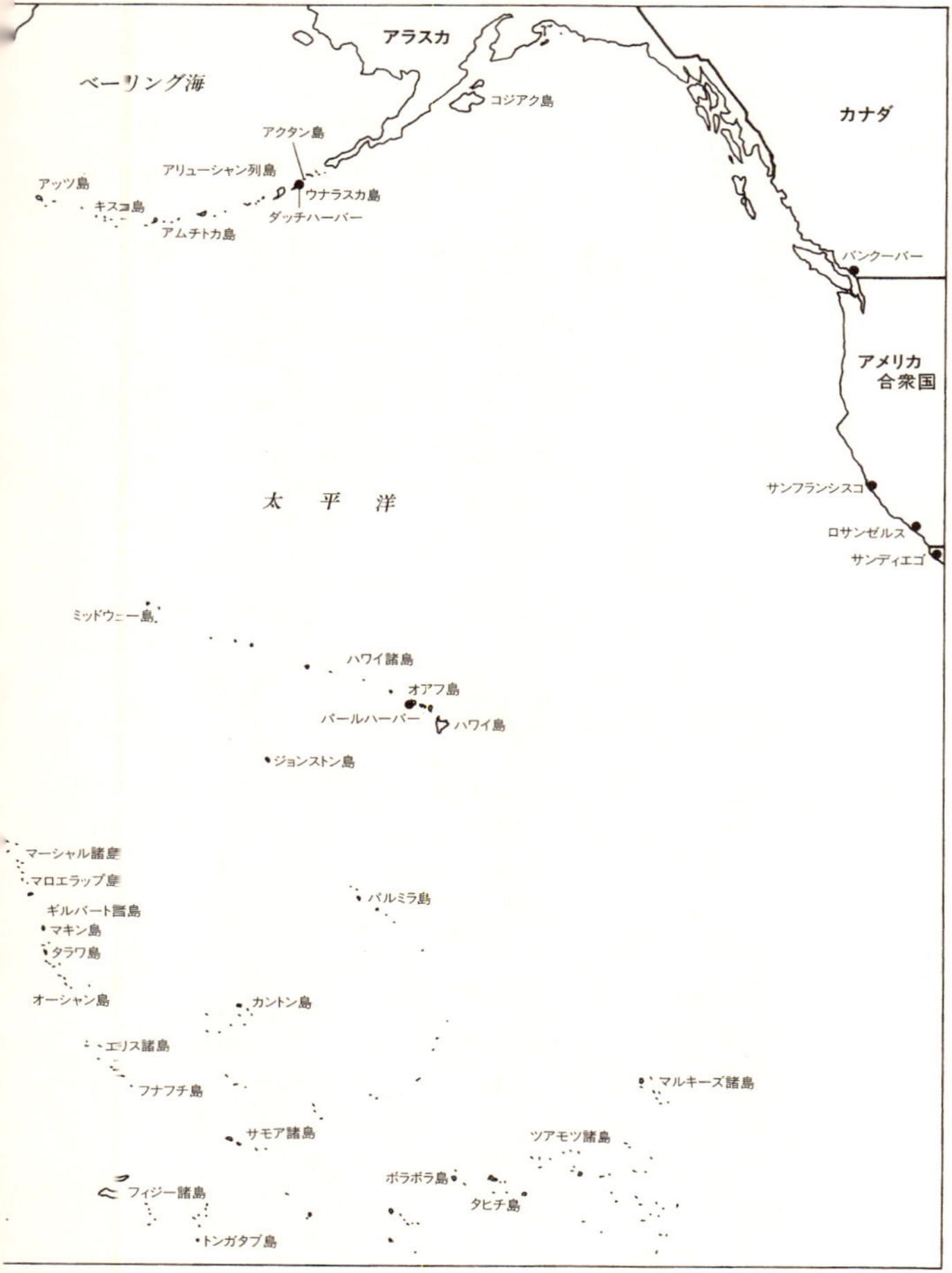
アラスカ
ベーリング海
コジアク島
カナダ
アクタン島
アリューシャン列島
アッツ島
ウナラスカ島
キスカ島
ダッチハーバー
アムチトカ島
バンクーバー
アメリカ
合衆国
太　平　洋
サンフランシスコ
ロサンゼルス
サンディエゴ
ミッドウェー島
ハワイ諸島
オアフ島
パールハーバー
ハワイ島
ジョンストン島
マーシャル諸島
マロエラップ島
ギルバート諸島
マキン島
タラワ島
パルミラ島
オーシャン島
カントン島
エリス諸島
フナフチ島
マルキーズ諸島
サモア諸島
ツアモツ諸島
ボラボラ島
タヒチ島
フィジー諸島
トンガタブ島

太平洋戦域要図

ソビエト社会主義共和国連邦
オホーツク海
カムチャツカ半島
コマンドルスキー諸島
黒龍江
樺太
ハバロフスク
千島列島
ウルップ島
択捉島
国後島
満州国
哈爾浜
長春
ウラジオストク
千歳
ウランバートル
ノモンハン
蒙古人民共和国
北京
大連
京城
日本海
三沢
日本
黄河
黄海
呉
東京
洛陽
鈴鹿
松山
中華民国
南京
大村
鹿屋
武漢
上海
重慶
揚子江
琉球列島
沖縄
ブータン
インド
台北
台湾
高雄
硫黄島
南鳥島（マーカス島）
ビルマ
香港
ハノイ
海南島
ベンゲット
フィリピン海
マリアナ諸島
ウエーク島
ラングーン
タイ
バギオ
ルソン島
仏領インドシナ
マバラカット
テニアン島
サイパン島
バンコク
マニラ
フィリピン
グアム島
プノンペン
サイゴン
エニウェトク島
南シナ海
レイテ島
クェゼリン島
ヤップ島
ウルシー島
シンゴラ
ブルネイ
ダバオ
パラオ諸島
カロリン諸島
コタ・バル
英領ボルネオ
ミンダナオ島
トラック島
ポナペ島
シンガポール
セレベス島
ボルネオ島
マノクワリ
ビアク島
アドミラルティー諸島
ナウル島
パレンバン
バリクパパン
蘭領東インド
ケンダリー
アイタペ
ラバウル
スマトラ島
ジャワ海
マカッサル
ニューギニア
ラエ
ニューブリテン島
ソロモン諸島
ジャカルタ
スラバヤ
サラモア
バンドン
ジャワ島
クーパン
チモール島
ポートモレスビー
ガダルカナル島
インド洋
ポートダーウィン
珊瑚海
エスピリッサント島
ニューヘブリデス諸島
オーストラリア
ニューカレドニア島
ヌーメア

機動部隊の栄光

艦隊司令部信号員の太平洋海戦記

プロローグ

昭和十六年十一月十七日夜、空母「赤城」は艦隊の集結地である千島列島の択捉《エトロフ》島単冠《ヒトカップ》湾を目指して佐伯湾を隠密裡に出港した。最後の戦備作業も、佐伯に入港する前、佐世保で完了し、飛行機隊も回航の途次、収容していた。

明けて十八日午後、「手空き乗員、飛行甲板集合」の号令が、艦内スピーカーによって伝達された。当直非番の私も、事務室を出て艦橋前面の飛行甲板に集合した。このときの説明者は、「赤城」青木艦長ではなく、司令部の草鹿龍之介参謀長であった。

その要旨は、現在の「赤城」の行動を通じて機動部隊諸艦が個別に単冠湾に向かって北上中であること、日米開戦の止むなきにいたった経緯、作戦の概要および乗員の心構えなどについてで、縷々《るる》説明された。

私としては、司令部の職員として、戦備作業の過程、あるいはハワイまでの行動予定図、それに攻撃予定期日までにいたる三十数隻の潜水艦の配備図まで、雀部《ささべ》航海参謀の指示で記入させられていたので、格別に目新しいことは何もなかった。

しかし、ただひとつ草鹿参謀長の説明の中で心に残ったことがあった。それは終戦の目途についてであった。

アメリカ人は自由主義の国で、戦争意識が低く、かつ婦人、あるいは母親の反戦気分が強いから、戦闘の中途で厭戦気分になり、戦争終結につながるのではないか、というくだりであった。

説明を受けている直後から、海軍の首脳部は、何と安易な他力本願の希望的な観測を目標にして戦争を始めるものだ、もしこれが反対の結果が出た場合はどうするのか、また出ないという保証は誰がするのかと懸念された。

実際に日本海軍の真珠湾奇襲によって、アメリカは多数の艦艇、飛行機、人員の損害をこうむり、その結果、アメリカ国民の戦意はいっぺんに高揚し、「リメンバー・パールハーバー」を声高に唱えて日本人を憎悪し、打倒日本に立ち上がらせることになったのだ。

その十二月八日、ハワイ海戦の当日、「赤城」艦橋上においては、未明より薄暮までの信号交信による戦務作業で、私は心身ともにくたくたになっていた。

戦果はあがり、艦内は湧き立っていた。麾下《きか》空母から、攻撃隊の戦果および損害状況の報告信号が寄せられてくる。

戦果はここに挙げるまでもないが、損害機については戦闘機九機、艦上爆撃機十五機、艦上攻撃機五機、計二十九機の未帰還機を数えた。また未帰還および機上戦死の搭乗員は五十五名、被弾機は第一次、第二次あわせてじつに百十一機を数えていた。

だが、柱島泊地にあった連合艦隊首脳の生活は、優雅そのものであったと聞く。昼食などでは平時と変わりなく、軍楽隊の演奏する中、フランス料理のフルコースであったとか。この様相はミッドウェー敗戦後、連合艦隊司令部がガダルカナル作戦のため、トラック島に進出してからもつづいていたのである。

目前のガ島において、大勢の陸軍の兵隊が死闘を演じ、満足な弾薬、食料すらあたえられずに苦戦し、一方、それらの将兵に補給あるいは引き揚げに奔走する駆逐艦などの損害が、日々に増していく情勢の中にあっても、事情は少しも変わらなかった。

戦艦「大和」「武蔵」とは泊地は違っていても、私の乗艦する「翔鶴」の艦橋の望遠鏡でながめると、昼食のため十二時十五分前ごろには、「大和」の後甲板には軍楽隊が整然と並び、演奏をはじめるのである。

第一章　海軍志願兵募集

〝カラス〟の誕生

生家は茨城県南部、利根川の下流、霞ヶ浦の北隣りにある北浦という周囲十七里ほどの湖のほとりにあった。行方郡大和村（現在麻生町）白浜という。漁業と農業を生業とする約百戸ほどの集落で、両親、橋本眞喜、同はなの男四人、女子二人の兄弟姉妹の二男として、大正七年九月二日、呱々《ここ》の声を挙げていた。

生家は祖父、奥次の代に分家して、自作、小作半々で、田一町三反、畑約六反ほどを耕作する集落内では、中級の農家であった。

幼少当時、日本国内は昭和初期の世界的経済恐慌の煽りを受け、不況の嵐は遠慮会釈もなく、農山漁村を襲い、集落内の一部裕福な自作農家を除いては、漁師も農家も、その生計を維持することに苦労している有様であった。しかし貧しいながらも、祖父母をはじめとして一家力をあわせて働き、日常の生活に困るほどではなかった。

六ヵ年にわたる尋常小学校の教程も無事終了し、私の希望としては、麻生町にあった麻生中学に進学したい希望を持っていたが、母より、「廣よ、家にはお前を中学に上げるだけの資力がないので、残念とは思うがあきらめるように」と訓《さと》された。

私としても、子供心にも何とかしてとも思ったが、如何とも為《な》しがたく隣りの村にある高等小学校に進学した。勉強も好きな方ではなかったが、小学校一年生から、優等生をつづけていた。

高等小学校二年の教程を終了して、家事の農業を手伝ってはいたが、半小作の農家では、とうてい田畑を分けてもらって分家するなどということは不可能であった。そうはいっても、農村には生活を維持するだけの職業もなかったのである。

数え年十七歳の春であった。用事があって、これも隣りの集落にあった村役場に行き、用事をすませて庭先の掲示板を見ると、大きなポスターに軍艦旗を背にした勇ましい水兵の姿を画いた「海軍志願兵募集」の記事があった。

読んでみると、なかなか面白そうであった。さっそく家に帰って、母に相談してみた。母は別に反対はしなかった。「ただお前がよいのならそれもよい。将来にわたっても、お前の希望するような状況にはならないと思うから」との話であった。ただし、父には万が一でも反対されると困るので、相談はしなかった。

数日後、ふたたび役場に赴き、兵事係に海軍志願の申し出をし手続きをしてもらった。ほどなくして、役場から試験の日時、場所の通知が来た。確か大和村からは、五、六人の志願者がいたように覚えている。

役場より通知のあった日時に、試験場所である麻生町尋常高等小学校に赴き受験した。科目は算数と国語で、普通くらいにはできたらしい。午後、学科試験通過者だけ、徴募官の機関大佐の人の面接が行なわれた。その人の「どのようなつもりで海軍を志願したか」との質問に、じつのところ、まだ年若い私には巧みなことは何も言えず、また考えてもいかなかった。仕方がないので、常々考えていたことを、ありのまま、つぎのように返事をした。

「自分は自作、小作半々の貧農の二男であり、進学することもできず、適当な就職先もない。現在、家事の農業を手伝ってはいるが、分家してもらう希望もない。また、農業はあまり好きではないので、海軍を志願した。もし採用になれば、一生懸命努力して身を立てたいと思います」

聞いていた徴募官は「ウーン」と言って、深くうなずいただけで、何も言わなかった。しばらくして「帰ってよろしい」と言われて、控えの場所に帰された。

控え室で待っていると、合格者の発表が行なわれ、その中に私の名前も入っていた。当日、行方郡下の百二十名の志願者中、採用試験に合格したのは、二十名だけであった。

夕方、家に帰り着き、兄に検査の様子と徴募官とのやりとりを話して聞かせた。そして「徴募官はただ『ウーン』といったきり、何も言わなかったよ」と、話して聞かせた。兄は「廣よ、それでいいんだ。それが真実のことなんだ。いかほど巧いことを言っても駄目なんだ」といってくれた。

約二ヵ月ほどして、採用通知とともに横須賀海兵団に入団する日時が郵送されてきた。「海軍水兵に採用す。昭和十年六月一日、横須賀海兵団に入団すべし。横鎮人事部」。通知書には、そのように記載されていた。通知書を見て、父は始めて私が海軍を志願したことを知ったのであった。

「お前は海軍を志願したのか」「うん」「務まると思うか」「やれると思う」

短いやりとりではあったが、別に反対とも、また特別に嬉しそうな様子も見せなかった。

余談ではあるが、父は徴兵による近衛歩兵一等卒の経歴を持っていた。

横須賀海兵団への入団まではあと一ヵ月と少ししかなかったが、約二十日ほどは、両親に対する親孝行だと思って、一生懸命に働いた。かくて入団日の二日前、五月三十日の朝、母が心尽くしの赤飯をつくってくれ、家族、親類の人たちと祝いの膳についた。なお食事後、出発準備のため奥の座敷で身仕度をしていたとき、いよいよ今日が最後で、家族やこの家とも別れかと思うと、何か辛さ、悲しさとは別に感無量となり、一時失神したおぼえがある。

幼少時から、特に私を可愛がってくれ、傍《かたわ》らで身仕度を手伝いながら、その様子を見ていた祖母が涙を流して、

「廣、お前は長男に生まれないために、こんなに若いのに、家を出なければならない。ほんとうにお前は可哀そうだ」

といって嘆いてくれた。しかし、若年とはいえ、男がいったん決心して軍籍に身を投ずる覚悟を定めた以上、女々しいことをいっている場合ではなく、心を強く持って家を出発した。

役場から、助役の箕輪庄平さんが、横須賀までの付き添いとして同行してくれた。途中、取手町に一泊、翌三十一日夕刻、横須賀市に到着、指定旅館に宿泊した。さすがに軍都横須賀といわれるだけあって、街中は所在の部隊、艦船からの外出（上陸）の水兵であふれていた。

旅館で夕食が終わり、いよいよ娑婆の生活も今夜限りかと思うと心残りがして、街に出てみたくなり、宿に近い町並みを散歩してみた。現在の安浦町付近であった。折から、道路脇に寿司の屋台が出ていたので、夕食後ではあったが、試しに五、六コつまんでみた。価は一コ三銭であったが、田舎者の私にはまことに美味《うま》かった。

そして翌六月一日、旅館で朝食を摂《と》り、午前八時頃、箕輪助役また同宿人と一緒に案内人に連れられて、海兵団に向かったのであった。米ヶ浜通りから日の出町、稲岡町を通り、稲南門を入って海兵団に通じるコンクリートの大きな道路を、右側に海軍工機学校、海軍病院を見ながら、左の軍法会議の行なわれる建物の前を右折する。すると、前方に横須賀海兵団と大きく標示された団門がある。それを過ぎ、なお歩を進めると、団内各所には大きな天幕を張り、新入団者を受け入れるため、くまなく準備がなされていた。

本年度の入団すべき志願者は、約二千人と聞いていた。これに同数近い付き添いの人たちを含めて、海兵団内は大変混雑していた。

指定された控えの場所に、箕輪助役を残して陣取る。所定の入団前の身体検査も無事通過し、所属する分隊、班もきまり、さっそく教班長の指示にしたがい、かねてから準備されていた軍服、靴、帽子、下衣、その他の手回り品を受領した。

教班長、あるいは助手の先輩水兵の指導にしたがって、今まで郷里から身につけてきた衣類を全部脱いで、真新しい下衣、水兵服に着替える。階級章のない、俗称「カラス」といわれた海軍四等水兵が出来上がったのであった。

一息入れる時間もなく、今まで身に着けていた衣類、履物をゆっくり畳んだりして、始末している暇もなく、そそくさと纏めて風呂敷きに包む。先の控え所で待っていてもらった箕輪助役のそばに駆け寄り、郷里出発以来、今までお世話になった御礼と、無事入団し、元気に軍務に就《つ》いた旨の父母への伝言と、衣類の包みを託して、早々に別れを告げたのであった。

カッター訓練。厳しさで知られる海兵団の新兵教育のひとつ

海兵団の日々

横須賀海兵団第二十三分隊第五教班——これが私の所属する分隊また教班であった。横志水二一八〇四、海軍における私の兵籍番号である。教班長は、赤池順吉という砲術科出身の一等兵曹であった。

入団第一日から、水兵としての教育が始まっていた。午後は衣類、靴などに氏名を記入し、寝具を受領した。始めて見る帆布製の釣床と、新品でふかふか純毛の毛布五枚に目を丸くした。

午後の作業も終わり、つづいて夕食の準備である。食器類の消毒、烹炊所から食品の受け取り、配食、そして就食の要領を、先輩水兵が模範演技をしながら指導してくれた。

このようにして数日が過ぎた後、一般水兵の中から、掌信号兵予定者の募集が行なわれた。五ヵ月間の新兵教育終了後、無試験で普通科信号術練習生となり、八ヵ月の教程を卒業して実施部隊に配属されるとのことだ。面白そうな話なので、応募することにした。これが、後年における海軍生活の転期になるのであった。

希望者の中から選抜された六十名が、普信練予定者となり、新しく第三十分隊が編成された。居住兵舎も、第三兵舎の二階から第四兵舎の一階に移動させられた。所属する班は、第一教班。教班長はやはり高砲の特技章をつけた若林宝則一等兵曹であった。分隊長が後年、第一航空艦隊司令部編成当時副官をつとめられた西林克己大尉（当時）であった。これも何かの縁であったと思う。ミッドウェー海戦後、内地に帰着するまでご一緒した。

それからの五ヵ月間にわたる新兵教育は、徒手、執銃、漕艇、通船、野外演習など、かなり厳しいものであった。最若年とはいえ、郷里における農作業、また農閑期における出稼ぎなどの重労働を経験している身には、大した苦痛には感じられなかった。むしろ同班の苦労知らずの連中が、教練や漕艇訓練で泣き言を言い、教班長に叱られている姿を見て、何と意気地のない奴だくらいにしか感じてはいなかった。

ただ腹の空くのには閉口した。満十七歳にも満たない少年兵で、郷里にいるときは農家の大飯食いで、間食も自由であったものが、定まった時間に定まった量だけでは、とうてい満足できるものではなかったのである。しかし、これも馴れるにしたがい、苦痛には思わなくなった。

昭和十年十一月一日、五ヵ月にわたる新兵教育期間も無事終了し、待望の三等水兵に進級、左腕に立ち錨の階級章もつけた。そのまま在団し、第五十一期普通科信号術練習生を拝命し、信号術を習得することとなった。

信号術というのは、艦船間、あるいは艦船と陸上との間に使用される視覚通信の総称で、モールス符号による発光、発音、また手旗、旗旒、型象そのほか九種類におよぶ通信法をマスターするのであるが、そのほかに喇叭《ラッパ》術（号音）もあり、いずれも地味な習練の積み重ねによる技術の習得であった。

八ヵ月間の普通科信号術練習生期間中は、別に特段のこともなかった。ただ昭和十一年となり、二月二十五日、練習生の東京見学が行なわれたが、夕方帰団した翌日、あの有名な二・二六事件が発生したのを覚えている。大雪の朝であった。朝黎明時、非常を告げる警急呼集の喇叭が、拡声器を通じて鳴り渡り、急いで起床し、一応武装した。

確か翌二十七日であったと思うが、事態を憂慮した連合艦隊の諸艦（「木曽」「山城」「扶桑」その他）が演習地より東京湾に姿を現わしたのを、泊練兵場より遠く眺めていた。

七ヵ月半の普信練生活は、厳しい間に夢中で過ごし、昭和十一年五月十五日、卒業と同時に同期生の千葉県出身、日改武雄三水、宮城県出身の沼下里見三水とともに、時の第十駆逐隊所属の駆逐艦「狭霧」乗り組みを命じられた。当時「狭霧」は、東京の霊岸島にあった石川島造船所において、船体補強のための特定修理を行なっていた。

五月十五日午前九時、海兵団の本部前広場で、海兵団長の申し渡しによる卒業式が行なわれた。終わって兵舎に帰り、各配乗先ごとに集まって、衣嚢と手回り品を纏《まと》め、出発準備をした。

家族主義の中で

思えば昨年六月一日、入団以来一ヵ年近くを夢中で過ごした懐かしの海兵団に別れを告げ、団門まで教員に送られて出発した。横須賀駅から汽車に乗り、十二時過ぎ、東京駅に到着した。

横団入団以来、一年近い籠の鳥の生活から、開放された雛鳥が、始めて大空に羽ばたくように、嬉しさのあまり三人で銀座の三越や浅草を見物した後に、のんびりと市電に揺られて夕方近く、石川島造船所内の「狭霧」乗員宿舎に到着した。

しかし、到着と同時に、はからずも先任伍長から、「海兵団から、同じ時刻頃に出発した古参の兵たちは、とうの昔に到着しているのに、一番若年の貴様らが遅れて心配をかけるとは何事だ」と、大目玉を喰ったものだった。

ただびっくりして、亀のように首をちぢめて聞いていた。つづいて艦長室に案内されて、当時の艦長、荘司喜一郎少佐より、「『狭霧』は現在修理中ではあるが、完成した暁には横須賀に回航して、役務に就く予定である。先輩に指導してもらって、一生懸命にやるように……」との言葉をいただいた。

東京での「狭霧」乗組員生活は楽しいものであった。小艦艇の家族主義というか、先輩の上級者、あるいは下士官らも、意地の悪い人は一人もおらず、よく大艦などで聞く理由のない総員制裁などはただの一回もなかったのである。

日常の整備訓練生活はともかくとして、先任将校が非常に物分かりのよい人で、またとない機会だから、在京中、特に見聞を広めるようにといって機会をつくり、名所旧蹟、軍需工場や対岸の築地にある歌舞伎座の観劇までもさせてもらった。

「狭霧」はこの後約八ヵ月間、修理に従事し、昭和十二年二月、ようやく修理が完成し、石川島造船所を後にして横須賀に回航され、長浦軍港に係留された。任務は、艦隊外在役艦として、現在の海上保安庁のＣＰに相当する応急出動艦を兼ねて横須賀所在の各術科学校の教務練習艦を、その任務としていた。

当時のことで思い出されるのは、十二年三月、横須賀航空隊より、台湾の航空隊に空輸されるべき双発飛行艇が、伊豆半島東岸の稲取崎付近で遭難、墜落した旨の連絡を受けた。急遽、出動し、折柄、北西の季節風の強く吹く海上を、伊豆半島の東海岸に急行して捜索に従事し、すでに協力中の漁船に収容されていた四人の搭乗員の遺体を引き取り、長浦港に帰港したことであった。

また漁船の遭難や商船などの遭難で、救助のために出動したことも再三ならずあった。はなはだしきにいたっては、乗員が大楠山への行軍中、登頂半ばにして連絡を受け、大急ぎで山道を駆け下りて帰艦し、出動したこともあった。

さらに、その当時、極秘に開発されていた酸素魚雷の各種実験のために、何回となく東京湾外に出動した。同魚雷が酸素を燃料とするために、発射後の空気を動力とする魚雷と異なり、気泡が出ないため、雷跡発見、視認の困難さは格別で、また駛走距離の長大さには驚嘆したものであった。

たとえば、大島沖から西に向かって発射すれば熱海沖まで、北東に向かって発射すると千葉県の鋸山の麓まで到達する有様だ。機密兵器のため、紛失は許されず、その魚雷の発見には一方ならぬ苦労をした。

　昭和十二年も、このような任務に就きながら、月日を重ねていったが、前半は平和そのものであった。このとき以前に艦長は、荘司喜一郎少佐から、戦時中、巡洋艦「筑摩」艦長で活躍した則満宰次《のりみつさいじ》少佐であった。なかなか厳しい人であったが、操艦はじつに巧みであった。

　当時、海軍においては、空軍力を充実する目的であったろうか、一般の兵科、機関科、整備科などから、飛行機搭乗員として、操縦練習生、あるいは偵察練習生の募集が行なわれていた。

　私も飛行機乗りになりたいという雄心止み難く、十二年四月に行なわれた第四十期操縦練習生の募集に応募し受験したところ、幸い合格した。確かそのときの応募人員は、各鎮あわせて一千名ぐらいたとか。そのうち合格して練習生予定者になったのは、百名くらいとのことであった。

　折しも昭和十二年七月上旬、中国上海の周辺、蘆溝《ろこう》橋付近で、日中軍の衝突事件が発生した。わが乗艦たる「狭霧」の所属する第十駆逐隊に命令が発せられ、連合艦隊に編入された。中支方面に派遣され、作戦行動に従事することになったのだ。ただちに「狭霧」は戦備作業に従事して、弾薬、食料、燃料など軍需品の搭載が、夜を日に継いで開始されていた。

　すでに操縦練習生予定者に合格していた私は、至急、退艦が発令され、霞ヶ浦航空隊の友部分遣隊に入隊することになった。しかし、そのときは作戦行動が発令され、嬉々として戦備作業に従事している航海科その他の乗員を見て、自分ももし操縦練習生を志望しなければ、当然「狭霧」に乗艦のまま、中支方面に出動して作戦に従事できたものをと、残念に思ったものであった。

怒声と鉄拳と

七月十二日朝、航海長以下、航海科全員に送られて、「狭霧」を退艦し、即日、霞空友部分遺隊に入隊した。日ならずして、他の練習生予定者百名も入隊してきた。

友部分遺隊は、後に筑波海軍航空隊と呼称を替えたが、所在地は茨城県西茨城郡友部町の奥にあり、鄙《ひな》びた農村に囲まれた飛行場に、分遣隊長以下隊員二百名ほどの小さな部隊で、操縦練習生の初歩練習機の課程教育を任務としていた。

練習生予定者百名が揃ったところで、トラックで本隊の霞ヶ浦海軍航空隊に移動し、それから厳重な適性検査と身体検査が実施された。期間は約半月ほどであったが、その結果は五十名ほどが振るい落とされて、残る五十名が第四十期操縦練習生を命じられた。

当時の友部分遺隊長は、海軍航空では有名な吉良俊一中佐、教官には後年ハワイ海戦のおり第二次攻撃隊指揮官をつとめた「翔鶴」艦攻隊長嶋崎重和大尉（当時）、また「赤城」艦攻隊長でハワイ海戦以来、数次の海戦に参加し、南太平洋海戦で散華した村田重治大尉、また竹内大尉ら、海軍航空界の至宝たる人々が揃っていて、熱心に練習生の指導育成に当たっていた。

盛夏、猛暑の中の飛行訓練はきつかった。地上で夏用とはいえ、毛織りでつなぎの飛行服に飛行帽、そして半長靴、皮手袋で飛行場内の行動は、常に駆け足が原則であった。

しかし、いったん練習機に搭乗し、空中に上がれば、天国であったが、教員の厳しい怒声と鉄拳が待っていた。

　七月下旬、八月一杯、九月中旬と、教官、教員と練習生の間に、三式初歩練習機による猛訓練がつづき、離着陸訓練から単独飛行、特殊飛行訓練と教程は進んでいった。

　しかし、私を受け持ってくれている木村義雄教員（一飛曹）との間には、何か歯車が嚙み合わず、しっくりしないものがあった。

　同乗の離着陸訓練で技量も進み、週末ともなり、来週は単独飛行も許可されるものと期待していた直後、ほんのわずかなミスで、罵声とともに単独飛行中止が宣言され、つぎの一週間、また黙々と同乗訓練がつづいていた。

　このようなことが二週間もつづいた。他の教官、教員に指導されている練習生は、どんどん先の教程に進んでいるというのに……。

　ある日の飛行作業中であった。私の搭乗番ではないので、待機所で飛行順番待ちをしている私に、自分では直接練習生を持たない先任教官の武内大尉が近寄ってきて、

「橋本、乗せてやるから来い！」と声を掛けられた。

「ハイッ」と大きな声で返事をし、さっそく飛行作業指揮官にその旨を報告して、武内大尉同乗のもとに、練習機を列線から発進位置に運び、エンジン全開、操縦桿を操作しながら、空中に飛び上がった。

　所定の誘導コースを経て、降下姿勢をとり、着陸した。私の離陸から着陸までの操縦ぶりの一部始終を見ていた武内大尉は、前席から振り返り、

「橋本、貴様は充分に単独飛行の技量があるではないか。つぎから一人で飛んで来い」とい

う有難い言葉を残して、練習機を降りていった。

　整備員がさっそく単独飛行の目印の赤い小旗を、複葉の両翼端に取り付けてくれた。嬉しさのあまり、まことに鬼の首でも取ったような気分で、機を出発線に誘導して発進した。

猛暑の中、三式初歩練習機(写真)できつい飛行訓練が行なわれた

　操縦桿とエンジンレバーを操作して、一回、二回、三回と離着陸を繰り返したが、特に着陸は定所に満点近い三点着陸で接地し、練習機を列線に持ってきて、エンジンを停止した。
　すぐに受け持ちの木村教員に、武内大尉より単独飛行が許可された旨を報告したが、なぜか教員は渋い顔をしていた。他の同期生は、私が単独飛行でもたついている間に教程が進み、つぎの特殊飛行の練度を上げていた。このようなわけで、私の初歩練習機の練度が、ほかの人より遅れていたのは事実であった。
　練習機による特殊飛行とはどんなものかというと、宙返り、錐揉み、垂直旋回、急旋回、失速反転、急反転などがあった。
　ある日、こんなこともあった。木村教員を前席に乗せ、特殊飛行訓練のために離陸した。訓練を開始するには、二千メートルの高度が必要であったが、初歩練習機の百三十馬力のエンジンでは、この高度を取るには、一生懸命にエンジンを吹かしても、約三十分ほどを要する。

ようやく二千メートルの高度に達し、エンジンを十分の三に絞り、高度計を睨みながら、特殊飛行操作の指示が出るのを待っていた。すると伝声管を通じて、着陸しろとの指示である。何か割り切れない気持ちで、とにかくエンジンを絞り、降下して着陸し、機を列線に誘導し、停止した。降下にも約三十分を必要とした。

機を降りると、教員から、「なぜ着陸させたか判るか」との言葉に、「判りません」と答えると、

「貴様は二千メートルの高度に達したことを報告しないじゃないか」と言葉が返ってきた。このとき、私ははっきりと、この教員では駄目だと心の中から感じたのであった。感情的な気分屋で、今までも何回ひどい目にあったことか。

それでなくても、単独飛行で人より遅れ、ようやく武内大尉の理解でつぎの教程に進み、必死の思いで、現在特殊飛行訓練に従事中、貴重な時間を、せっかく高度を取りながら無為に過ごさせられた残念さと、性格であろうか、教員の理解のなさに、腹の底から怒りが込み上げてきた。しかし、立場が違うので、肚の中に収めてはいた。

数日後、例のごとく何かの事情で腹を立てた教員に、「貴様は乗せないから来るな」といわれた。すでに腹を据えていた私は、教員が乗せないというならば、あえて乗らなくてもよい、と覚悟を定め、交代の時間がきても、待機所を離れなかった。

しばらくして、教員が待機所に迎えにきた。

「貴様、なぜ来ないんだ」「教員が乗せないと言われたので行きません」「馬鹿野郎！　そのようなことを言っても、乗せないわけに行くか！　来いっ」「ハイ」

このようなやりとりの後、ふたたび教員とともに機上の人となり、特殊飛行の訓練がつづけられたが、すでに師弟の気持ちは離反しており、失った貴重な多くの訓練時間と練度は取り返す術もなかったのであった。

かくして教官、教員の間で協議が行なわれ、練度の遅れている者を標準にしていては、練度の進んでいる者の障害になるとの理由から、十名ほどの練習生が、適性不良の認定で罷免されることになった。当然、私もその中に入っていたが、前にも述べたように、すでに覚悟もできていたので、別段「ショック」も受けなかった。

負け惜しみではないが、後年、運命のいたずらか、機動艦隊司令部に六年近く勤務してきた身には、戦時中の搭乗員の地獄を見て来て、あのときの練習生罷免は、死神の腭《あぎと》よりの救いの手であったとも考えている。

九月十九日、同年兵の宇井二水、推名二整とともに友部分遣隊を退隊し、陸行で即日、横須賀海兵団に入団して、原兵科の信号兵に戻ったのであった。

横須賀海兵団では、約二ヵ月あまり、のんびりした予備員生活を送り、在団中十一月一日付で海軍一等水兵に進級した。

折から軽巡洋艦の「那珂」が、横須賀海軍工廠で特定修理中であったが、この「那珂」に乗り組みを命じられ、十一月五日、海兵団を退団して、「那珂」に乗艦した。当時「那珂」は、横須賀海軍工廠の鳶ヶ鼻に係留されていた。

信号兵は、一等水兵に進級すると、高等科信号術練習生の受験資格が生じ、「那珂」乗艦後まもない十一月中旬、田浦にあった航海学校で、第十一期高信練習生の採用試験が行なわれ、私も応募した。

乗艦「那珂」は、十二月一日付で連合艦隊に編入され、水雷戦隊の旗艦となることが定まっていたが、修理完成後の各種公試のため、他艦より出港が遅れていた。

帰艦時刻に遅れて

忘れもしない昭和十二年十二月三十一日、日支事変下とはいいながら、横須賀の町は戦争気分などは少なく、のんびりしていたが、暮れの大晦日とて町は賑わっていた。

夕刻、入湯上陸が許可され、私も上陸番に当たっていたので上陸した。下宿は逸見波止場からほど近い東逸見町の大通りに面したところの、高橋という生花店であった。

下宿でも、正月用に仕入れた生花類また活け花の材料などの販売とその跡片付けなどで夜遅くまでゴッタがえしていた。私だけ先に就寝することもできず、下宿先の人たちと寝に就いたのが、確か夜の十二時を過ぎていた。

朝ふと目を覚まして時計を見ると、針は午前七時十五分を指していた。波止場で、上陸員迎えの最後の内火艇の離岸時刻午前七時を十五分も過ぎていた。

びっくりして跳び起き、軍服を着るのもそこそこに、下宿の小母さんには帰艦時刻に遅れたことを告げ、早駆けで逸見波止場に急行した。

途中、五分ほどを要して波止場に到着すると、折よく「那珂」の内火艇が接岸していた。

軽巡洋艦「那珂」——著者には帰艦時刻を切るという苦い思い出のある艦

艇長に目的を訊《たず》ねてみると、帰艦時刻に遅れた者を迎えに来ているとのことであった。

波止場の電話を利用して「那珂」舷門に状況を報告し、艇長にわけを話して離岸してもらい、帰艦したのが午前七時四十分、帰艦時刻を失することまさに四十分。舷門には、すでに鬼のような先任伍長が待ちかまえており、正直に言って、舷梯を昇る足取りは重かった。しかし、どのようなことになっても、帰艦時刻を切ったことは間違いない事実なので、肚の中では致し方ないものと開き直っており、案外、落ち着いていた。

舷門で、さっそく当直先任伍長から事情を聴《き》かれたが、ありのままを報告した。

先任伍長からは、今日はめでたい元日でもあり、処置は後で相談するので、とにかく分隊に帰れと言われた。厳しい叱責や体罰もなく放免され、内心ホッとして、兵員室に戻ったのであった。後で分隊の班長、先任下士、分隊士らから、それぞれ事情を聞かれたが、それ以上の別段の注意はなかった。

兵員室の食卓上の片隅には、食器に盛られ、冷えて固くなった雑煮餅が残されていたが、遅刻の衝撃と時間過ぎで、ほとんど喉を通らなかった。このような惨めな新年を迎えたのは、今日までも試しがなかった。

午前十時頃、下宿の小母さんが、果物籠持参で、当直将校のところに謝りに来てくれた。当直将校はその果物の始末に困って、私に下げ渡してくれたので、兵員室で皆で、馳走になってしまったのだった。

後日、先任伍長室に日課の時計のネジを捲きに行くと、元日の先任伍長とは別な顔馴染《なじ》みの伍長から、

「橋本、お前、元日に時間を切ったんだって？」とからかわれた。

「ハイ伍長、申しわけありませんでした。そのために、つぎの日の半舷上陸は遠慮しましたよ」と言うと、何も言わずに笑っていた。

しかし、海軍軍人が帰艦時刻に遅れるということは大変なことなので、その後の海軍生活では、時間に対しては骨身に徹して守られることになった。

このようにして、昭和十三年の元日は二度と繰り返すことのないような厳しい体験をした。松の内が過ぎ、「那珂」は工廠の担当者の手で、公試がつづけられていた。

かくして、ようやくにして工廠による諸公試も終了し、一月中旬、「那珂」は横須賀軍港を後にして、艦隊訓練地たる四国南岸の宿毛湾に回航された。宿毛湾入港後、「那珂」は第二水雷戦隊旗艦となり、夜を日についでの猛訓練が開始されていた。

しばらくして、艦隊の宿毛湾における訓練も一段落し、二月初旬、「那珂」はじめ艦隊各艦は、休養のため別府湾に入港した。ちょうど折も良く、昨年一一月在横口、航海学校で受

験した第十一期高信練の合格の通知が到達していた。

別府湾在泊中、航海学校に入校するために、二月十一日、紀元節の朝、「那珂」を退艦することとなった。午前八時三十分、航海長以下航海科全員が、上甲板の舷側に並んで盛大に見送ってくれた。

航海学校に入校できることと、苦しい艦隊訓練から解放されたことが、ことのほか嬉しかった。その足で、別府駅発陸行で横須賀に向かい、確か二月十三日午後、田浦駅着、航海学校に入校した。

高等科信号術練習生

昭和十三年二月十五日、横須賀、呉、佐世保の各鎮守府より選抜され入校した百二十名の同期生が、第十一期高等科信号術練習生を拝命した。

航海学校長の下命および訓示。分隊長、分隊士各教官の紹介、班編成などが行なわれたが、私はまだホヤホヤの一等水兵で最若年であり、食卓では一番末尾の万年食卓番であった。思えば、昨年は自分にとっては多事な年であった。

特に後半は、操練拝命、飛行訓練、操練罷免、横団入団、あるいは「那珂」乗艦と、まことに目まぐるしいほどの変動があり、気持ちの落ち着く暇もない有様ではあった。だが、現在、信号員本来の夢であった高信練試験に、幸運にも一回でパスし、精一杯勉強する機会が訪れた。胸中の鬱屈していた気分も晴れ、希望が湧き上がってくるのであった。

世上は昨年七月、日支事変が勃発し、政府の不拡大方針にもかかわらず戦火は拡大の一途をたどり、北支より中支に及びつつあった。当時の航海学校は、横須賀市の田浦にあって、士官の航海科学生と、二クラスの高信練習生二百四十名と、高等科、普通科運用術練習生および教官、教員が在校していた。

岸壁には日露戦争当時、日本海海戦ほか幾多の海戦に参加して活躍した旧戦艦「冨士」が、練習艦として係留されていた。

航海学校における練習生生活は、洋上の艦隊訓練に比べて厳しい教務はともかくとして、快適そのものであった。ただ教務以外の内務当番で、朝食前の「冨士」の艦橋の甲板掃除などは閉口したものであった。

横須賀軍港は、東京湾に面して北東に湾口を開いており、遮蔽物のない海面から遠慮なしに北風が吹きつけてくる。ズボンは膝まで、上衣の袖は肘まで捲くり上げて、ドラバケツで海水を汲み上げ、木甲板に流し、甲板刷毛《はけ》で擦り、ふたたび海水で流し、掃布で拭い取るわけである。

だが、甲板を擦っている刷毛のまわりに、黒いものがゴソゴソ溜まってくるので変に思い、よく見ると、海水が氷化し、今様でいう「シャーベット状」になっていた。手や足は真っ赤になってかじかみ、あまりの冷たさに掃布をぶら下げていると、折悪しく見回りにきた教員に見咎められて、大目玉を喰った。

そのほかに、一日も休むことない夜間の発光信号の受信訓練も大変だった。容赦なく吹きつける北風に舞い上がる砂ぼこりの立つ校庭の一隅に並び、鎮守府裏の長官山の鉄塔上に明滅する信号灯を必死に睨んでいた。一連百字のモールスによる符画を受信中、目をまばたきすれば、その瞬間、符画を見損なうので、まばたきをこらえて、涙にうるむ符号の明滅を読み取っていた。

また、日中における手旗信号訓練、とくに高信練期間中、一度は通過しなければならない連続教練――それは午前、補課一時間、同本課二時間の計三時間中、ただの一回も休憩なしに、手旗をいっせいに振りつづける地獄の訓練であった。くたびれて腕でも下げようものなら、目を光らせて監視している教員の布部を捲き挙げた手旗の柄が、遠慮会釈もなく飛んできた。

しかし、訓練は苦しいことばかりではなかった。市中の名所への行軍と、喇叭吹奏訓練を兼ねて市中行進も行なわれた。

これには、後から入校した第十二期の練習生も加わり、一個分隊百二十名、二個分隊二百四十名が、四列縦隊となり、交互に海軍行進喇叭を吹奏しながら、市内大通りを行進するのであるが、歩調は揃い、なかなか豪壮なもので、また楽しいものでもあった。

また、夏季における見張り術の訓練などにも思い出があった。当時海軍は昼戦はもとより、水雷戦隊あるいは巡洋艦部隊などの夜戦を重要視して、夜間における視認訓練が強化されていた。そのために、特設の演習講堂が校内に存在した。

昼間においても、夜間の視認訓練を演練するために、見張り講堂に入ると、晴天の暗夜を現出する必要から窓は密閉し、黒い暗幕を垂らして出入口にも厚い暗幕を引き、消灯して暗黒となっていた。しばらく練習生の目の順応を待ち、おもむろに教員が、前方の演習台上に各種軍艦の模型を並べて操作し、抵抗器により照明を加減しながら、水平線以遠の発見から、行進あるいは旋回などの状況を表現していた。

練習生は、講堂の後方雛段席に陣取り、取り付けられた七倍双眼鏡に取りついて、前方演習台の模型に向かって瞳をこらしていた。しかし、暗闇の中で上昇する気温と疲れ、また適当の涼風を送ってくれる天井扇の回転に、ついまぶたも重くなる。望遠鏡は、天井のあらぬ方を向き、よい心持ちになって、ついに居眠りの状態になってしまうのであった。

暗黒の中とて、教員も一々見て回るわけにもいかず、休憩以外は照明を点けるわけにもいかない。しかし、教員も心得たもので、特定の練習生を指名して、状況を報告させるのだった。ではあるが、しっかり見ていない者には、報告のしようもなく、まごまごしていると、すかさず教員から、「野郎！　寝ているな」と、罵声が飛んできた。

しかし、練習生生活は、厳しい教育、訓練ばかりではなかった。日曜日には楽しい外出ができ、しかも指定下宿で外泊も許可されていた。たび重なる外泊中、近所の娘さんの二、三人と親しくなっていた。これは、高等科練習生は優秀で、将来、下士官に進級するのは間違いなしの折り紙がついていたせいだと思われた。

ここで蛇足を一つ言えば、日本海軍が力を入れて訓練し養成し、また苦心開発した光学兵器も、後年の太平洋戦争においては、米海軍が研究開発したレーダー（電波兵器）、ソーナーなど、人間の肉体をいかに訓練しても、とうてい科学の力には及ばないということを、長期にわたる戦場生活で身をもって痛感していた。

第二章　司令部付信号員

巣立ちのとき

当時、日支事変中ではあったが、私は昭和十三年二月十五日、第十一期高等科信号術練習生として、各鎮四十名ずつ計百二十名の同期生とともに、横須賀市田浦にあった海軍航海学校に入校した。

爾来、九ヵ月に近い日時を費やして高信練の全教程を習得し、同年十月二十九日に同校を卒業した。配乗先は、第一艦隊の第一航空戦隊司令部付、乗艦は航空母艦の「加賀」に指定された。

さて、乗艦先がわかっても、佐世保所属の「加賀」が現在どこにいるのか皆目、見当がつかない有様であった。

班長の鈴木仁平教員にお伺いして調べてもらったところ、「加賀」は現在、南支方面海域で作戦行動中であり、乗艦者はとりあえず佐世保海兵団に仮入団し、折を見て便船をもとめて乗艦するようにとの指示があった。

二十九日午前中、講堂において卒業式が行なわれ、校長による卒業申し渡し、つづいて校長あるいは教官らの訓示、記念写真撮影なども型どおりに終了した。

さっそく兵舎に帰り、第一種軍装の左腕の袖の普信練の特技章マークをはずし、桜花の下に手旗と双眼鏡のついた高信練マークを縫いつけて、晴れの高信練卒業の海軍一等水兵が出来あがったのであった。

後まわしになったが、在校中の航海学校長は井上成美大将と同期の兵学校三十七期の繁泉《もいずみ》慎一少将であった。

やや長身の柔和、端整な容貌で、私たち練習生に対しても、常に温和なる態度で接しられた。ときに行き合って敬礼すると、几帳面で丁重なる敬礼を返されていた。ときおり、校長室で退屈されるのか、校庭に出て、ゴルフのクラブを振っておられた姿が、今でも目の底に焼きついている。

教官では、航海術全般を担当された志和彪少佐、この人は後年、太平洋戦争中の昭和十七年十二月、ガ島攻防戦において「比叡」の航海長として活躍されたように記憶している。教務に関しては厳しい方であった。

気象学では、のちに第一航空艦隊司令部の航海参謀をつとめられた雀部《ささべ》利三郎少佐がおられた。この人は体は小づくりで、温和な人であった。

昭和十六年四月十日、新編の第一航空艦隊が発足してより、同十七年六月五日におけるミッドウェー敗戦後に内地帰着、戦艦「霧島」に乗艦中、お別れするまで立場は違っていたものの約一年数ヵ月お仕えして、仕事をさせていただいたが、よく話がわかり、お叱りを受けた覚えがない。

練習生の間では、姓の雀部をもじって〝すずめ教官〟という綽名《あだな》をつけていた。戦後も永らく生存され、ときおり戦記物の座談会などに出席され、当時を語られた記事などを懐かしく拝見したが、ついに一回もお会いすることはできなかった。

航海学校における最後の昼食もすませ、午後一時、校長以下、各教官、分隊長、分隊士、班長教員ほか在校員に見送られて、約十ヵ月馴れ親しんだ懐かしく、また思い出深い航海学校に別れを告げた。そしてそれぞれが、各鎮ごとに、また配乗先ごとに一団となり、横須賀駅に向かったのであった。

夕刻、横須賀発東京行きの列車に乗り、途中、大船で東海道線に乗り替え、つづいて山陽本線、関門海峡を連絡船で越えて九州路を走り、ようやくにして三十一日の午後、佐世保駅に到着した。そして迎えのトラックに便乗して、佐世保海兵団に仮入団したのであった。

のちに第一航空艦隊司令部の航海参謀となった雀部利三郎少佐

当時、日支事変の真っ最中であり、黄海を隔てて中国の戦場に近い佐世保海兵団内の雰囲気は、何か荒々しく切迫したものがあり、今までの航海学校での練習生生活（教務は厳しかったが）ののんびりした環境と異なり、何か身の引き締まる思いがした。
佐世保海兵団に到着した後、さっそく「加

賀」の消息を訊ねると、「加賀」は南シナ海方面に行動中で、仏印などより南支にかけて行なわれている援蔣ルートの破壊作戦に従事中であるという。

すなわちトンキン湾に進出し、同方面の中国の要衝、南寧、柳州などを攻撃中とのことであり、近いうちに人員の輸送および物資補給のため便船が出る予定なので、それまでしばらく待機するようにとの指示があった。

仮入団後、約一週間ほどで便船があり、十一月六日、私ほか「加賀」に乗艦する者をはじめとして、中南支方面の海軍部隊、艦船に転勤する約二百名ほどの人員が、大仁丸という約四千トンぐらいの貨物船に乗船し、佐世保軍港を出港した。

大仁丸は、ディーゼル機関を搭載した速力七ノットぐらいの船で、黄海を横断し、中支より南支にかけての大陸沿岸を終日、機関の音ものんびりとひたすら航走していた。途中、中国沿岸に沿って航行中、日本陸軍が中支作戦の上陸の拠点としたバイアス湾の沖合も通過した。

約一週間ほどの航海で、大仁丸は香港島の沖合に達し、当時、南支方面艦隊の根拠地たる万山泊地に到着した。付近には日本軍が占領し、飛行場を造成した三炉島という島があった。飛行場には、海軍の第十四航空隊が展開し、一航戦の「加賀」と同様に、南支の要衝を爆撃する援蔣ルートの破壊作戦に従事していた。

大仁丸の便乗はここまでで、「加賀」乗艦予定者は下船して、この第十四航空隊に仮入隊し、「加賀」に随伴行動中の駆逐艦が来島するので、それを待つことになった。

それから数日後の午後、「加賀」と行動をともにしていた駆逐艦（多分「疾風」であったと思う）が迎えのために来島した。

さっそく他の人々とともに、仮桟橋より「疾風」に乗艦した。「疾風」はただちに離岸し、進路を南西にとって航進を開始した。当時「加賀」は、海南島の北西方のトンキン湾上を遊弋中であった。

しばらく航進すると、左前方に海南島が横たわり、右前方には中国大陸より突出した雷州半島が、これも蜒々と連なっていた。その間の海南海峡を、夜間にかけて突破して行くという。

「疾風」乗員の説明によれば、雷州半島の先端付近には中国軍の陣地があり、ときには海峡を通行する日本の艦船に対して、砲撃を加えてくるとのことであった。「疾風」にしても、自らも灯火戦闘管制で、航路標識の灯台もない暗夜に、狭い海峡を突破して行くのだから、乗員の苦労は、大変なことであったと思われる。自分もようやく戦地に来たという感覚であった。

幸い、敵からの砲撃も受けずに、無事、海峡を突破して、黎明時にトンキン湾に入った。そして進路北々西で数時間航行すると、前方はるかに、「加賀」の姿が見えた。逐次接近するにつれ、なんとその雄大なこと、始めて見る大型航空母艦である。話には聞いていたが、実際に見たことは海軍入籍以来はじめてであり、ただただ驚嘆の一語であった。

「加賀」から「赤城」へ

「疾風」は速力を落として「加賀」に接近し、やがて停止した。

さっそく「加賀」より大発が迎えに来て、人員および物品を移載し、折り返して「加賀」の後部舷梯に接舷した。この間、横須賀を出発してより約一ヵ月近い日時をかけ、ようやく自分の乗艦すべき「加賀」に到着したのである。

衣嚢を肩にして、舷梯を一段一段と昇りながら感無量の思いがした。佐世保から一緒に転勤して来た人たちと、「加賀」の後甲板に上ると、すでに乗艦者の所属する兵科の関係者が、大勢待っていた。私にも、小柄な痩せ型の下士官が、「司令部の橋本一水か」と声をかけてきた。

その旨を返事すると、それでは私のあとに従って来るようにとの指示で、大きな構造物の下、広い通路、そして階段を何回も昇っては降り、とにかく前部付近に出て、小さな倉庫事務所のような部屋に案内された。

室内にはいま一人の下士官がおり、入室すると、さっそく私も自己紹介をして、よろしくご指導下さるようお願いした。先に出迎えていただいた人が、司令部信号員長星一等兵曹で、室内におられた人が、次席下士官の駒場二等兵曹であった。

つづいて水兵ではあるが、司令部に着任したのであるから、司令官、参謀にもご挨拶をしておいた方がよろしかろうとのことで、司令官執務室に案内されて挨拶をした。司令官は、のちに戦時中、第五艦隊司令長官として北方部隊を指揮された細萱戊四郎少将であった。

丸顔で少し太り気味の人で、温顔をたたえて、

「到着まで、長期間、大変御苦労であった。今後の任務も大変とは思うが、先任者の指導を受け、一生懸命がんばるように」との暖かいお言葉をいただいて退室した。

つづいて航空参謀青木（武）少佐にご挨拶したが、やはり「しっかり任務を遂行するように」とのお言葉をいただいた。

この青木参謀とは、司令部が「赤城」に乗艦変更後、昭和十五年十月三十日、司令部員の所属変更解散まで、参謀、司令部付の間柄で、ご一緒に仕事をさせていただいた人であった。その後、お会いする機会はなかったが、推定ではあるが、戦争も中期以後、マリアナ沖海戦を戦った機動艦隊司令部職員中に、航空参謀青木中佐との名があるので、多分この人ではあるまいかと推定している。

この人もまことに大人しい、温和な秀才型の人であった。

著者がはじめて実際に見、雄大さに驚嘆させられた空母「加賀」

司令官と参謀に挨拶した後、ひきつづいて司令部主計科事務室にいたり、主計兵曹に乗艦着任の挨拶と、今後のご指導をお願いした。その後、「加賀」航海科員の居住区に案内されて、「加賀」信号員長ほか信号員の方々に紹介され、仲間に入れてもらい、この居住区で一緒に生活することになった。

当時の「加賀」には、赴任の途次、三炉島の第十四航空隊で見た低翼単葉の九七艦攻はまだ搭載されてはおらず、複葉の九六艦攻および九六艦爆がそれぞれ二個中隊十八機、計三十六機ぐらいで、中支の目標に対する日施攻撃を行なっていた。しかし、中国空軍などの反撃は一切なく、戦闘行動とはいえ、それは気安い単調なものであった。

かくて旬日が過ぎ、「加賀」における司令部職員としての業務にも馴れはじめたころ、運命とは皮肉なもので、「加賀」が一航戦旗艦の任務をとかれ、本土に帰還することになった。そして旗艦は現在内地にある「赤城」に変更され、司令部は「赤城」に乗艦することになった。何はともあれ、本土帰還は嬉しくないはずはないが、いささか複雑な思いがした。

一方、「赤城」であるが、昭和十年に改造が発令され、佐世保海軍工廠で約三年にわたる日時を要して、改造および修理工事が実施されていた。あの三層の飛行甲板は、全長二百四十八メートルの一枚の飛行甲板となり、新しく艦橋および電信室、その他の艦内構造、前部飛行機格納庫などが新設あるいは増設され、面目を一新して、十三年秋に工事が完了し、諸公試の後、横須賀に回航されていたのであった。

「加賀」は本土帰還および旗艦変更の命令を受領すると同時に、中支攻撃作戦を取り止め、トンキン湾上において、舳先《へさき》を本土に向け進航を開始していた。こんどはケチな海南海峡などは通過せず、堂々と海南島の南東方を迂回して、一路、母国への航海をつづけていた。

ただし、わが司令部航海科には、旗艦変更の命令と同時に、困ったことが起こっていた。それは「加賀」乗艦以来、熱心に指導していただいた先任者の星一曹、駒場二曹に、「加賀」が佐世保入港直後、他所轄に転出するよう横鎮人事部より発令されていたことであった。

あとで考えて見れば、長期にわたる戦地勤務に対しての慰労の意味もあったのではあるまいか。日本海軍内の一個の戦隊司令部とはいいながら、小なりとはいえ一所轄である。本務の航海科はもちろん、機関科、運用科、工作科などの所掌事項もあり、必要な兵器、備品類から機密、一般図書類、海図なども一通りは所持していた。

旗艦変更が発令され、頼るべき二名の先任者の下士官にも転勤命令が出て、司令部航海科に残るのは、着任後まだ日の浅い私だけとなってしまっていた。身分は、高信練卒業者とはいえ、いまだ善行章も付けない、お提灯の一等水兵であり、年齢も満二十歳に達していなかった。

いわば、屋根の上に乗ったら、下から梯子をはずされたようなもので、途方に暮れた次第であった。

しかし、泣き言をいっている場合ではないので、母港の佐世保に帰港を急ぐ「加賀」艦内で、備品、帳簿類の員数の重要事項は、星一曹より申し継ぎを受け、その他の事柄は、二人の先任者と横須賀に同行する主計兵曹と相談しながら、必要なものは梱包して移転準備をすませた。

一方、航海中の艦橋信号員当直も、私の仕事の一部ではあるが、時日の定まっている移転準備作業なので、これは「加賀」信号員長にお願いして除外していただいた。

〝艦長侮辱髭〟

かくして、たしか十二月十日頃であったと思うが、「加賀」は佐世保軍港に入港した。「加賀」の乗員は、何ヵ月、あるいは何年ぶりかの母港入港で湧き立っていたが、私は一ヵ月ほど前に出発したばかりでの帰港であり、しかも旗艦変更による繁忙で、嬉しさも中くらいであった。

「加賀」が佐世保に入港した翌日、短時日ながら大変お世話になりご指導を受けた星一曹、駒場二曹の両人も退艦し、陸行で横須賀の新勤務先に去っていかれた。

私も近日中に帰横する身分であるが、いまは司令部航海科員ただ一人となり、立場が代わり責任がある。

気になる移送すべき物品などについては、幸いにも司令部主計兵曹が、司令部全搬の備品、書類などの散逸を恐れて、佐世保駅に手配し、大型の貨車一両を、佐世保工廠内の岸壁付近まで引き入れてもらうことで解決した。

さっそく「加賀」乗員多数の応援を受け、積み込み作業もとどこおりなく終了し、貨車の扉も閉鎖され封印された。

十二日午後、右の積み込み作業を終えた後、ようやく上陸が許可される。しばらくぶりで佐世保の町を散歩し、入湯のうえ、下士官兵集会所に宿泊した。

明けて十二月十三日、上陸から帰艦すると、すぐに退艦準備をした。「加賀」航海長以下掌航海長、信号員長ほか航海科の皆さんにお世話になったお礼のご挨拶をし、九時頃であったと思うが、艦橋後方の信号檣頭に掲揚されていた将旗も降ろし、細萱司令官、青木参謀、以下主計科員三名、私、それに司令官専属のボーイ一名およびコック一名の計八名が、「加賀」の艦長以下在艦員に見送られ、内火艇に移乗して「加賀」をあとにした。

上陸後すぐに佐世保駅に赴き、横須賀に向かうべく汽車に乗ったのであった。もちろん、司令官と参謀は二等車、われわれは三等車ではあったが……。このとき、異動する司令部構成員の中に、司令官専属のボーイとコックが傭われていることをはじめて知り、少々奇異な感がしないでもなかったものだ。

途中再三、汽車を乗り継ぎ、十五日午後、横須賀駅に到着した。折から自分たちが乗艦すべき「赤城」は、小修理のためか、あるいは艦底塗装のためであったか、横須賀工廠の五号ドックに入渠中であった。

細萱司令官、青木参謀は乗用車、われわれはトラックとそれぞれ手配された車で「赤城」に向かった。

駅前から工廠前道路、鎮守府を左に見つつ、工廠門を通過して、横須賀工廠のドック群のいちばん奥にある五号ドックに入渠中の「赤城」に到着して、ただちに「赤城」に乗艦した。さっそく「赤城」の檣頭には、第一航空戦隊旗艦を示す真新しい少将旗が掲揚された。

先任者の下士官はおらず、司令部航海科員といっても、一等水兵の私だけであり、だれを頼るわけにもいかないので、すべては自分で考えて処理するほか致し方ない。

まず、乗艦の挨拶でも、これからお世話になり、また面倒を見ていただく「赤城」航海長、掌航海長、信号員長ほか、航海科下士官、先任水兵によろしくと、ご挨拶を申し上げたのであった。

事務室も、幕僚事務室に近い中甲板左舷前部の士官寝室の一室があたえられた。数日ならずして、佐世保より人員と別個に発送された貨車も横須賀駅に到着し、工廠内まで引き込み、さらにトラックに積み替えられて、五号ドック外側まで運ばれてきた。これも「赤城」乗員の作業員の応援により、所定の事務室内に無事、搬入することができた。

「赤城」は、司令部が乗艦したあとも、なお数日入渠をつづけた後に出渠し、曳船に曳かれて係留された。

頼りにしている先任者の司令部信号員長が、なぜか発令が遅れて、なかなか着任して来なかった。

去る十五日の「赤城」乗艦以来、佐世保より移送した図書、海図、兵器備品、帳簿類などの整理に追われ、また明年早々の出港に備えての兵器類の修理、備品消耗品また図書、海図などの受け入れのため、工廠造兵部、軍需部、海軍文庫を駆け回り、そのほか鎮守府、その他の海軍官庁などの折衝、報告書類の作成などで、てんてこまいをしていた。

航海科における諸般の要務については、高信練の教程の中で、一応学課として教育を受けてはいたが、いざ実施部隊で実際に処理してみると、なかなか思い通りにはいかず、苦労した。

司令部というところは、小規模ながら一所轄の体をなし、航海科のほかに運用科、機関科、工作科の各科があり、これを信号員が全部掌握して事務処理をなし、加えて機密図書、普通図書、海図、その他も一般艦船並みに、一通りは備えていた。

このようなわけで、事務処理については、一般乗組員とは異なり、一等水兵の身分ではあっても、随時上陸、外出などのできる特権を許可されていた。たまに艦内で退屈すると、公用にかこつけて上陸し、下宿などで油を売って来たこともあった。年末年始なども、多忙に追われ、夢中で過ごしていたので、当時の様子も、今は記憶に定かでない。

当時の「赤城」艦長は、太平洋戦争後期、比島方面において一時期、第一航空艦隊（新編の陸上攻撃機隊を中心とする）の司令長官をつとめられた寺岡謹平大佐であった。この人は、背はあまり高くはないが、肥満体の謹厳な丸顔に特長のある髭をたくわえていた。

それは鼻下と、下唇の下と、顎と三段に剃り分けられており、見事ではあるが、一面また愛嬌のあるものでもあった。艦内の古手下士官のとぼけた連中が、艦長の髭を真似て、下唇の下だけ剃り残して伸ばし、意気揚々としていた。

それがだんだん流行し、猫も杓子も下唇の下に髭を伸ばして艦内をのし歩くという異様な状態になった。その情況を見て、艦内の風紀取り締まりに任ずる甲板士官が憤り出した。

このような髭を伸ばしている者は「艦長侮辱髭だ」といって、先任伍長を通じ、「さっそく剃り落とせ。もし言うことを聞かない者は、上陸止めにする」との厳達が出された。われわれ兵隊がいちばん恐れるのは、上陸もしくは外出止めであるので、皆いっせいに剃り落として、髭騒動もどうやら一件落着した。

一月の末、「赤城」の出港直前になって、ようやく司令部信号員長として、宇野永四郎一等兵曹が着任して来た。上級者の到着により、はじめて自分の責任も軽くなり、気持ちも楽になったのであった。

「赤城」の方でも、船体、兵器、機関の整備も完了し、必要な食糧、燃料、軍需品の搭載も終わり、諸搬の準備も整って、昭和十四年一月下旬、横須賀港を出港し、訓練地たる九州南西岸の有明海に向かった。

二日ほど航海して、「赤城」は有明湾に到着し、枇榔島の沖合に投錨した。飛行機隊は、

「加賀」当時より、有明湾に近い笠の原基地に集結して待機していた。

海南島攻略作戦

当時、陸軍においては南支、海南島の攻略が計画されていた。有明湾に回航されていた「赤城」に対し、連合艦隊司令部より、第一航空戦隊（「加賀」を除く）は、当時重巡「足柄」を旗艦とする南支方面艦隊に協力して、上陸する陸海軍部隊の乗船する船団の掩護並びに上陸支援に任ずるよう命令が発せられた。

これにより「赤城」は数日後、有明湾より佐世保軍港に回航され、戦備作業を行ない、弾薬、生鮮食糧品などを搭載し、一月三十日、同港を出港した。港外において、笠の原基地より飛来した飛行機隊を収容した。飛行機隊は、攻撃機が複葉羽布張りの九六式より、低翼単葉、全金属製引き込み足のピカピカの九七式一号艦攻に代わっていた。

飛行機隊の収容後、「赤城」は針路を南西にとり、数日間の航海のうえ、二月三日、香港島の沖合にある万山諸島の万山泊地に到着、投錨した。泊地内には、先にも述べた「足柄」と上陸すべき陸軍および海軍陸戦隊約一万の兵員と武器弾薬を搭載した最新鋭の一万トン級貨物船葛城丸ほか四隻の貨物船が舳先《へさき》を並べて在泊していた。

二月九日、十日を期して、海南島上陸作戦は決行され、「足柄」および「赤城」は続航する商船隊を護衛し、上陸部隊は海南島の楡林、三亜の両港に上陸した。その際「赤城」は、攻撃機隊と戦闘機隊を発進し、敵情偵察と上空哨戒に任じたのであったが、敵の反撃はほとんどなく、上陸作戦は無事、成功裡に終了した。

目的を達した「赤城」は、随伴艦の「疾風」とともに万山泊地を出港して帰還の途につき、途中、台湾の高雄港に寄港した後に、有明湾に帰投したのであった。飛行機隊は全部、有明湾に入港する前、洋上から笠の原基地に向けて発進していった。

その後の「赤城」の行動は、有明湾を中心として、ときに佐伯、宿毛湾、また休養のため佐世保などに行動した。

主として有明湾にあった「赤城」および「疾風」は、早朝に出港して湾外に出て、夜間になるまで、基地より飛来する搭載各飛行機隊の接着艦訓練、あるいは爆撃雷撃などの各種攻撃訓練に対応する明け暮れであった。

昭和十四年初期の空母搭載機は、艦上攻撃機がようやく低翼単葉の九七式一号、艦上爆撃機は複葉の九六式、戦闘機は低翼単葉脚カバー付きの九六式であった。太平洋戦争当時に活躍した九七式三号艦攻、九九艦爆、零式艦戦などはすでに開発され、陸上航空隊などでは一部、実用されてはいたが、空母搭載機としては、実用に供されてはいなかった。

なお蛇足ではあるが、「赤城」戦闘機隊長は南郷茂章大尉で、戦闘機乗りの名手であったが、後日、「赤城」より転出し、上海方面において敵機と交戦中に被弾、散華されたとのことであった。

艦爆隊長は高木大尉（氏名不詳）といって、髭面の丸顔で、色浅黒く、いかにも搭乗員の猛者という感じの人であった。後期訓練中、伊勢湾沖で夜間爆撃訓練が実施され、その終了後、陸上飛行場に帰投すべく飛行中、神島付近において行方不明となり、殉職された。まだ新婚ホヤホヤであったと聞いている。

昭和十四年の上期および下期の連合艦隊訓練に参加して、「赤城」はもっぱら有明湾を根拠地とし、九州東岸付近海域を行動して、飛行機隊の練成に従事していた。

搭乗員の技量も、日を重ねるに従い、ますます向上し、昼間はもちろん、夜間における発着艦訓練、あるいは触接、爆撃、雷撃訓練なども寧日なき有様で実施されていた。

この洋上における猛訓練は、よく歌にもうたわれた「月月火水木金金」で、日曜も祭日もなかったのであった。しかし月に一回くらいは休養のため、別府湾、あるいは鹿児島湾などに入泊し、交代で上陸外泊が許可されていた。

司令官交代の波紋

この艦隊の後期訓練期間中に、司令官細萱戊四郎少将が転出され、新たに小沢治三郎少将が着任された。この人は、長身で容貌浅黒く、口数も少なく、私の感じでは傲岸ともいえるほど威厳のある人であった。司令部付とはいえ、一下級下士官では、着任の際に伺候してご挨拶を申し上げる身分でもない。

艦隊の後期大演習で「赤城」は第一艦隊の青軍に属し、奄美大島付近に韜晦《とうかい》という想定で、同島の一泊地に投錨碇泊していたときであった。艦橋当直の折、要務もないままに、リノリウム甲板を掃除していると、背後からさも邪魔だといわんばかりに、「のけ、のけ」という声がした。振り返ると、小沢少将であった。

まるで奴隷にでも対するような傲然たる態度に、さすがに内心ムカッとしたのを覚えている。前司令官の細萱少将に比べ、何と人柄が異なるものと痛感した。後年、機動艦隊司令部で、かなりの年月、身分違いではあったが、小沢中将と作戦行動をともにし、謦咳《けいがい》に接してきた。だが、私は現在でも、名将でも知将でもなかったように感じている。

十月初旬、昭和十四年の後期訓練も終了し、連合艦隊各艦は、それぞれの所属軍港に帰投することとなり、「赤城」も十月十三日、横須賀に帰港した。

十一月上旬、「赤城」艦長の寺岡謹平大佐が転出され、同十五日、後任の草鹿龍之介大佐が着任された。草鹿艦長は、太り気味の温顔ではあるが、眼光の鋭い、精悍にして俊敏の感がした。しかし、案外気さくな人で、禅と剣を学び、無刀流の達人とかであった。

昭和十六年四月十日、将来の太平洋海戦に備えて、海上航空兵力集中使用の目的で、第一航空艦隊が編成された折、草鹿大佐は、進級して少将となり、参謀長に就任された。後述するが、私も進級して二等下士官となり、「蒼龍」乗り組みより、第一航空艦隊司令部付を拝命して、「赤城」に乗艦したのであった。

新司令官に着任した小沢治三郎少将

話が前後したが、母港横須賀に帰港した「赤城」は、爾後、船体、機関の整備、人員の補充交代、需品搭載などに従事しつつ年末を過ごし、新しい年、昭和十五年一月三日には、早くも母港横須賀を後にして、多くの飛行訓練基地群の点在する九州西岸に向かっていた。

司令部航海科でも、信号員長宇野一曹に転勤が発令され、新任の鈴木勇馬一曹が着任していた。

飛行機隊は前年通り、笠の原基地に集結し、火の出るような各種訓練に励んでいた。

「赤城」の行動も、前年と似たようなもので、有明湾を中心として、九州西岸付近を行動し、飛行機隊の訓練に対応していた。

ただし、飛行機の方では、それぞれ新鋭機が投入され、艦攻は九七式一号から九七式三号に、艦爆は九六式から九九式に、艦戦は九六式から零式にと代わっていた。いずれの飛行機も、旧来の飛行機とは異なり、スマートであり、性能も格段に向上していた。

しかし、搭乗員（特に操縦員）の人たちも、新機械により、母艦に対する発着艦などの技術の習熟には一方ならぬ苦労があったように推察している。また攻撃方法についても、低速機と高速機の場合では、おのずから異なったものがあろうと思われた。しかし、問題点の一つ一つは、当事者のたゆまざる努力と研究、演練によって改善されていったのであった。

余談ではあるが、司令部には横須賀にあった海軍航空技術廠という施設があり、航空に関するあらゆる項目の研究改善が行なわれ、その結果が、軍極秘書類で、「空技廠技術実験成績報告」の名で送付されて来ていた。

これをただちに機密図書保管簿に登載のうえ、司令官幕僚の閲覧に供した後は、保管に任ずるのが私の内務の任務であったが、業務上とはいいながら読む機会も多く、下手な艦付の士官たちよりも豊富な知識を持っていた。

昭和十五年度の艦隊訓練で印象に残っているのは、日時は忘れたが、高松宮殿下が視察のため、「赤城」に乗艦され、飛行機の発着作業を御覧になられたのを、狭い艦橋で拝顔したこと、あるいは同年十月十一日、横浜沖で行なわれた紀元二六〇〇年記念観艦式に参加したことなどが今でも記憶にある。このときには、日本海軍の百隻の精鋭が集結し、お召艦「比叡」に乗艦された天皇陛下の御親閲を受けたのであった。

その後、「赤城」は横須賀港に帰港して在泊中、どのような都合なのであろうか、一航戦司令部が横須賀より佐世保に所属替えになることに発令された。司令部各科の人員は、佐世保所轄の人たちが担当し、横須賀所轄の人たちは解散するよう通達された。そして交代要員の来着を待ち、申し継ぎ、および所掌事項を全部引き継いで、「赤城」を退艦することになった。

十月三十日、司令部航海科の後継者として、内栫《うちがき》一曹が佐世保から来着し、「赤城」に乗艦して来た。さっそくすべての引き継ぎをなし、私は第二航空戦隊の「蒼龍」の乗り組みが定まっており、翌三十一日の午前、「赤城」を退艦して、隣接する浮標《ブイ》に係留していた「蒼龍」に乗艦した。

「蒼龍」航海科には、新兵時代、同班員であり、普信練、高信練同期の親友、佐藤盛雄二曹がいた。職務は同じ航海幹部付であるが、彼は艦位測定補助員、私は見張り指揮官付であった。

適良にして見事なり

昭和十五年も過ぎ、明けて昭和十六年となり、一月も早々に「蒼龍」は横須賀を出航し、ふたたび九州東岸の訓練地に向かったのであった。そしてふたたび飛行機隊の猛訓練が開始された。第二航空戦隊司令官は、猛将で名高い山口多聞少将、「蒼龍」艦長は、ミッドウェーで「蒼龍」と運命をともにされた柳本柳作大佐であった。

「蒼龍」乗艦後の私の任務は、現在までの「赤城」司令部付の信号員と異なり、同じ航海科員とはいえ畑違いである。もちろん高信練において、一通りの見張り技術は習得して来てはいたが、私自身が一からやり直しであり、若年見張員の教育訓練のこともあり、頭が痛いことが多かった。

しかし、日を重ねるに従い、昼間における艦船、航空機の視認訓練、動静の判別、また夜間における艦船の視認、判別訓練等々、遅々としてではあるが、練度は次第に向上しつつあった。

ある日、夜間訓練のため、「飛龍」「蒼龍」が港外に出動した。その際、夜間における見張員全員の視認訓練のため、両艦が分離して水平線以遠まで遠ざかった後、互いに接近して、相手を発見する方法が行なわれた。

晴天とはいえ、暗夜の海上で二万メートル以上離れた水平線以遠の、平板な空母の船体を発見するということは、精良なる望遠鏡を使用するとはいいながら、なかなか至難なことであった。

余談ではあるが、米海軍あたりではその頃でも、レーダーなるものが研究され、あるいは開発されていたのではないかとも考えられる。今にして思えば、よくやって来たものと、つくづく思われる。

また昼間の視認訓練で、上空を高度三千メートルで接近する艦攻を、測距儀故障の想定の下に、飛行機を望遠鏡で追いながら、目測により距離を測定して報告する戦技訓練が行なわれた。望遠鏡のレンズ内には、確か千メートルの単位に一区画一ミリくらいの刻みがあったが、急速に接近する飛行機にそれをあてはめて、距離を計算する余裕などあるはずもない。

別に測距儀には測距員が配置について、「測距始め」の号令で、ある時間の間、飛行機が頭上に来るまでの距離を測定していた。私は山勘で見張り開始時の距離を報告した後、時間の経過にしたがって、適当に距離を減じて報告し終わった。

やがて訓練終了後、戦技指導官の判定によれば、測距儀と見張員の報告した数値がぴたりと一致しており、前記指導官から、「適良にして見事なり」の最高の講評をいただいたが、裏を返せばいい加減なものだと、同僚と笑い合ったものである。

このようにして、九州両岸方面において訓練に従事中、昭和十六年三月頃であったと思う、仏領インドシナ（現在のベトナム）とシャム（現在のタイ）の国境付近で、両国間の武力衝突による紛争事件が発生した。第二航空戦隊の「飛龍」および「蒼龍」は急遽、現地付近海域に出動して、両国に対し武力による調停を行なうべく、時の連合艦隊司令長官より発令された。

両艦はただちに訓練を中止し、陸上基地にあった飛行機を収容のうえ、呉軍港に回航された。すぐに戦備作業が開始され、武器、弾薬、燃料などが夜を日に継いで搭載され、作業終了と同時に呉を出港し、現地に向かったのであった。

進撃の途中、台湾の基隆《キールン》北西海上で随伴していた第二十三駆逐隊の「菊月」「夕月」の二隻により、母艦群に対する夜間襲撃訓練が実施された。

航進する「飛龍」「蒼龍」に対し、暗夜二隻の駆逐艦が高速力で接近して、魚雷の模擬発射訓練を行ない避退する際、あまりにも接近しすぎて、標的になっていた母艦の二番艦の「蒼龍」と、駆逐隊二番艦の「夕月」との間に接触事故が発生した。

艦橋から見ていると、「蒼龍」の艦首が、前方を通過する「夕月」の左舷中部付近にのしかかるようにして、ガガガガーンという大音響とともに激突した。両艦とも、ただちに機関停止、漂泊した。「夕月」の方では、すぐさま檣に赤灯を点じ、「われ浸水中」の発光信号を連送していた。間をおかずに、僚艦の「菊月」が接舷し、横抱きにして救助に当たっていた。

一方「蒼龍」の方は別段に浸水などはなかったが、艦首部水線上約三メートル以下の水中の部分が、後方にかけて十メートルほど抉《えぐ》り取られ、大きな破口を生じていた。

山口二航戦司令官より、損傷の「夕月」に対しては「菊月」が護衛しつつ速やかに基隆に回航するよう、また「蒼龍」に対しては黎明を待ち、飛行隊を「飛龍」に移載のうえ、佐世保に回航し、緊急に修理を行なうよう発令された。

「蒼龍」は翌朝、収容中の飛行機隊を発艦すべく風上に向首増速した際、艦首の破損部分に、山のような白波を盛り上げて航進していたが、その姿はなかなか壮観であった。

「飛龍」に飛行機隊を移し終えた「蒼龍」は、針路を北にとり単艦、佐世保に向け帰港の途についた。一方、「飛龍」も「蒼龍」の飛行機を収容した後、これも単独で針路を南に転じ分離していった。

「蒼龍」の艦内では、準戦地に赴くべきところが、はからずも急に佐世保帰港と定まり、乗員の間には嬉しさとともに悲鳴があがっていた。それは数日前に呉に入港した際、上陸して皆、有り金を使い果たし、財布の中が空っぽなことであった。

しかし、これは副長の粋な計らいで、給料前借りの形で乗員一人ずつ金十円が、主計科より貸し出されることで解決した。かくて「蒼龍」は、翌日の午後、佐世保港沖に到着した。

向後崎を回ると、すでに工廠の曳船が連絡を受けていたものか、待機しており、さっそく近寄って来て横付けし、修理関係者が乗艦して、打ち合わせと破損箇所の調査を始めた。修理には約十日を要するとのことで、「蒼龍」は曳船に引かれてそのまま直行し、佐世保工廠の五号ドックに入渠したのであった。十日間の入渠中は外泊も許可されて、乗員もゆったりとしていた。

一方、前に述べたタイ、仏印間の紛争も大事にいたらず解決し、「飛龍」も現地より本土に向かって帰還の途についたとのことであった。月が変わって四月となり、修理の完成した「蒼龍」は佐世保を出港して、横須賀に回航された。

第一航空艦隊の面々

昭和十六年四月十日、連合艦隊に新しく第一航空艦隊が編成された。まさかとは思っていたが、私も過去の司令部勤務の経験を買われたものか、四月十日付で同司令部付を拝命し、同日、横須賀軍港沖浮標に、隣り同士で係留されていた「蒼龍」を退艦して、わずか半年あまりで元の古巣の「赤城」に乗艦したのであった。

新司令部職員は、司令長官が南雲忠一中将、参謀長はかつて「赤城」艦長をつとめられ顔馴染《なじ》みの草鹿龍之介少将、先任参謀は大石保中佐、航空甲参謀は戦闘機乗りの名手と謳われた源田実中佐、航空乙参謀吉岡忠一少佐、航海参謀は航海学校の高信練時代、気象学の教育を受け、すずめ教官と綽名した雀部利三郎中佐、副官は昭和十年の新兵時代の分隊長であった西林克己大尉らが顔を揃えていた。

そのほか三長といわれたそれぞれの専門家、古参の大佐級で艦隊機関長、艦隊主計長、艦隊軍医長、整備参謀、主計大尉ら多士済々で、一航戦司令部時代の幕僚とは雲泥の相違であった。

司令部航海科員は、信号員長が品川正三一曹、次席が私でほかには渡辺喜六三曹、高見沢三曹、また気象班では、由利一曹、細田一水らがいた。

「赤城」の航海科員も、茨城の同県人の飛田芳雄一曹ほか、ほとんどが変わらない半年前の顔ぶれで、埼玉出身の宮田三曹、群馬出身の都筑三曹、福島出身の門馬一水、静岡出身の遠藤一水らがいた。ちょうど半年ばかり「蒼龍」に出稼ぎに行って、里帰りしたようなものであった。

第一航空艦隊が編成され、司令部が「赤城」に乗艦すると同時に、必要な機密図書、海図、備品類などの受け入れ、あるいは整備に奔走した。

特に機密図書、海図の受け込み、携行などは、下士官員には軍法で禁止されていた。本務に追われる参謀に、同行をお願いするわけにもいかない。一計を案じ、雀部航海参謀と相談して、同参謀の名刺の裏に、同参謀代理、海軍二等兵曹橋本廣と記入し、捺印してもらい、あらかじめ海軍文庫に電話で連絡し了承してもらってあったので、それからは一人で、すべての関係用務を済ますことができた。

かくして乗艦十数日後、早くも「赤城」は横須賀を出港し、訓練地たる九州西岸方面に向かっていた。当時、新編成の第一航空艦隊所属の第一、第二航戦四隻の空母は、それぞれ九州東岸に散在する佐伯、富高、鹿屋、笠の原、出水、鹿児島などの基地、あるいは航空隊に飛行機隊を揚陸し、空母自体は付近海域を行動して、厳しい訓練が実施されていた。

特に海上航空兵力を集中的に運用し、効果を挙げるために「赤城」の淵田美津雄中佐が、空中攻撃隊の総飛行隊長に任命されており、飛行機隊も、空母個艦ごとではなく、それぞれ艦攻隊、艦爆隊、艦戦隊とに分かれて訓練を重ねていた。

著者。第一航空艦隊司令部付を拝命した

五航戦は、「翔鶴」「瑞鶴」がいずれも所属軍港で艤装中で、飛行機隊はまだ編成されてはいなかったのである。

母艦搭載機は、昨十五年後期までにいずれも最新鋭の九七式三号艦攻、九九艦爆、零式艦戦二一型が搭載されていた。

「赤城」が主として利用した訓練地有明湾は、九州の東南岸に位置し、都井岬と火崎に囲まれて大きく外洋に面する内湾で、湾央に志布志港という港があり、その沖合に、檳榔島という名前通り檳榔樹のたくさん生えた小島があった。

訓練のため昼夜の別なく出入港を繰り返す「赤城」ほか各艦の入港目標のため、この島の東南側の中腹に、小さなアセチレンガス灯の発光による灯台を設置して利用していた。

四月下旬から、艦隊はときに佐世保、または鹿児島、あるいは別府などに数日入港するほかは、おおむね四月下旬から五月、六月、七月、八月と、飛行機隊は火の出るような訓練を継続し、練度も最高度に向上していた。

しかし、猛訓練にしたがい、犠牲者も多発していたのも事実であった。

七月頃のある夜、港外に出動した「赤城」に対し、陸上基地より飛来した艦攻隊の夜間着艦訓練が実施された。各機は母艦に接近し、編隊をとき、それぞれ母艦の指示にしたがい、逐次、着艦および発艦を繰り返していった。一機の艦攻が無事、着艦はしたのだが、発艦の際、エンジン全開で艦橋側面の飛行甲板をすべるように進んで行ったが、飛行甲板前端を過ぎても浮力がつかず、ついに海中に突入してしまったのであった。「赤城」の飛行甲板から海面までは、十四メートルの高さがあった。

「赤城」はさっそく訓練中止のうえ回頭機関停止、急遽、救命艇をおろした。また随伴駆逐艦「疾風」も駆けつけて、これも救命艇をおろし、機体の墜落位置付近をくまなく捜索したが、ついに機体と三名の乗員ともに発見するにいたらなかった。

遭難者の氏名を聞くと、かつて昭和十年の志願兵で同県人の普信練同期であった矢口通二空曹であった。青雲の志、止み難く大空に憧れて偵察練習生を卒業し、熟達した艦攻偵察員として活躍中、雄途空しく訓練中において惜しくも散華したのであった。

後日、「赤城」が有明湾に入港した際、前記殉職した三名の告別式が後甲板で施行されたが、茨城県より九州南端の有明湾まで駆けつけられた御父上、また幼児を背負われた若い奥さんの姿が、今でも、ありありと浮かんでくる。

世界の状勢は、ますます険悪の度を加え、中国戦線は膠着化し、陸軍による仏印進駐は強行され、日米の間も日にまして緊急の度を加えつつあった。これは戦後知ったことであるが、時の連合艦隊司令長官、山本五十六大将、第十一航艦参謀長大西瀧治郎少将、また司令部源田実中佐、また参謀長草鹿龍之介少将らが、ひそかに海上航空部隊による米国パールハーバー攻撃に関して、その可能性について研究され、成算を持っていた様子であった。

私は内務が機密図書、海軍官庁より司令部あてに送付されてくる情報などの接受、長官以下幕僚の閲覧に供した後の保管管理の任務上、下士官でありながら機密情報などに関しても、艦付の士官以上の知識を持っていた。

八月中旬、呉あるいは神戸において、鋭意艤装中であった第五航空戦隊の「翔鶴」「瑞鶴」が工事完了してそれぞれ回航され、有明湾にその雄姿を現わした。最初から大型空母として研究のうえ設計建造されたスマートで、均整のとれた飛行甲板長二百五十メートルの偉容を誇っていた。

この頃から麾下の各艦は、厳しい訓練の合い間に、交代でそれぞれの所属軍港に帰投して、戦備作業と短時間の帰郷休暇が許可されていた。そのたびに旗艦変更も頻繁に行なわれ、ある時は「加賀」に、また「赤城」に、あるいは「翔鶴」にと、何回移乗を繰り返したことであろうか。

思い返してみれば、昭和十三年の十一月から同十八年の十一月まで、足掛け六年間にわたる期間、第一航空戦隊、第一航空艦隊、第三艦隊各司令部勤務で、横須賀所轄の「赤城」「蒼龍」「翔鶴」、呉所轄の「瑞鶴」、佐世保所轄の「加賀」および戦艦「霧島」、舞鶴所轄の「長良」など多数の艦に歴乗した。

移乗先では、すぐ顔馴染みとなり、どこでも司令部の橋本兵曹が来たといって、大切にしてくれた。特に開戦前は、旗艦変更の都合とかその他の要務で、鉄道の東海道線、山陽線を八回も往復した。下りの場合は、いつも利用した東京発、午後十一時の大阪行き特急富士の食堂車のコック長とは顔馴染みとなり、汽車を利用するたびに、食堂車に顔を見せると、にこにこして、

「海軍さん、例のものがありますよ！」

といって、戸棚の奥から酒の二合瓶を何本も取り出して来て、好きなだけ飲ませてくれたものである。適当に飲んで、うつらうつらしている間に夜が明けて、岡崎市付近を走っていたことを、今でも思い出す。

また長い司令部勤務で、三所轄を股に掛けて駆け回っていた身には、「水兵さんは港々に女あり」で、各軍港の花街には、それぞれ馴染みの彼女もいた。

横須賀は安浦町三丁目栄家のきみ子姐さん、呉は四丁目芸者置家福司の鈴ゝ姐さん、佐世保は花園町の勝子姐さんら、いずれも入港するたびに顔を見せると、喜んで無理をしても逢ってくれ、商売気を離れて歓待してくれた。

碇泊が長くなり、金がなくなると、手ぶらで遊びに行ったものだが、芸者遊びの借金だけは後で払えるものではない。しかし、彼女たちは別に催促もしなかった。

開戦前から緒戦のハワイ作戦、西南太平洋インド洋作戦、ミッドウェー海戦、第二次ソロモン海戦、南太平洋海戦、その後の米機動部隊邀撃のい号作戦、あるいはろ号作戦など、寧日なき戦闘行動の束の間の本土帰港は、生還の喜びとも重なり、どこの軍港に入港し、どの彼女に逢っても嬉しい限りであった。

去る四月下旬、急遽、横須賀を出港して以来すでに約半年、主に九州西岸を行動し、夜を日に継いで追われるような激しさのうちに過ごしてみれば、まことに短く感じられた。

第三章　パールハーバー奇襲

父母よ、幸あれ

昭和十六年も九月となり、新聞などで見る限りは、日米間の交渉は何らの進展もなく、最後的段階にいたり、時の政府、外交当事者の血の滲むような努力をもってしても如何《いかん》とも為しがたい状勢にある。太平洋は今、暗雲に包まれて、緊張の一日一日が明け、また暮れて行く。

軍の機密保持のため、兵員には何一つ知らされてはいなかったが、近々の間に戦争が開始されるであろうことは、肌で感じていた。しかしながら、軍人の本分は政治に関与せず、世事に惑わず、ただただ己《おの》が本分を尽くすのみで、孜々《しし》として訓練の最後の仕上げに邁進しているだけの現状であった。

かくて九月も過ぎ、十月初旬、中旬とわが連合艦隊は、それぞれの泊地において、どっしりとして動かない。十月下旬にいたり、我が第一航空艦隊司令長官を最高指揮官として、仮想敵国艦隊に対する航空作戦の演習が、九州東岸一帯の海上を舞台にして実施された。

演習参加部隊は、旗艦「赤城」ほか「加賀」「蒼龍」「飛龍」「翔鶴」「瑞鶴」の六隻の空母を中軸とし、第三戦隊二小隊の「比叡」「霧島」、最新鋭の航空巡洋艦の第八戦隊「利根」「筑摩」、そして軽巡「阿武隈」を旗艦として、これも新鋭九隻の駆逐艦より成る警戒隊により編成されていた。これがいわゆる日本海軍における機動部隊の精鋭であった。

洋上において数日間にわたり、熱気溢れる演習を終えた艦隊は、ふたたび有明湾に帰投した。われわれの乗艦する「赤城」は、演習研究会終了後、佐世保に回航されることになった。最後の戦備作業により、いよいよ間近に戦争が開始されるということが、兵員にも誰に何を聞かなくても確信を抱くことができた。

十一月九日の佐世保入港以来、十四日まで臨戦準備が実施された。武器、弾薬、燃料のほか、軍需品、食糧などの搭載と艦内におけるあらゆる不要品、あるいは戦闘に不必要と思われるものは、全部陸揚げされた。短艇なども、救命艇以外は大発から内火艇まで全艇陸揚げされたが、私たちには何か不時の場合、困ることはないのだろうかと、やや奇異の感に打たれたほどだった。

「赤城」は「加賀」に比して燃料搭載が少なく、航続距離が短かったので、ドラム缶入りの重油九百本あまりと食糧が、下甲板の通路、その他の余積の最大限まで搭載されていた。「赤城」は満載状態のために水線上まで、どっぷりと船腹を海水に浸していた。

数日にわたる乗員の不眠不休の努力により、最後の戦備作業もとどこおりなく完成した。われわれ司令部員においても、雀部航海参謀の特命により、佐世保海軍文庫に赴き、絶対機密保持の目的から、あらかじめ軍令部から文庫主管あてに直送されていた軍機の刻印の打たれた、千島列島の択捉島の単冠《ヒトカップ》湾の海図を、他の部員を一切交えず文庫主管との直接折衝により、麾下艦船の数だけ、ひそかに受領し、「赤城」に搬入保管していた。

私たちは下士官といえども、司令部職員としての業務の関係から、機密資料、また海図などの準備の都合から、約半年前からわが艦隊の攻撃目標が、アメリカ海軍の前進根拠地たるハワイのパールハーバーに指向されていることを知っていた。単冠湾の海図を受領したということは、日時は発表されてはいないが、機動部隊が同湾に集結することを意味していた。

忘れもせぬ十一月十三日午後一時、「赤城」は佐世保港を出港した。途中、串木野、鹿児島港に入港し、基地要員および器材などを収容し、また洋上において飛行機隊を収容し、十六日、佐伯に入泊した。湾内にはすでに機動部隊全艦艇および給油船として二万トン級七隻のタンカーが、おのおの補給戦備を完了し、所定位置に入泊していた。

たのもしいその雄姿に、今やわれわれはこの僚艦、戦友とともに、敵米国艦隊を相手にして戦いを交えるのだと思うと、心身が躍動するのを覚えるのであった。

泊地における各艦は数日、頻繁な連絡などが行なわれていたが、平素とは異なり、訓練などは行なわれてはいなかった。

かくて日時は過ぎ、十八日夜、艦隊は行動を秘匿するために、単艦もしくは、数隻ごとに分散し、無灯警戒をもって本土佐伯湾を後にし、集結地たる単冠湾に向かった。

わが「赤城」も最後に単艦出港し、洋上で駆逐艦「秋雲」と合同した。本州沿岸を北上しつつ、十九日夕刻、わが故郷なる茨城県沖の鹿島灘を通過する。

遠く陸地を望見すれば、過去の在郷中、朝夕見馴れた懐かしいあの筑波連峰が、秋冷の空にくっきりと浮かんでいた。足尾、加波、筑波の山々。あのあたりは故郷であろうか。今ごろ父母は兄弟姉妹は、何をしているであろうか。われはふたたび生きて帰らずと神に念じつつ、晴れの壮途にあり。遙かに望む故郷の山々、また父母よ、兄弟よ、陰ながら幸あれと、別離の祈りをする。心が故郷に通うこの一時ではあった。

今ぞ去る　故国の岸よ　遙かなる
　島山さらば　永遠《とわ》に安かれ
はからずも　壮途に望む　筑波嶺よ
　吾が故郷は　指呼の間に

陸地も、いつしか夕闇に包まれて「赤城」および「秋雲」は、針路を北に向けて、ひたすら平穏なる航海をつづけていた。

明けて二十日午後、「手空き総員、飛行甲板に集合」の号令が、スピーカーにより艦内に伝達された。折柄、艦橋当直が非番であった私も、事務室を出て艦橋前面の飛行甲板に集合した。

途中の航海は天候に恵まれ、風もなく、波静かにしてまことに平穏であった。かくて「赤城」および「秋雲」は、明くる二十一日午後、無事集結地たる単冠湾に到着、所定の錨地に投錨した。

かえりみれば数日前、晩秋の空晴れて空気は美しく澄み、山野紫色に霞む本土を離れ、同じ日本国とはいえ、北限の当地の様相のいかに異なることであろうか。

暗雲は低く垂れ込めて、湾内の視界を狭め、遡風瀟滌の海面に氷片が漂い、付近の陸地の山頂はすでに白雪におおわれていた。遙か横たわる陸地には、一点の緑すらなく、見渡す限り、枯枝の白樺と灌木の林のみであった。

艦内居住区より一歩、甲板通路に出れば、みぞれ混じりの寒風が肌を刺す。さっそく、かねて受領していた防寒被服を着用する。生まれて始めて手を通す防寒下衣、袴下、防寒外套、沓下《くつした》、手袋、そして半長靴。何だか重苦しいがじつに暖かい。さすがに寒風吹き荒ぶ僻遠のこの地でも、寒さ知らずであった。

二十二日、攻撃当日使用すべき航空魚雷の搭載の都合から、遅れて本土を出港した「加賀」も来着して、所定位置に投錨した。逐次来着し、「加賀」を最後とし、集結を終えた。

艦隊に対し、折柄入港してきた五百トンの貨物船から、生鮮食料品の補給が行なわれ、また打ち合わせ、兵器整備などに忙しい毎日を送っていた。

艦隊が単冠湾に集結して始めて、それぞれの艦の乗員に対し、行動目的および予定が発表された。すなわち、「本艦隊は明二十七日、当湾を出撃。米国太平洋艦隊根拠地たる布哇《ハワイ》のパールハーバーに向けて進撃し、日米交渉決裂の場合、十二月八日を期して、敵太平洋艦隊を攻撃する任務に就く」という。

ハワイへの進撃

明けて二十七日早朝、わが艦隊は、皇国の興廃を賭け、舳先《へさき》を東に向け進発を開始した。

まず午前五時、警戒隊は旗艦「阿武隈」を先頭に、九隻の駆逐艦が湾外の警戒のため出港した。

定刻六時、艦隊の進撃前程を哨戒するために伊一九、伊二一、伊二三の三隻の潜水艦が出港した。本隊はまず第八戦隊の「利根」「筑摩」が先頭を切り、つづいて第三戦隊の「比叡」「霧島」「赤城」以下六隻の母艦部隊が抜錨し、航進を開始した。

スクリューの回転に従い、艦尾に盛り上がる白波。感激の壮途に上るこのとき、「赤城」艦橋にある首脳者、あるいは兵員らだれの顔も緊張と興奮で上気しているのであった。折から断雲を裂いて、朝陽がまばゆいばかりの光を海上に投じ、あるいは陸地の雪山に反映して桃色に輝き、美しさ限りなしであった。

艦隊は湾外において、六隻の空母を中心とする所定の警戒航行序列に占位し、針路を真東にとり、速力十四ノットをもって進撃を開始した。後ろを振り返れば、択捉《エトロフ》島の島山は白雪が朝陽に照り映えて、夢のような景観であった。ああ美しい日本の国土よ、われらはふたたび祈る、栄あれと。

六隻の空母群は二縦陣列となり、右側に一航戦の「赤城」を先頭に「加賀」がつづき、その後方に五航戦の「翔鶴」が続航し、左側には二航戦の「飛龍」および「蒼龍」が位置して、その後に五航戦二番艦の「瑞鶴」が続航していた。

この母艦群の右前方に「利根」、左前方に「筑摩」、右後方に「比叡」、左後方に「霧島」がそれぞれ占位し、その外周を「阿武隈」を先頭に九隻の駆逐艦が取り巻き、その最前端に三隻の潜水艦が、二百カイリ先まで進出して前路哨戒の任務に就き、一路ハワイに向け進撃していた。

そして艦隊の後方には、七隻の給油船が一団となり、われ遅れじと、背を丸めるようにして続航していた。この給油船は、いずれも一万トン級の最新鋭のタンカー群であるが、この大艦隊に対しては、ただ可憐というか、涙ぐましいような気持ちさえするのであった。

出撃当日は、朝来少しばかり太陽が光を見せていたが、ふたたび黒雲が全天をおおい、海上は暗灰色に黒ずみ、北東風が強く吹き、奔馬のような白波が艦首に砕け、船体をゆさぶっていた。

各母艦の飛行甲板には、それぞれ三機の戦闘機が不時の会敵に備えて、エンジンを特殊の暖房装置で保温しながら待機していた。また砲員、機銃員も、おのおの砲側、機銃側につき、艦橋にあった見張員、信号員らも、敵性あるいは中立国の船舶から発見されることのないように、一点の黒影、波間に漂う木片さえも見逃すまいと、必死の見張りをつづけていた。

もちろん、艦隊の行動を察知されないために、各艦本土出港以来、電波輻射は一切厳禁され、電信機の電鍵は封印されていた。ただし受信機のみは開放され、軍令部、連合艦隊、あるいはハワイ方面の情報の把握などには極力努めていた。

じつにハワイまでは距離にして約三千カイリ、日数にして十二日間の行程であり、昼間のみならず、夜間も緊張の連続で、寒気もまたことのほか厳しかった。しかし、真に皇国の興廃が賭けられた重大なる任務を有する艦隊の全乗員にとっては、困苦何するもの、全精神を打ち込んで己《おのれ》が職責遂行に邁進するのみであった。後で考えてみても、まことに張り詰めた

無事に集結地であるエトロフ島の単冠湾に到着した空母「赤城」

針金のように緊張した毎日毎時間であったと思う。

駆逐艦などに対する燃料補給は、訓練も兼ねて、出撃翌日の二十七日から開始されていた。数千カイリにおよぶ長期行動であり、今から燃料を補給しつつ、不時のいざというときに備えておかなければならない。

北の海は相変わらず荒れに荒れており、また寒気も厳しく、荒天下における洋上給油作業の困難さは、計り知れないものがあった。

各駆逐艦は交互に油槽船に接近し、大波に翻弄されながら接舷しての給油作業である。

この難作業も、乗員の必死の努力により、大した事故もなく遂行されていたが、二十八日午前十時頃「嵐」乗員の一名が給油作業中、誤って海中に転落し、激浪に呑まれて行方不明となった。「嵐」はただちに給油作業を中止して、その付近海面をくまなく捜索したが、ついに発見するにいたらず、壮挙を前にして、機動部隊最初の犠牲者となったのである。詳細は発光信号により「赤城」司令部に通報されてきたが、まことに痛恨の極みであった。

かくして艦隊は荒天下、燃料補給を継続しながら、一日また一日と経過し、敵地ハワイに刻一刻と近づいていった。

天候は依然として最悪の状態で、ときには暴風雨のために視界がまったく阻まれて、僚艦との信号通信の連絡さえ途絶えることが再三ならずあり、ときには濃霧が襲来して咫尺《しせき》を弁ぜずのときもあった。

「赤城」艦橋に在る長官以下の司令部職員、あるいは艦長、航海長の高級首脳者たちが、日夜にわたり苦慮呻吟される姿をかい間見るとき、それはわれわれの目にも痛々しく映るのであった。

さらに心配されるのは、現在の行動が敵性船舶により発見通報されて、わが艦隊の企図が敵に察知されることであった。艦隊が、その行動を秘匿するための厳重なる無線封止を行なっていることは先に述べた。

しかし、受信機は開放されているので、大本営、あるいは軍令部、連合艦隊司令部などよりの情報などは、細大洩らさず受信されていた。とくに敵パールハーバーに出入または在泊する敵艦艇の情報は、詳細にわたって通報されて来ていた。

日米交渉は、完全な行き詰まり状態となり、ついに十二月二日午後十時、山本連合艦隊司令長官より、ハワイ真珠湾攻撃を指令する暗号電報「ニイタカヤマノボレ」の電信が、「赤城」電信室において受信され、南雲長官に通報された。いよいよ目的通りパールハーバー攻撃と決定した。

艦隊は燃料補給を継続しながら進撃をつづけ、十二月四日午前四時、針路を東南（真方位百三十五度）に転じ、ハワイに接近する態勢をとっていた。

連合艦隊司令長官・山本五十六大将

本土から送られてきた無線情報によれば、パールハーバー軍港には、米国太平洋艦隊主力戦艦群が休養のために入港し、入れ替わりに空母部隊がハワイ周辺海域警戒のために出港したとのことであった。これは、ハワイのホノルル付近に日本のスパイが存在して、敵軍港内における詳細な敵艦船の所在、また情況を刻々に通報してきたためである。

十二月五日午後、給油船七隻は、艦隊に対する往路の最後の給油を終了し、分離反転して、指揮船旭東丸の檣に、「今回の大壮挙の成功を祈る」旨の旗旒信号を掲げた。各船それぞれ総員が上甲板に出て帽を振りながら、別れを惜しみつつ駆逐艦「秋雲」に嚮導《きょうどう》され、かねて示されていた艦隊の帰路の待機点に向けて去っていった。

明けて十二月六日午前十一時三十分、艦隊はハワイの真北六百カイリに達し、針路を真南(百八十度)に変針し、速力も二十四ノットに増速、各艦の間隔を開き、戦闘隊形に展開して、オアフ島の真北より逆落としに突進を開始したのであった。

余談ではあるが、出撃前、雀部航海参謀の命により、先遣部隊(潜水艦戦隊)三十隻の潜水艦が、X―三日すなわち本六日より隠密にオアフ島に接近し、機動部隊に策応して行動する配備図の記入作成を命ぜられていた。

艦隊は七日朝にはすでに敵ハワイ空軍基地の大

型哨戒機の行動圏内に入っていた。艦隊各艦は、鉄桶の陣形のもとにいつ会敵しても対応できる態勢をとり、やや荒れ気味の海上を長濤を物ともせず、舳先《へさき》に瀑布を掲げ、艦尾に後甲板より高く盛り上がる渦流と、長い水脈を引きながら、暴戻《ぼうれい》あくなき敵の傲《おご》れる米艦隊に対し、一大鉄槌を下すべく、ひたすら進撃をつづけていた。

敵地パールハーバーにおいては、十二月七日は日曜日でもあり、港内にある米国太平洋艦隊の乗員、あるいは航空基地などの隊員は、おそらくのんびりと太平の夢をむさぼっているのではあるまいか。

艦隊は、終日二十四ノットの高速で、厳重な警戒のもとに南下をつづけていたが、敵に行動を察知された兆候もなく、敵地はすでに近い。

われわれ兵員においても、いよいよ明日に控えたこの千載一遇の壮挙に参加できる喜びと、また恐《おそ》れを取らないよう固く心に期するとともに、明朝、着用すべき戦闘服装の準備をした。新品の第一種軍装から、肌衣、下帯にいたるまで新しいものを取り揃え、母が送ってくれた千人針の腹巻きも、衣嚢の底から引っ張り出して、衣類と一緒に風呂敷きに包んでおいた。

かねて心配されていた攻撃日たる明八日の天候も、雀部航海参謀の諸情報また自身の研究判断の結果、飛行に差し支えなしとの折り紙がつけられた（雀部参謀は海軍の気象学の専門家で、私が昭和十三年の高信練時代の気象学の教官でもあった）。

折柄、艦橋にあって過日の単冠湾出撃以来現在まで、その重責の前に、ただ黙々として想を練り、思いを凝らして来られた草鹿参謀長が、この雀部航海参謀の説明を聞き、破顔一笑して曰く「日本は真に神国である。今までの十一日間にわたり、わが艦隊を悩ませた悪天候、あるいは濃霧などは、一面より見れば、われわれを敵の目より隠蔽するための大いなる天佑であった。また明日の好天が約束されるのも、これまた天佑、おそらく明日の戦いは、勝利疑いなし」との言葉であった。

折柄、信号員勤務のため、艦橋にあってこの一語を聞いて、われわれもますます意気衝天、すでに戦わずとも勝利はわが方にありとの概があった。

最大緊張の間に七日も午後となり、時間も刻一刻と経過し、夕刻となりやがて日没、そして夜となった、ついに敵に発見されることもなく、夜間ともなればしめたものである。

艦隊は灯火戦闘管制下、暗夜の海上を相変わらず二十四ノットの快速力をもって、目前の敵地オアフ島に向かって、ひた走りに南下をつづけていた。

艦橋当直勤務を戦友と交代して居住区に降り、ほっと一息入れ、明日の幸運を祈りながら、かねてストックしてあったビールを取り出して傾け、陶然とする。そして就寝。

われ奇襲に成功せり

「赤城」においては、八日午前零時三十分、総員起床の号令が、艦内拡声器を通じて伝達された。私もかねて準備しておいた戦闘服装を手早く着用して身仕度をととのえる。下帯より襦袢、袴下にいたるまで全部新品に取り替え、母が心尽くしの千人針も、しっかり腹に巻いた。いよいよ血と汗と涙をもって、ただ黙々として訓練に耐えてきた忍辱の幾星霜が、今こそ報われるときが来たのであった。

実感であるが、生も死も念頭になく、ただただ全力を集中して、己れに与えられた本分をつくすのみの心境であった。身仕度も良し、覚悟もできた。しばらく待つ間に、艦内拡声器は、「総員配置に就け」の号音と号令を伝えてきた。

艦内はにわかに活気が旺盛する。飛ぶようにしてそれぞれ自分の持ち場に急ぐ兵員が、通路から階段に溢れていた。いずれの顔を見ても、緊張と固い決意を面に現わしている。自分も急いで艦橋に昇り、所定配置に就いた。

海上は暁闇の中に、東方の空がわずかに白んでいた。天候は良好であるが断雲が多い。東北東の風が強く吹き、また海面はうねりが高くて、艦は激しく上下している。ときおり白い波頭も隠見していた。しかし、今日の行動には差し支えない模様であった。

艦隊は現在(八日午前一時)、所定の第一次攻撃隊発進予定地点たるオアフ島の真北、二百二十カイリ付近に到達していた。

望見すれば、すでに「赤城」以下六隻の空母の飛行甲板には、第一次攻撃に使用されるべき百八十三機の飛行機が徹宵で整備され、それぞれの搭載すべき兵器を搭載のうえ、試運転も完了して整然と翼を連ねて並んでいた。

なお午前一時、第八戦隊の「利根」「筑摩」より、それぞれ零式水偵一機が、敵地の天候および艦艇の在泊状況偵察のために、オアフ島およびマウイ島に向かって発進していった。

午前一時二十分、六隻の空母は一斉に舳先《へさき》を風上に向首した。爾余の各艦も、これにならって行動する。艦橋直下の搭乗員待機室に集合して待機中であった第一次攻撃に参加すべき搭乗員たちは、長谷川喜一艦長、増田正吾飛行長、あるいは淵田美津雄飛行隊長より、それぞれの訓示および激励と懇切な注意を受けた後、飛行甲板を駆け足で愛機の下にいたり、整備員に助けられつつ機上の人となった。

　なおこの頃、旗艦たるわが「赤城」の信号檣には、檣頂に八幅の大軍艦旗の戦闘旗が、また桁端にはローマ符号の「DJ」を現わす旗旒信号が掲揚されていた。これは日本海海戦の「Z」旗にちなみ、山本連合艦隊司令長官より、機動部隊の麾下艦船部隊の将士に対する訓示「皇国の興廃かかりてこの一戦に在り、各員一層奮励努力せよ」を意味していた。

真珠湾を攻撃すべく、空母「赤城」の飛行甲板を発進する零戦隊

　さらに午前一時三十分少し前に、同じ信号檣に各艦攻撃隊の同時発艦開始の旗旒信号が掲揚され、一時三十分をもって引き降ろされた。すなわち攻撃隊の発艦開始である。

　艦橋側面まで出て来ていた長谷川艦長の「発進」という力強い号令は、その下部の発着艦指揮所にいた増田飛行長に伝達され、さらに飛行甲板上の発着艦指揮官に伝達された。青色の懐中電灯が左右に振られた後、前方を指して高く揚げられた。すなわち「車輪止めはずせ」、発進の合図である。

　一番機は制空戦闘機隊長板谷茂少佐機で、エンジン全開、行進を起こし、飛行甲板をすべるように進み、その前端を蹴って、ふわりと空中に舞い上がる。二番機、三番機、二小隊、三小隊、艦攻の水平爆撃隊、雷撃隊と、艦の動揺を物ともせず、日頃の訓練に物を言わせ、八百キロの魚雷、爆弾を抱きながら、一機の失敗もなく暁の空に、ぞくぞくと舞い上がっていったのであった。

遠く四周を見渡せば、他の五隻の僚艦も同時刻にいっせいに飛行機隊を発進した。海上はようやく黎明を迎え、そして東の空は断雲を裂いて、太陽が水平線上にその一部を現わし、旭光は燦として輝き渡り、海上はとみに明るくなってきた。

見よ！　今各空母より発進し空中に浮かんだ制空戦闘機隊四十三機、雷爆撃を目的とする艦攻八十九機、急降下爆撃機五十一機、計百八十三機より成る第一攻撃隊は、艦隊の上空を大きく旋回しながら集結を終わる。

発進後約十五分、編隊も見事に四コの梯団に分かれ、堂々の陣形もたのもしく、高度も逐次三千メートルに上げ、総指揮官の「赤城」飛行隊長淵田中佐に率いられた大航空集団が、暁の空海を圧してパールハーバーを目指して進撃してゆくのであった。

ああ今こそ、われわれが本土出撃以来、現在にいたるまでの辛苦、また隠忍が報いられるときが来た。ついにわが飛行機群は空中に浮かんだのである。強大なる敵米国太平洋艦隊に対し、劣勢日本海軍が、一挙にその主力を撃破して、勢力の均衡を計るべく計画された雄大なる目的は、九分通り達成されたものと考えられる。攻撃隊は発進すれば、かならずやるのだ。

それは現在まで、幾星霜にわたる艦隊訓練、飛行機搭乗員の訓練の結果、その技量は入神に近いまでに練成されており、その成果は如実に示されていた。

わが艦隊にあたえられた、任務とする攻撃隊を無事発進させることができたこのときこそ、私はいつ死んでも心を残すようなこともないように感じられた。おそらく、艦隊全乗員ともに同じ思いであったことと推察している。ではあるが、現在のわれわれには、手を束《つか》ねて感激に浸っていることは許されない。

第一次攻撃隊の発進直後、艦内には第二次攻撃用意が下令されていた。飛行科員、あるいは整備科員らは、目の色をかえて、格納庫、飛行甲板を走り回っている。

ふたたび「赤城」の飛行甲板上は、爆撃魚雷を抱いた爆撃機、攻撃機が準備され、第一次攻撃隊発進と同様の手続きで、午前二時四十五分を期して各空母より、三十五機の戦闘機、五十四機の攻撃機、七十八機の爆撃機、計百六十七機の第二次攻撃隊が、「翔鶴」飛行隊長嶋崎少佐に率いられて南の空に進撃していった。

第二次攻撃隊の発進を終了したわが艦隊は、反転して針路を北に転じ、北上する態勢をとっていた。この頃より、北東の風波は次第に強くなり、海上は荒れ模様となっていた。

第一次、第二次攻撃隊を無事発進させ、艦内はほっと一息という状態となり、乗員に対し朝食が下令された。主計科員により、各部署ごとに戦闘配食の握り飯とたくあんが配食され、乗員は交代で食事をとっていた。

時間は刻々と経過して、午前三時過ぎ、今ごろ第一次攻撃隊は敵地上空に到達していると思われる頃、俄然、攻撃隊指揮官淵田中佐より、「われ奇襲に成功せり」との第一電が入電する。

ただちに艦内拡声器により、全艦内に通報される。成功だ、成功だ。各部署から「ワーッ」という喜びの声が挙がる。

つづいて指揮官機より、第一次攻撃隊全機に対し、「全軍突撃せよ」との命令電が下令されたことが、電信室で傍受されて艦橋に報告されてくる。

いよいよやるぞ、と固唾をのんで待つ間に、やがて攻撃を開始した味方飛行機隊よりの報告電が寄せられてくる。曰く、

「われ戦艦を雷撃す。効果甚大」「われ戦艦を爆撃す。効果甚大」等々。

さぞかし今ごろ、敵軍港内においては一大修羅場が展開され、不意を突かれた敵が周章狼狽、為すところを知らずの有様が想像された。

しかし、約二百カイリ前方の事柄で、現在、艦隊の上空にはただ一機の敵機とてなく、痛快の反面、哀れさも感じられた。戦果拡大の電報はぞくぞく寄せられて、その数を増し、敵の一大拠点たるパールハーバー内の艦艇および周辺の基地飛行場などは、完膚なきまでに痛撃され、壊滅しさったのであった。

前線の戦況は、艦内拡声器により、逐一、艦内各部署の配置についている乗員に通報される。戦闘状況は、完全にわが方の勝利となり、このたびの作戦の目的は達成されていた。

艦隊は北進しつつ攻撃隊の帰投を待っていた。ここで特筆すべきは、第一次攻撃隊に遅れること一時間十五分、すなわち午前二時四十五分、「翔鶴」飛行隊長嶋崎少佐に率いられて進撃していった第二次攻撃隊百六十七機が、パールハーバー上空に到達した頃は、残存の敵艦艇陣営もようやく混乱から立ち直り、対空砲火は一段と激烈となり、迎撃する戦闘機も数を増していた。

そのような状況の中を、第二次攻撃隊は、敵艦艇飛行場にとどめを刺すべく、黒煙の間に見え隠れする目標に対し、約一時間にわたり繰り返し攻撃を敢行したのであった。

戦況の報告電に混じって、遅まきながら反撃に転じた敵の対空砲火により、被弾した味方の数機より、「われ被弾、単独帰途につく」との電信も二、三ならずあり、その帰途が思いやられ、心が痛む。

生々しい弾痕

やがて時刻は過ぎ、南の空に点々として機影が浮かぶ。偉勲の攻撃隊が帰ってきた。各母艦の飛行甲板は完全に整備され、それぞれ風上に向首して、着艦を待つばかりの態勢をとっていた。ただ相変わらず西北西の風浪が強いために、艦の動揺は大きかった。

攻撃隊の総指揮官・淵田美津雄中佐

多少バラバラではあったが、第一次攻撃隊の各機は艦隊上空に到達し、各母艦ごとに分散して、一機また一機と、飛行甲板上に感激的な生還の轍を印すのであった。

静止した機上から降り立った搭乗員の面には、包み切れない喜びが溢れていた。機体には激烈な戦闘を物語る生々しい弾痕が多数残されていた。ある機よりは受傷のためか、座席より整備員に扶《たす》け出され、ぐったりしている搭乗員もいた。

帰還した各機の全搭乗員は、ただちに艦橋横の飛行甲板上に整列し、村田重治艦攻隊長より艦長に戦況および戦果の報告を行ない、また艦長より暖かい慰労の言葉を受け、解散して三々五々、搭乗員室の方に向かって去っていった。

午前七時三十分、艦隊は敵地より上空に帰還した第二次攻撃隊の全機と、戦果確認と戦闘機隊誘導の目的のため、最後まで敵地上空に残っていた総隊長淵田中佐機を収容した。

この第二次攻撃隊が、母艦に帰投した頃から天候はさらに悪化し、海上は十四、五メートルの東北風が吹き荒れ、うねりは高く、艦の動揺も激しくなっていた。

そのために、飛行機の着艦は困難をきわめ、被弾、損傷しながらようやく辿り着いた数機が、着艦の際、母艦の甲板に激突して機体を破損するものもあった。

「赤城」では、帰還した淵田中佐により南雲長官に対し、本日の敵地におけるくわしい戦況と戦果の報告がなされていた。

その結果は、パールハーバー在泊中の敵米国太平洋艦隊の戦艦四隻撃沈、四隻大破、ほか軽巡、駆逐艦、給油艦、標的艦などを撃沈破、また所在の各飛行場において、二百四十七機の飛行機を撃墜破し、加えて多数の格納庫、燃料タンクなどの軍事施設を爆破したとのことであった。

またわが方の損害は、第一次攻撃隊において艦攻五機、艦爆一機、艦戦三機の計九機、被弾機は四十六機をかぞえ、第二次攻撃隊においては艦爆十四機、艦戦六機の計二十機、被弾機はじつに六十五機にのぼっていた。

　南雲司令部では、戦果の状況にかんがみ、敵空母および巡洋艦部隊は討ち洩らしたとはいえ、戦艦群に一時的ながら潰滅的打撃をあたえたことは、大体においてパールハーバー攻撃に対する所期の目的は達成されたものと判断した。

　また、味方飛行機隊の損害の状況および天候悪化の現状を勘案して、爾後の攻撃は取り止めることと決定された。

　敵の基地は覆滅し去ったとはいえ、まだ敵大型機の行動圏内にあり、いつ出現するか予断を許さない状況である。また外洋にある敵母艦部隊の動静も不明であり、加えて敵巡洋艦部隊が、われわれを求めて行動を開始せりとの情報もある。艦隊は飛行機隊収容後、午前九時、針路を北々西に向け、がっしりと緊縮陣形をとり、一刻も早く戦場を離脱するべく、速力も二十六ノットに上げ、敵地オアフ島より遠ざかる態勢をとっていた。

　直接攻撃に参加した搭乗員はむろんだが、在艦員も黎明時より戦闘配置の部署につきっ放しなので、このころには疲労の極に達していた。

　われわれ信号員においてもしかり、攻撃隊の発進収容作業、艦隊のたび重なる変針に対する旗旒信号の通達確認、司令部よりの指示命令の発信、麾《き》下《か》各艦よりの報告連絡などの受信など、四囲に対する注意は一瞬の油断も許されない。やはり黎明時より艦橋後部に立ちつくし、部下を督励しながらの作業であった。

　常に対艦同士の通信連絡は、行動を秘匿するために、無線電信は一切使用されず、もっぱら視覚通信による信号通信にゆだねられていた。なお飛行機の発着艦のため、各空母間の距離は開き、常に風に向かって航進するため転舵、変針を繰り返し、勝手気ままに運動しているので、信号交信には常に苦労し、困難をきわめていた。

当日の薄暮前、水平線付近の遠距離にある二航戦旗艦の「飛龍」に対し、司令部の命令信号を、六十センチ信号灯を使用して送信していた。

だが、何回送信しても、了解が得られず、夕暮れは迫り、業をにやして「受信者代われ」の信号を送り、受信者の交代を要求した。ところが「飛龍」にも利かない信号員がいて、折り返し「送信者代われ」の信号を送り返してきた。

気を鎮めて再送信し、とにかく了解は取りつけたが、今考えて見ると、長時間にわたる艦橋勤務による疲労のため、当方において多少混乱があったかとも考えられて、苦笑いの一幕もあった。

ともかく、艦隊は終日二十六ノットの速力で北進をつづけた。夜間になり、午前三時五分、司令部より、つぎのような信号が発せられ、全艦隊に通報された。

「当隊は今夜、敵の出撃部隊に対し警戒を厳にしつつ北上し、明朝付近の敵を求めてこれを撃滅せんとす」

すでに艦隊は、九日の日の出ころにはオアフ島の北々西方六百カイリ付近の海面に到達していたのであった。

米海軍恐るべし

昨夜来、「赤城」では、極力情報の収集に務めていたが、敵の空母、巡洋艦部隊の我れへの追躡《ついじょう》中の気配もなく、したがって会敵のおそれも少なくなっていた。ただ敵潜水艦に対しては、厳重な警戒が実施され、各空母交代で、艦攻二機が艦隊の進路三百カイリ前方まで進出して、哨戒を行ない、別に艦爆二機が、六十キロ爆弾二個を翼下に装備して、艦隊の進路を蛇行しながら警戒に当たっていた。

艦隊は針路を相変わらず北々西にとりながら、速力は十四ノットに落としていた。また去る五日午後、「秋雲」に守られて分離した給油船隊と会合し、「阿武隈」および駆逐艦などが、逐次交代で給油を行なった。九日は無事に暮れ、夜間も灯火戦闘管制および無線封止とし、十日正午、変針点に到達し、西北西に変針した。

往路、十一月二十七日、単冠湾を出港以来、敵地オアフ島に接近するまでの間の最大限の緊張に比べて、帰路の何とのんびりとしていることであろうか。懸案であった敵艦隊主力および所在敵飛行機のほとんどを撃滅したと思われる現在、反撃に対するおそれも少ないのであった。しかし、前述したように、厳重な対空および対潜警戒はつづけられていた。

十日も午後になって、艦内拡声器が友軍部隊の戦果を放送し、乗員に伝えていた。詳細は、本日午前、南シナ海で、仏印南部基地より発進した第十一航空艦隊麾下の中攻隊が、洋上において進撃してきた英国極東艦隊を捕捉、攻撃を加え、戦艦二隻を撃沈した旨の放送であった。

また午前中、「赤城」より発進していた対潜直衛の艦爆が、艦隊前方海上において浮上潜水艦を発見、爆撃を加えたところ、艦橋後部に命中し、沈没した旨が、収容後に報告された。

去る八日のパールハーバーにおける予期以上の戦果、南シナ海における英戦艦二隻撃沈、またこの敵潜水艦の撃沈など、多年にわたる猛訓練の賜物とはいいながら、戦うたびに、簡単に挙がる戦果の状態に、何か信じられないような気がするのであった。

しかしその反面、敵地パールハーバーの敵陣営においては、日本大使館員の手違いにより、宣戦布告なき不意打ちに逢いながらも襲来した第一波、第二波の三百五十機にのぼる日本機の攻撃により、大打撃を受けた混乱の中からよく立ち直り、艦船や地上の対空砲火により、じつに二十九機を撃墜し、百十一機に被弾せしめていたという事実である。

機動部隊首脳も、あるいは連合艦隊首脳も、大戦果の前には比較的軽く考えられていたようであるが、軽輩ではあるが私には、米海軍の旺盛なる戦意と対空火器の優秀性にあなどり難いものを感じ、肚の底に米海軍恐るべしの感を深くしていた。

なお、この作戦には、多年にわたる訓練を重ね、技量錬達のかけ替えのない貴重な搭乗員五十五名をも失っていた。

この危惧の念は、爾後の作戦において如実に現われ、的中してくるのであった。当時本土、瀬戸内海柱島泊地の戦艦「長門」に座乗中の山本長官以下幕僚は、ハワイ作戦成功に気をよくし、種々画策したとのことであったが、山本長官の意向もあって、差し止められたとかである。しかし、つぎの電命が発せられていた。

「機動部隊は帰途情況の許す限り、ミッドウェー島を空襲し、これが再度の使用を不可能ならしむるごとく徹底的撃破に努むべし」と。

しかしこれは、草鹿参謀長の意向により無視された。波静かな本土、瀬戸内海に安居し、寧日を貪り、フルコースのフランス料理その他美食を味わいながらでは、機動部隊将士が本土出撃以来どのような苦難を克服し、天佑によりようやくにして目的を達して帰還の途にあるかはあまり理解していないようである。

話は変わるが、ハワイ作戦の一環として、敵ミッドウェー基地の破壊作戦が、駆逐艦二隻により、十二月八日夜半に実施されていた。

第七駆逐隊の「潮」「漣」の二隻が給油船一隻をともない、機動部隊と別行動をとり、十一月二十八日、館山湾を出撃し、ミッドウェー島に接近、機動部隊のパールハーバー攻撃の時刻にあわせて、同島所在の軍事施設に砲撃を加え、破壊する予定であった。

しかし、太平洋上に浮かぶ渺たる同島の発見に手間取り、八日午後八時三十分に発見し、目標を確かめ、三千メートルまで接近して、折からの月光を受けながら、飛行機格納庫、燃料タンクなどに対し、約五十分にわたり砲撃を加えたのであった。幸いに敵の反撃もなく、両艦は無事、戦場を離脱し帰投した。

ミッドウェーの哨戒圏を過ぎる頃から、艦隊は針路を西南西に向けていた。寒風に荒れる北方の海上と異なり、中部太平洋は平穏に凪《な》いでいた。

例の如く各母艦交互に実施する対潜哨戒、あるいは対潜警戒の飛行作業のほかは、敵潜なども出現せず、平穏なる航海がつづいていた。

十二月十六日午後四時三十分、山口多聞少将指揮の下に第二航空戦隊（「飛龍」「蒼龍」）および第八戦隊（「利根」「筑摩」）および駆逐艦「浦風」「谷風」が折から開始されていた米領ウェーク島の攻略作戦支援のために、針路を南方にとり分離していった。

残る旗艦「赤城」以下の機動部隊本隊は、本土付近にあるいは伏在するかも知れない敵潜を警戒し、針路南西で南下をつづけていた。

頬を伝う涙

かくて艦隊は南鳥島付近から、針路西、つづいて北西に転じ、十二月二十四日午後、進航する艦隊の右舷前方、水平線の彼方に横たわる四国の陸地が見えてきた。

去る十一月十八日、佐伯湾を夜間隠密出港してより、じつに三十有余日、途中、集結地たる千島列島中の択捉島単冠湾に数日間仮泊の後、一望、暗灰色に荒れる海原と雲と空、あるときは狂乱怒濤にさいなまれ、また濃霧に悩みつつ、ひたすら進撃して、十二月八日、敵地パールハーバーで国家興亡を賭けての戦いを演じ、今、幸いにも静かに霞む故国の姿を目のあたりにした。ただただ感無量、思わず頬を伝う一滴の涙があった。

艦隊は逐次、陸地に接近し、警戒航行序列をとき、単縦陣列となり、右方に四国、左方に九州の陸地を望みつつ、一路豊後水道に進入する。

前方には、敵潜水艦を警戒して、四隻の駆逐艦が、併進しつつ適時、爆雷の威嚇《いかく》投射を行ないながら前路を掃討しつつ先航嚮導していた。佐多岬をかわし、約二時間を要して豊後水道を通過し、周防灘に進入した。

すでに夕刻ともなり、鏡のように凪いだ瀬戸内の海は、薄い靄につつまれ、西に傾いた夕陽に照らされた島山。平素の際でも美しく感じられるこの景観が、長期にわたる戦闘行動で、しかも荒天の北海の荒海、あるいは広茫はてしない中部太平洋の海と空を、明け暮れ眺めつづけてきた目には、まことに隔世の観というか、夢のような気がした。

艦隊の航路付近を、漁を終えて帰港を急ぐらしい漁船の人々が、盛んに手を振りながら迎えてくれるのも、嬉しい限りではあった。島々の間の航路を縫うようにして進み、広島湾を過ぎる頃、日没となる。迫る夕闇の中に、刻々と移りゆく景観も、何と昨日までと異なることか。

宵闇がとっぷりと四囲を包む頃、ようやく呉軍港着。各艦それぞれ曳船の扶けを借りながら、所定浮標に係留を終わり、長期にわたる行動に終止符が打たれたのであった。

艦橋にあった司令部職員、艦長、航海長ほか幹部の人たちも、係留作業終了と同時にそれぞれの居室に降りられた。

人影のまばらになった艦橋より眺めれば、暗黒の山々に囲まれた呉の街は、戦時下とはいいながら、灯火が輝き、静かな夜が一帯を包んでいた。今、呉の母港は、長期行動に疲れ切ったわれらを、その大いなる懐にしっかりと抱き取ってくれたのであった。

艦橋を片づけて、引きつづき残る当直信号員に後事を託し、居住区に降りると、艦内にはすでに半舷上陸用意が発令され、上陸番の戦友たちは、満面に喜色を浮かべながら、上陸用意にいそがしい。何とその嬉しそうなことよ、自分も上陸したいが、明日の番のため、今夜は艦内でゆっくり休養することにする。一しきりのざわめきの後、上陸番の戦友たちが去ってから、在艦員の戦友たちと、帰還祝いにビールの祝杯を挙げ就寝する。

明ければ十二月二十五日、今日はいよいよ上陸だ。昨夜上陸して帰艦した人たちと交代して、定刻八時、後甲板に整列、副直将校の訓示を受けたあと乗艇、勇躍上陸する。

呉の街は、今、歳末とて戦時色の間にも慌ただしく賑わっていた。戦いに勝たずば、ふたたびまみえずと誓って去った母国ではあったが、今幸いにして生還し、背後にハワイ所在の敵米国艦隊撃滅という、燦たる武勲を担ってきた。街の人々も、その戦果を賛えてくれる。別段誇るわけではないが、やはりわれわれは勝って帰って来たのであった。

さっそく旅館をとり、入浴して三十余日分の垢を綺麗に落とし、鬚もさっぱりと剃る。そして一緒に上陸した戦友の斎藤一水と、凱旋祝いをなす。しみじみと味わう酒も、元来好きではなかったが、今日の酒は特別に美味《うま》かった。

第四章　インド洋の波濤

迷いこんだ羊

ハワイ攻撃作戦を終了した機動部隊は、一時、瀬戸内海の呉軍港に入泊した。しかし、長期間の休養をとる暇もなく、つぎに記述するような作戦に従事すべく、ふたたび行動を起こしたのであった。

昭和十七年一月五日、トラック島に向けて呉発、一月十二日、トラック島着。ついで一月十九日、ビスマルク諸島攻撃のためトラック島出港、一月二十三日、ラバウル、カビエン攻撃、そして一月二十七日には、ふたたびトラック島に帰着した。

二月一日、マーシャル諸島方面に出現した敵機動部隊を追って、トラック島出撃、二月五日、豪州北部の要衝ポートダーウィン攻撃準備のためパラオ島着。二月十五日、パラオを出撃して二月十九日、ポートダーウィン攻撃。その二日後の二月二十一日、セレベス島スターリング湾に入港した。

しかして二月二十五日、いよいよ第一次インド洋作戦のため、スターリング湾を出港した。

早朝、秘密裡に同湾を出撃した機動部隊は、四隻の空母（一航戦の「赤城」「加賀」、二航戦の「蒼龍」「飛龍」）と第三戦隊の「榛名」「霧島」、第八戦隊の「利根」「筑摩」、そして軽巡「阿武隈」を旗艦として、八隻の駆逐艦で構成する第一水雷戦隊より成っており、第五航空戦隊（「翔鶴」「瑞鶴」）は、別な任務を帯びて、内地帰還の途についていた。

艦隊は、果てしない草原と、ヤシ林のつづくポルトガル領のチモール島を左舷に見つつ、オンバイ海峡を越えて、ジャワ島の南側に当たるインド洋上に姿を現わした。

目的は、陸軍により制圧されつつあるジャワ島南岸の要港などから逃散する、敵英、蘭、豪軍およびその船舶を撃滅することにあった。三月一日午前、ジャワ島の南々西方二百カイリ付近を、鉄桶のような堅固な陣形を組んで西進する機動部隊の前程、水平線以遠の海面に、商船らしい一本の檣が発見された。その旨が、艦橋上部見張所の見張員から、艦橋に報告された。

当日のインド洋は、いくらか雲塊の点在する晴天で、海上は平穏であった。逐次接近して望見すると、船体を灰白色に塗装した約八千トンくらいの三島型の貨物船であった。時刻は確か午前九時三十分頃であったと思う。艦隊は変針することなく、次第に接近し、距離を詰めていった。

前方の商船は、刻々とその船体を現わし、やがて水平線にその全姿を暴露した。距離にして、一万四、五千メートルほどであろうか、船尾にはオランダ国旗がひるがえっていた。まさしく敵船である。

敵情もなく、いささか張り合いのなかった「赤城」艦内も、思わぬ獲物に乗員も湧き立った。商船の方では、わが艦隊を認めると同時に反転して、逃避を企てた様子であった。だが、なにぶんにも、空母を中心として、戦艦、巡洋艦を含む、しかも高速で進撃する大艦隊の前には、いかんとも為しがたい有様であった。

「赤城」司令部より、水雷戦隊旗艦「阿武隈」を通じて、付近にいる駆逐艦に、偵察のうえ撃沈するよう発令された。その付近の配備についていたのは、第二十七駆逐隊の「有明」「夕暮」の二隻で、両艦は命を受けるや、ただちに増速して敵船に接近した。そして距離約四千メートル付近にいたると、偵察もへちまもなく砲撃を開始した。

当時、旗艦「赤城」と敵船との距離は、七千メートルくらいであったと思う。哀れな敵船は、いまはまったくなすすべもなく、進航を停止していた。前記二隻の駆逐艦は、付近を駆けめぐりながら、停止漂泊して横たわる巨体の水線付近めがけて、矢つぎ早に撃ちまくっている。

その林立する着弾の水柱。一発一発と砲弾が、船体に命中するたびに、船内の構造物は逐次破壊され、やがて火災も発生した。船橋は砕け、白煙がもうもうと甲板をおおい、その下部付近に、ちらちらと火が走るのが望見される。

船員は、着弾の間を、右往左往しながらも、船の沈没に備えて反対舷の救命艇を、海面におろすべく、懸命に努力をつづけている様子であった。しかし、弾片のために索具でも切断されたものか、救命艇は海上に墜落してしまった。

いよいよ、なすすべもなくなった彼らは、いまは後部甲板に、一団となって蝟集《いしゅう》し、砲弾と火炎を避けながら、呆然とわが方を眺めていた。これまで、射撃中の二艦に、さらに付近に到達した二隻の駆逐艦も加わって、砲撃を始めたが、敵船を撃沈するまでにはいたらなかった。口の悪い話ではあるが、遠くから眺めていると、まるで豆鉄砲でオモチャの船を撃っているような有様であった。

「赤城」の艦橋にあった幕僚の間からも、「こんな有様では駄目だ。駆逐艦の砲戦教練は、再教育の必要がありますなァ」との意見具申が草鹿参謀長になされていた。

このときであった。旗艦「赤城」の左舷後方にあたる陣形の所定位置について航進していた第八戦隊二番艦の「筑摩」が突然、砲門を開き、敵船めがけて、二十センチ主砲八門の一斉射撃を開始した。その弾道はちょうど「赤城」の直上を通過していた。多分、血の気の多い「筑摩」艦長が、駆逐艦の射撃がもどかしくなって、砲撃開始を発令したものと思われる。

さすがに巡洋艦の主砲射撃は正確で、しかも威力があった。初弾から命中して、敵船はみるみるうちに破壊されて行くのであった。しかし、「赤城」の艦橋内で、情勢を見まもっていた司令部職員はびっくりして、たしか南雲長官か、草鹿参謀長のどちらかではなかったかと思うが、「危なくてしようがないじゃないか。早く止めさせろ」と発令した。

これで顔色を変えた雀部《ささべ》航海参謀が、艦橋後部（筆者のいる部署）に飛んで来て、緊急に射撃中止を信号するようにと指示があった。私はただちに、六十センチ信号灯を「筑摩」に指向して「撃ち方止め」の発光信号を繰り返し送信した。「筑摩」は「赤城」の信号を了解して、数斉射の後、射撃を中止した。

一方、二十センチ砲弾数発の命中弾を受けた敵船は、水線付近に大破孔でも生じたものか、逐次、後部の方から沈降をまして、ついに午前十時五十九分、船首を上にして棒のように沈んでいった。その沈没位置付近には、多数の乗員と浮流物が散乱して漂流していたが、八千トン級の船体を呑みこんだインド洋は、何事もなかったようにふたたび平穏な海にかえっていた。

なおこのとき、戦艦「榛名」より、索敵に発進していた九五式水偵の一機が帰還し、前記漂流者の群れに、低空から偵察員がご丁寧に機銃射撃を加えていた。まことにライオンの群れの中に迷い込んだ羊が寄ってたかってなぶり殺しに遭ったような状景で、敵船ながら哀れであった。

漂流する敵船乗員を救助すべく、先の駆逐艦の一隻が、沈没位置付近にとどまっていた。敵商船を撃沈したわが艦隊は、ふたたび陣形をととのえて、ひたすらつぎの敵艦船をもとめて西進を開始した。

第一航空艦隊司令長官・南雲忠一中将

後刻、救助に従事し、艦隊を追尾復帰した駆逐艦からの報告によれば、この船はオランダ国籍の貨物船で、船名をメイモットヨート号といい、約八千トン級の貨物船であった。米国で航空燃料を満載して、帰国の途次にあった。当時、ジャワ島付近を行動中の日本海軍の目をのがれるべく、通常航路を避けて航行中であったが、運悪く日本機動部隊に遭遇して、哀れにも撃沈されたものであった。駆逐艦に収容された生存者は、船長、機関長以下二十九名であったとのことである。

ここで考えさせられることは、この撃沈は、戦争でやむを得ないとはいいながら、死亡した乗員はもちろんのこと、八千トンにあまる船体、満載した積荷（多量の航空燃料）などに何ら顧慮することもなく撃沈してしまうのは、まことに勿体ない気がした。これも作戦上のことで、いたしかたないものなのであろうが、戦争というものが、いかに残酷で、ムダなことをするものであるかと、つくづく思ったものである。

この日は結構獲物も多く、戦艦より発進していった九五式水偵が、艦隊の後方近距離に連合国の駆逐艦一隻を発見し、報告してきた。そこで戦艦、巡洋艦の水上艦艇が命を受けて反転し、これを捕捉、撃沈した。この敵の駆逐艦は、米国籍のエドソールという艦であった。

このほかに、米国籍のタンカー・ペコス（一万トン）。オランダ国籍のタンカー・エンガノ（一万九千トン）などを捕捉して撃沈したとのことであった。しかしこれらは、遠くわれわれの視界外で行なわれた出来事であり、電信による連絡か、事後の報告などにより、結果を知っただけで、詳細な状況は知る由もなかったのである。

その後、機動部隊は三月三日、ジャワ島南岸のチラチャップ港を空襲し、港内の船舶多数を撃沈破した。引きつづき、同島南方海上を遊弋しつつ、敵性船舶を求めたのであったが、さしたる戦果はなかった。そこで三月十日、作戦を打ち切り、機動部隊は舳先《へさき》を東に取り、ふたたびオンバイ海峡を通過して、三月十一日、スターリング湾に帰投した。

敵飛行艇撃墜せり

機動部隊各艦は、それぞれ指定された錨地に錨を投じ、乗員の休養と補給整備に明け暮れていた。各母艦の飛行機は、すべて入港直前に、陸上のケンダリー基地に揚陸されて、訓練と整備に従事していた。

この期間に「加賀」は、過日のパラオ入港の際に海底の岩礁に接触、損傷した。そこで艦底の修理のため、佐世保に帰還すべく出港していった。代わりに別の任務について行動していた第五航空戦隊の「翔鶴」「瑞鶴」が合同した。

最近の情報によると、インド洋、セイロン島付近に、新しく英国の空母、戦艦を含む艦隊および航空部隊が増強されて、わが方の南方作戦に、脅威をあたえるにいたっているという。そこで機動部隊は、これらを捕捉撃滅すべく作戦が練られて、第二次インド洋作戦が計画されたのであった。

三月二十七日午前九時、機動部隊はふたたびスターリング湾を出撃し、オンバイ海峡を通過、ジャワ島、スマトラ島の南方を西進してインド洋上に打って出た。

かくて何事もなく数日が過ぎ、敵船などにも遭遇せず、平穏なる警戒航行がつづいていた。そのような四月四日午後のことであった。

このとき艦隊は、明五日未明、敵のコロンボ軍港およびその周辺の航空基地、軍事施設を攻撃すべく、陣形をととのえて増速し西北西方に進撃していた。そのとき艦隊の右前方、距離にして約四万メートルくらいの断雲の間に、敵の索敵機と思われる飛行艇が出現した。双発のＰＢＹである。

かねての手筈通り、わが方の空母からは、いち早く甲板待機中の戦闘機が、間をおかずに舞い上がっていった。総勢九機で、編隊を組む余裕もなく、各機が一直線になり逐次、高度を取りながら全速力で突進して行く。

一方、「赤城」の艦上では、望遠鏡により敵飛行艇を追尾していたが、敵機はわが艦隊を発見すると、ただちに反転して、いったん遠ざかる態勢をとった。だが、しばらくすると何と思ったのか、再反転して、わが方に対し接近する姿勢をとっていた。高度は三千メートルぐらいであったと思われる。

刻々と接近する敵飛行艇に対して、先に発進して適当の高度をとり、待ちかまえていた味方戦闘機の一番機が、その直上から攻撃を加えたのであった。

敵機は突然、戦闘機の攻撃を受けてびっくりし、あわてて付近の断雲の中に逃げこんだ。わが方の後続戦闘機は、雲中の敵機の進行方向を見定めて高度をとり、敵機が断雲を突き抜けて来ると、その上方から接近して、搭載する二十ミリ機銃による猛烈な攻撃を加えていた。

敵機の機体に機銃弾が命中するたびに、その部分が破壊されて、破片が煙を引きながら飛散して行くのが、「赤城」艦橋上よりも望見された。

味方戦闘機による攻撃を受けながら数回、断雲の出入を繰り返した後、敵機は損傷により飛行に堪えずと判断したものか、やにわに急降下して高度を下げ、海面に着水した。しかも敵機は、着水すると見る間に、突然、大爆発を起こし、その爆煙が消滅すると、敵飛行艇の姿も洋上から消えてしまっていた。

敵の哨戒飛行艇撃墜の目的を果たした味方の戦闘機隊は、それぞれ所属の母艦に収容された。艦隊は、ふたたび陣形をととのえて、何事もなかったかのように進撃をつづけていた。

一方、敵飛行艇の着水後の爆発、沈没位置付近の警戒配備について航行していた駆逐艦（多分、「磯風」であったと思われる）が、その付近にいたり、漂流していた乗員五名を救助収容した旨を「赤城」に通報してきた。

わが戦闘機の攻撃により撃墜されたPBYカタリナ飛行艇

折り返し「赤城」司令部より、駆逐艦は船体も小さく、また情報を収集する関係もあり、ただちにその捕虜を、「赤城」に移乗させるよう「磯風」に通報された。「磯風」は速力を早め、「赤城」に接近した。そして夕暮れ迫るインド洋上で「赤城」も一時列外に出て停止して、敵飛行艇乗員五名の移乗が行なわれた。駆逐艦のカッターが「赤城」の左舷後部に接舷し、おろしてあった縄梯子を伝って昇ってきた。敵飛行艇乗員は、士官二名、下士官三名であった。

本来のものであるのか、あるいは駆逐艦より支給されたものかは判らなかったが、カーキ色の半袖、半ズボン、ズック靴姿で、別に悪びれた様子もなく、「赤城」乗員に導かれ、上甲板を通り、収容所に定められた前部中甲板の禁固室に収容された。

聞くところによれば、機長はカナダ海軍の少佐でクリップスという人であった。しかし、これは私の記憶ちがいで、あるいは英国の海軍士官であったかも知れない。

翌日の午後、司令部の航空乙参謀・吉岡忠一少佐が、第二種軍装を着用し、金ピカの真新しい参謀肩章を吊り、軍刀を携えて威儀を正して、捕虜に対する訊問を行なった。

まず機長のクリップス少佐から始まって、種々の訊問にあたったとのことであるが、彼は英国海軍の体面にかけて、重要な事柄は話すわけには行かないと、頑として答えなかったという。吉岡参謀が、当方の訊問に答えなければ、処分する場合もある旨を伝達すると、私は英国海軍の名誉のために喜んで殉ずるといって、動ずる気配もなかったとのことである。

後にこれを聞いた「赤城」の乗組員も、さすがは伝統ある英国海軍の士官だけのことはある、と感心していた。しかしながら、他の下級士官や下士官たちは、コロンボ付近の英海軍の艦船、航空機の配備状況その他の情報については、わりあい素直に事実を述べていたとのことであった。

なお、先に述べたように撃墜される直前に、わが方に接近してきたのは、まさか日本海軍がこのような海面にまで進出して来ているとは考えられず、万が一、味方の英海軍であっては大変なので、確認のため反転して接近したということであった。

さらに伝え聞いたところによれば、「赤城」の捕虜たちに対する待遇もよく、食事などもかなり丁寧なもので、煙草なども一日十本箱入りの光、一個が支給されていたという（註、光は士官用で下士官兵には黴びた金鵄かほまれくらいしか配給がなかった）。後日、話題の少ない艦内の「赤城」乗員の煙草盆などでは、「何だ、俺たちより給与が上ではないか」と笑い話をしながら、不平の声が挙がったものである。

危ない被爆

さて、わが機動部隊は四月四日、夜を徹して厳重なる警戒を行ないながら進撃し、五日黎明時、コロンボ軍港の南二百カイリ付近まで進出した。

「赤城」飛行隊長、淵田中佐を総指揮官として、「赤城」以下五隻の空母より、戦爆連合百八十機の攻撃隊が発進した。そして、敵コロンボ軍港所在の艦艇船舶多数を撃沈破し、また周辺の軍事施設、飛行場などを爆砕、また邀撃《ようげき》に飛び立った敵機多数を撃墜破するなど、壊滅的な打撃をあたえた。

加えて「利根」水偵が、艦隊の南西方海上を、西方に向かって航行する敵巡洋艦二隻を発見し、待機中の二航戦艦爆隊が発進して、これに攻撃を加え撃沈した。

しかしながら、目的とした敵英海軍の空母、戦艦を主体とする主力部隊には遭遇せず、機動部隊は、一応、攻撃隊を収容、反転避退したものの、満足すべき戦果とはいいがたかった。

したがって四月九日、再度セイロン島北部所在のトリンコマリー軍港を攻撃することに、作戦は一決した。

四月六日、七日、八日と敵機の攻撃圏外を行動し、同八日正午、艦隊は舳先《へさき》を西北西方のトリンコマリーに向け、進撃を開始した。

四月九日黎明、艦隊はトリンコマリーの東方二百カイリまで接近し、例のごとく淵田中佐を総指揮官として、戦爆連合百二十八機の攻撃隊を発艦させた。そして港内の船舶、軍事施設、飛行場などに対し果敢なる攻撃を加え、あまつさえ空中において多数の敵戦闘機を撃墜した。
なお、味方の水上艦艇より発進し、索敵中の水偵が、敵小型空母および駆逐艦一隻を発見
して通報してきた。セイロン島の南々東方を、北に向かって航行中であるという。
司令部においては、去る四日、コロンボ軍港を空襲の際、空母艦載雷撃機「ソードフィッ
シュ」八機が、魚雷を抱いて出現している状況により、英国艦隊の所在を顧慮していた。そ
のために各母艦には、それぞれ艦爆隊が控置され、てぐすね引いて、待ちかまえていた。
ただちに出撃命令が下令され、勇躍発進していった。機数八十五機、近距離で敵空母を捕
捉し、驚異的な爆撃精度をもって、敵空母「ハーミス」および駆逐艦一隻および商船一隻を
撃沈した。この当時、「赤城」にあっては、たしか午後二時頃であったと思う。
艦内スピーカーが、わが方の艦爆隊が敵空母を発見、攻撃の結果、撃沈した旨を放送して
いた。ちょうど私は、艦橋勤務を交代して非番となり、艦橋後方の飛行甲板直下の、信号員
待機所で休息中であった。そして前記の放送を聞いて、付近の海上を眺めながら、隣りの連
中に、「オイ、ハーミスが沈没しかかっているのが見えるぞ」と、冗談をいっていた。
と、そのときである。自分の鼻先の海面、すなわち南々東方に進航していた「赤城」の左
舷後方の至近距離に、いきなり「ドドドドーッ」と、十本近い大水柱が林立した。びっくり
仰天、スワッとばかり目の色をかえて艦橋に駆け昇り、十二センチ双眼望遠鏡に取りついて、
上空を観察した。
すると「赤城」の左舷後方の上空五千メートルくらいの高度で、白銀色に輝く大型爆撃機

九機が、編隊も見事に南西の空に向かって、悠々と飛行している姿が目に映った。敵機付近には、味方戦闘機の姿も見えず、また「赤城」の対空火器も、活動してはいなかった。まことに間一髪で難を避けたのだが、幸運であった。

4月9日、トリンコマリー空襲を終えて帰路につく「瑞鶴」艦攻隊

　敵機種をあとで聞くと、英国のブリストルブレンハイム爆撃機で、日本機動部隊の旗艦「赤城」に対し、編隊爆撃を試みた次第であったという。油断大敵である。

　機動部隊には、この敵トリンコマリー軍港の攻撃を最後として、本土帰還の命令が発せられた。

　翌十日、待機中の補給部隊と会合して燃料補給を行ない、早くも十一日午後にはマラッカ海峡に進入した。

　当時を追想すれば、艦隊は前路を警戒する駆逐艦を先駆けとし、警戒部隊、母艦部隊、戦艦部隊、巡洋艦部隊と、単縦陣列に占位して蜒々として、晴天、無風で鏡のような海面を威風堂々と進んでいた。戦闘行動ではないので、艦橋勤務についていても、信号交信量も少なく、いささか無聊《ぶりょう》のおもむきであった。

　四囲を見渡せば、左舷側のマレー半島は、緑の草原、ヤシ林、あるいはゴム樹林が平坦な海岸線に蜒々とつづき、その間に隠見する建造物が、明るい太陽の下に原色的塗粧も鮮やかに点在していた。

右舷側は、やや遠く薄い濛気のなかに霞むスマトラ島が、長々と横たわっており、ところどころ海岸近くのヤシの木が、まるで蜃気楼のように浮かんでいた。

思えば、昨昭和十六年十一月十七日、本土佐伯湾を隠密出港し、千島列島の択捉島の単冠湾を経由してのハワイ攻撃を皮切りに、本年初頭のビスマルク諸島の攻撃、米機動部隊邀撃、北豪ポートダーウィン攻撃、第一次、第二次インド洋作戦と約半年にもわたる強行的な作戦に従事し、それぞれ苦渋の中に自己の任務に邁進してきたが、いまようやく一段の作戦が終了し、本土帰還の途次にある。一兵卒といえども、感無量の思いなきにしもあらずであった。

かくて十二日も通峡に暮れて、十三日午後、占領後まもないシンガポールの沖合を通過した。海上より眺める景観は、戦火の跡も認められず、まことに異国的とでもいおうか、ただ明るいケバケバしい感じであった。

平穏なる航海

艦隊はシンガポールを過ぎると、舳先《へさき》を北に向け南シナ海に入っていた。

この頃、南雲機動部隊指揮官より、麾下各部隊艦艇の乗員に対し、長文の信号が発せられた。それは、開戦当初より現在まで、約半年にわたる長期間、休養を取る暇もなく、航程じつに三万五千カイリにおよぶ作戦行動に黙々と従事し、多大なる戦果を収めえた労苦に対する、指揮官としての感謝と慰労の辞、および今後増大するだろう困難と責任に対する奮起をうながすものであった。

なにぶんにも長文のため、信号灯による送信にはかなりの時間を要し、私が直接二キロワット信号灯の電鍵を叩いて、数十分にわたって送信した。

南シナ海に入りしばらく航進し、夕暮れの迫る頃、今まで一緒に行動してきた第五航空戦隊の「翔鶴」および「瑞鶴」が、新任務（南洋部隊に編入され、ニューギニア南岸ポートモレスビー攻略作戦支援のため、トラックに入港する目的）で機動部隊本隊より分離、進路を東にとって去っていった。

しばらく見えていた両艦の艦尾も、いつしか水平線の彼方に没して見えなくなった。残る機動部隊本隊は、針路を北より北々東にとって、ひたすら故国への途を急いでいた。今は、ほとんど日本の内海と化していた南シナ海では、おそらく会敵のおそれはないものの、あるいは伏在するかも知れない敵潜水艦に対しては、厳重なる警戒航行が実施されていた。

かくて四月十四日、十五日、十六日、十七日と、本土へ向けて平穏なる航海がつづいていた。多分、東シナ海に入った頃と思われるが、十八日の朝であった。艦橋勤務を交代するべくタラップを昇り、艦橋に入ると、ちょうど当時、当直参謀だった吉岡航空乙参謀が傍らに立っていた「赤城」の当直将校に向かって、「東京がこれだよ」と言いながら、握った拳《こぶし》を突き出して五指を開いて数回上下し、物を落とす仕種を繰り返された。

私も任務に就きながら、その光景を反芻《はんすう》し、何事が起きたのかと、目をこらし耳をすましていた。なんでも今朝未明、東京・横須賀方面で、空母より発進した敵機により、空襲を受けた旨の入電があったとのことである。

報告を受けた南雲長官、草鹿参謀長をはじめ幕僚の全員、あるいは「赤城」の長谷川艦長と、ぞくぞくと艦橋に昇ってきた。つづいて、連合艦隊長官より、「機動部隊は、本土帰還を取り止め、ただちに変針し、東方海上に進出して、敵機動部隊に対して邀撃態勢を取るように」との電命が入ったのであった。

かくて機動部隊は、変針のうえ増速し、東方海上に向かって進撃を開始した。繰り返しになるが、長期にわたる行動も、ようやく終了し、今、本土帰還の途にあり、あと数日で、それぞれの母港の土も踏めると、喜んでいた矢先のことである。

この突然降って湧いたような敵機動部隊の出現は、正直な話、「赤城」をはじめ、各艦の全乗員ともども「やれやれ」との思いで、がっかりしたものであった。このとき、艦隊は多分、半日くらいは東進したと思われたが、午後になり、その後の敵情が判明した。すなわち、敵機動部隊（空母二隻ほか巡洋艦、駆逐艦数隻）は今朝未明、本土の東方八百カイリ付近から飛行機隊を発進させ、その後ただちに反転し、東方に避退したという。

ふたたび連合艦隊長官より、「機動部隊は邀撃を取り止め、本土に帰還すべし」との電命が発せられた。かくて機動部隊は、ふたたび針路を北に転じて、本土に向かった。なお数日後、各部隊各艦は、横須賀、呉、佐世保、あるいは舞鶴と、それぞれの所属軍港ごとに、分離の上再集合して、母港に向かったのであった。

「赤城」「蒼龍」以下の横須賀所属の各艦は、四月二十四日午後、ようやく母港横須賀に辿り着き、外港所定の「ブイ」に係留された。私にとっては、約一ヵ年ぶりに見る横須賀軍港の懐かしい姿であった。

昨年の昭和十六年四月十日、新たに第一航空艦隊が創設され、司令部付を拝命して、当時の乗艦「蒼龍」より、即日、旗艦「赤城」に乗艦して赴任した。「赤城」は数日間、横須賀に在泊した後、九州有明湾に向け出港した。爾来、同方面海域に行動し、開戦まで諸般の飛行機隊の編成、訓練、演習あるいは戦備作業と、寧日なき有様であった。

この「赤城」の戦備作業のため、九月頃、横須賀帰港の際も、司令部はその直前に旗艦変更となり、確か「加賀」に乗艦し、横須賀に帰港する機会はなかったのである。いま眼前にする横須賀は新緑につつまれ、明るい太陽の下で、一年前と変わりない平和なたたずまいの中に、活気にあふれる姿を現わしていた。

草鹿参謀長からのお尋ね

母港横須賀に、一年ぶりに帰港したとは言いながら、第一航空艦隊司令部職員には、休養の暇はなかった。連合艦隊司令部は、機動部隊にゆっくり休養する暇をあたえなかったのである。

第一段作戦は成功裡に所期の目的を達成し、第二段作戦の策定に当たり、山本司令長官は、去る四月十八日の敵機による帝都空襲にかんがみ、つぎの作戦目標として敵ミッドウェー基地の攻撃および攻略並びに誘発されて出てくるであろう敵太平洋艦隊の撃滅という作戦を立て、反対する大本営あるいは軍令部を押し切り、機動部隊に次期作戦の行動予定を押しつけてきた。

機動部隊司令部では、南雲忠一長官あるいは草鹿参謀長、また二航戦司令官山口少将らが、各空母の長期にわたる行動の結果、消耗した飛行機の人員、機械の補充、訓練また艦船の乗員の補充交代、休養もまだ終わっていない状況の中、また五航戦は去る珊瑚海海戦において損傷した「翔鶴」の修理も完成しない状況の中で、極力、作戦の延期をこもごも具申した。

だが、連合艦隊司令長官山本大将、宇垣纏参謀長ら幕僚は、一切耳を藉《か》さず、既定方針通りの作戦が発令されることとなった。

草鹿参謀長以下、各参謀ともども、それぞれの新任務に関する計画、準備、あるいは打ち合わせなどに東奔西走していた。参謀の指示命令によるとはいえ、われわれ下士官の司令部職員またしかりであった。

かくして数日が過ぎた。特に母艦における飛行機搭乗員の補充、交代もかなりの数に達していた。「赤城」またしかりである。これらの人々の作戦に間に合わせるための諸種の訓練が緊急に必要なこととなり、司令部は急遽、旗艦を「加賀」に変更することとなった。

当時「加賀」は、三月下旬、セレベス島スターリング湾より佐世保に帰港し、艦底修理も完成、乗員の休養も終わり、瀬戸内海柱島泊地に回航されていた。

五月二日午後、長官以下、司令部職員は、横須賀駅発、陸行で呉軍港に向かい、翌三日、折から呉に入港して来た「加賀」に乗艦し、将旗を掲げたのであった。

司令部付信号員の大多数は、「赤城」に残留した。また信号員長の品川一曹は、兵曹長進級のため、転出することになっていた。後任の信号員長はまだ着任せず、とりあえず、雀部《ささべ》航海参謀の命により、次席下士官の私が、斎藤一水、田川二水の両名を連れ、幕僚一行に同行した。

乗艦した「加賀」は旧一航戦司令部付当時、かなりの期間、在艦していた経験がある。それで、「加賀」航海科員たちは、また司令部の橋本兵曹が来たと喜んで迎えてくれ、有難かった。

当時の「加賀」艦長は、岡田次作大佐で、確か航空畑出身の長身で豪放磊落、わりあい親しみやすい風貌を持った人であった。副長の川口雅雄中佐もまたしかりで、自分には何か養子先から懐かしい実家に帰ってきたような感じがした。爾後五月中旬過ぎまで、短い期間ではあったが、内海の広島湾、伊予灘などに毎日出動して、新編成の飛行機隊の各種訓練に従事したのであった。

「加賀」乗艦後、航海科員の居住区の一画に仲間入りして、生活を始めたが、当時の「加賀」乗員全体の気風は、じつに厳しいものであった。概して佐世保所轄の艦船部隊の乗員には、他の所轄にはない、一種独特の気風が存在した。九州人の特質というのでもあろうか。

第一航空艦隊参謀長・草鹿龍之介少将

昼間の訓練あるいは諸作業が終わり、夜間巡検終了後ともなれば、下級兵員の士気、不注意、失敗などに対する古参兵、下士官らのいわゆる「整列」と言われた制裁が、毎晩のように行なわれていた。さんざん文句を言った挙句、ビンタ、ストッパーなどが唸り飛ぶ有様であった。

任務上、母港におけるせっかくの休養も取らせず、横須賀より同行してきた二人の部下が、万が一この連中に巻き込まれて、暴行を受けるようなことがあっては、まことに可哀そうなので、一計を案じた。

それは、司令部付の私たちには、夜間に参謀より特命の仕事があるので、その処理をするという名目をつけて、夜間の艦橋当直以外は、前記の二名を、司令部航海科事務室に呼び入れて（別に特段の用事はなかったのだが）、雑談などで時間を過ごして難を避けさせ、ちょうど終わった頃合いを見計らって、居住区に帰して就寝させていた。

話は少し飛ぶが、ミッドウェー海戦後、司令部が「翔鶴」に将旗を移揚して、麾下艦船部隊とともに南東太平洋上に進出し、第二次ソロモン海戦を戦い、なおも敵機動部隊を索《もと》めて、南下北上を繰り返していたある夜のことであった。私は、艦橋後部で所定の信号勤務についていると、当時前艦橋に在った草鹿参謀長が、徒然でもあったのであろうか、その艦橋後部にきて、所在の折椅子に腰を下ろし、話しかけて来た。

「橋本兵曹、本艦ではお達しということが行なわれているかい」とのお訊ねであった。突然のことではあったが、「ははあ、われわれが常日頃いっている〝整列〟のことだな」と感づいた。

事実、私の聞いている限りでは、若年兵に対し、当「翔鶴」でも当然のことのように行なわれていた。ときには、甲板の外側に乗員の落下防止のために張るチェーンの支柱の鉄棒なども唸り飛ぶ、凄惨なる制裁行為もあることも承知していた。しかし、このような実情を、まさか参謀長に説明するわけにもいかない。

「本艦の乗員は、現在の海軍の置かれている現状を認識して、誠心誠意、任務に励んでいるので、そのようなことはありません」と、当たり障りのない返事をした。

　それを聞いていた参謀長が言った。

「じつはね、橋本兵曹、去る五月初旬、司令部が『加賀』乗艦当時の夜間、僕の私室前の通路に若い兵隊を整列させて、古参の下士官から兵曹長あたりまでが出て来て、僕が聞いても如何と思うような事柄を、くどくど繰り返し、ついには暴力を振るって、制裁を加えていた。あまりのことに、僕が出ていって制止しようと思ったが、考えてみると、『加賀』は、艦長（岡田大佐）、副長（川口中佐）もおり、参謀長の僕が出たとなると、問題が大きくなる。前記の人たちの立場もなくなるので、むずむずしながら我慢したんだよ。まったくどうかと思うね」と述懐された。

　私もその話を伺って、じつはと、『加賀』乗艦時代の話をすると、「それは巧い考えだったね」と誉められた。

　話は横道にそれたが、横須賀港において、鋭意、諸修理および整備作業、乗員の休養、補充交代をすませた「赤城」が、柱島泊地に回航されてきた。

第五章　炎のミッドウェー

視野のかなたに

昭和十七年五月上旬、それぞれ所属軍港において、第一段作戦による長期行動の疲れを癒《いや》し、万全の整備、補給作業を終了したわが機動部隊の各艦は、瀬戸内海安芸灘南部の柱島泊地に、ぞくぞくと集結した。

現在まで約一ヵ月近く、飛行機隊の訓練に従事していた旗艦「加賀」も、同十八日は訓練を中止して、泊地に碇泊していた。

われわれが乗り組むべき「赤城」も、戦備を完了し、十六日午後、横須賀軍港を出港し、十八日午後、柱島泊地に回航されてきた。

投錨後ただちに旗艦を変更し、長官以下全司令部職員は内火艇により、「赤城」に移乗して、将旗はふたたび「赤城」の信号檣頭《しょうとう》に掲揚された。

一ヵ月ぶりに、元の古巣の兵員室に帰ると、「赤城」乗員や司令部員が笑顔で迎えてくれた。「赤城」には新しく司令部掌航海長として古橋寅吉兵曹長、信号員長として曳地次郎一等兵曹の両名の方が着任しておられた。お互いの自己紹介の後、下級者ではあったが、古参司令部付として、司令部に関する要務事項の全部を説明した。

　次期作戦に備えて柱島泊地に集結した連合艦隊の艦艇は、じつに三百数十隻。さながら泊地海面をおおいつくさんばかりだった。これほどの艦艇が一泊地に集合、碇泊したのは、じつに空前にして絶後であり、その偉容はまさに壮観の極みであった。

　連合艦隊第二段作戦の鋒先《ほこさき》は、中部太平洋上「ミッドウェー」航空基地の攻撃ならびに攻略、およびこれに付随しての米国太平洋艦隊の捕捉撃滅に指向されていた。

　泊地においては毎日、連合艦隊司令部ならびに各艦隊首脳者たちによる諸般の打ち合わせが行なわれ、また麾下《きか》各艦にあっては、最後の補給および訓練整備に寧日なき有様であった。

　このようにして万全の準備のなった機動部隊は、海軍記念日の昭和十七年五月二十七日午後二時、柱島泊地をあとにしたのである。

　定刻の午後二時、警戒隊旗艦「長良」を先頭に、最新鋭三コ駆逐隊十二隻の駆逐艦が、隊番号に従い先陣をうけたまわって抜錨。つづいて第八戦隊（利根、筑摩）、第三戦隊二小隊（榛名、霧島）、そして最後に母艦部隊（赤城、加賀、飛龍、蒼龍）が錨を抜いたのであった。

　折から瀬戸内海は霖雨にけむり、海上、島影をつつんで視界をさえぎっていた。晴れの壮途にのぼる今、母国の姿は視野のかなたにかすんでいた。

「長良」を先頭にして、二十一隻が瀬戸内海の所定の航路を、単縦陣列、十六ノットの速力で進んでいく。広島湾、クダコ水道、伊予灘を過ぎ、午後七時、敵潜水艦を警戒しつつ暗夜を利用して、豊後《ぶんご》水道の掃海水路を越え、洋上において所定の警戒航行序列に占位した。

輪形陣の中心は、右側に一航戦の「赤城」「加賀」、左側に二航戦の「飛龍」「蒼龍」と並び、母艦部隊の右前方に「利根」、左前方に「筑摩」が占位、同じく右後方に「榛名」、左後方に「霧島」が占位していた。これに警戒隊旗艦「長良」が先導となり、十二隻の駆逐艦が、この諸艦の外周を取りかこんで警戒に当たっていた。

速力も二十ノットに増速され、艦隊は敵潜の目をくらますため、一時針路を真南に取り、進撃を開始した。

この夜間における航行中に、気になることが発生した。それは、艦隊の右後方に占位している「榛名」より、溺者発生の信号が微光力による信号灯で通報されてきたからだ。灯火戦闘管制下の上甲板を通行中に、誤って海中に転落し、行方不明となったとのことである。

もう一つは当夜であったか、翌日の夜であったか定かではないが、南雲司令長官が、艦橋への昇降の際、防火扉のケッチ（閉鎖用金具）に右手を挟まれ負傷して病室で手当を受け、三角巾でしばらくの間、右腕を吊っていたことである。何ぶんにも、同長官は矮軀、短小の人で、艦隊の首将の姿としては、いかにも頼りなく、また哀れにも感じ、大事の前の小事ではあったが、何か心の底に引っ懸かるものがあった。

ローランの角笛

出撃当日以来、好天に恵まれず、毎日、海上は陰鬱な天候のもとに荒れに荒れていた。二十八日正午すぎに小笠原諸島の北方を通過し、夕刻、わが艦隊に給油を行なうべく別途に洋上を行動していた旭東丸以下五隻の油槽船よりなる補給部隊と合同した。

そして五月三十一日、六月一日、二日と、各駆逐艦あるいは「長良」などの軽快艦艇に対し、燃料の補給が実施された。五月三十一日と、六月一日の両日は、比較的天候も良好で、作業も順調に行なわれていた。

艦隊の警戒航行は、厳重をきわめており、四隻の空母が交代で、午前、午後各一回ずつ艦攻二機を発進させて、艦隊の進路前方二百カイリまでの哨戒を行なった。それとともに、別に六十キロ爆弾二個を搭載した艦爆二機を発進させて、進路前程に伏在する敵潜水艦の警戒にあたっていた。

なお、各艦においては艦内哨戒第三配備となし、各部兵員がそれぞれの部署の配置に就《つ》いて警戒していた。しかし、敵潜などの出現もなく、また敵情なども入らず、緊張のわりには変化のない、単調な戦闘航海の明け暮れではあった。

六月二日午前、「長良」以下、駆逐艦に対する燃料の補給作業も無事終了し、補給部隊はつぎの会合点に向け、分離して去っていった。この頃より、わが艦隊の進路に当たる海上には濃霧が発生し、視界は狭小となり、航行あるいは洋上補給作業などに大いに支障をきたすようになった。

通常の霧中航行であれば、各艦が二分間隔にサイレンを吹鳴する一方、短波無電機に配員して交信し、自己の所在を確認し合うこともできる。しかし、このときは行動秘匿のため、厳重な無線封止が実施されていた。

また、警戒航行中とあって、光のような霧中信号法は使用できず、各艦では霧中標的を曳行するとともに、前後甲板に見張員を配して、必死になって前続艦、後続艦を警戒し、万が一の衝突事故に備えていた。艦橋にある信号員および見張員も、もちろん同様であった。

この濃霧により発生した重大なる事柄がひとつあった。

五月二十九日、柱島泊地を出撃し、わが機動部隊の後方六百カイリを進んでいた、主力部隊（山本長官の座乗する戦艦「大和」以下三十二隻）に対する補給艦「鳴戸」が、艦隊（主力部隊）に先航していた。

主力部隊は六月一日、補給隊に合同して燃料補給を開始する予定であったが、会合予定地点に到達しても、合同することができなかった。

そこで、補給艦の捜索にあたるのだが、その間に「鳴戸」が自己の位置を、無線により報告してきたのである。

こうして、補給隊との合同はできたのであったが、おそらくこの電波が米軍にキャッチされ、日本艦隊の動静を知る有力なる手がかりとされたものと推察される。

一方、機動部隊においても、悪天候につづく濃霧中の警戒航行のため、上下ともに一方ならぬ苦労を重ねていた。が、とにかく六月三日午前十時三十分には、ミッドウェーの北西方八百カイリの地点にまで達していた。

予定通り六月五日の早朝、敵ミッドウェー基地に対する空襲を実施するため、機動部隊はいま直接、同島に指向すべき変針点に到達していた。

しかし、視界をさえぎる濃霧のため、麾下の艦船部隊に対し、変針を通達すべき旗旒信号あるいは六十センチ信号灯をもってしても、視認は困難であった。

とはいいながら、ここで変針しなければ、六月五日のミッドウェー空襲予定に支障をきたすことになる。変針を通達するためには、無線を使う以外に方法はない。しかし、それは自己の所在を暴露することにもなる。

艦橋にあった司令部首脳の間で、激しい論議が行なわれたが、爾後の作戦、諸般の情勢などを判断して、ごく微勢力の短波無線を使用して発信することと定まり、南雲長官もこれを承認された。

かくて機動部隊は六月三日正午、針路を百三十五度、直接ミッドウェー島に指向、速力も二十ノットに増速された。

余談ではあるが、前述の微勢力短波無線は、後方六百カイリを進む主力部隊でも、聴取できたとのことであった。

空母「赤城」の艦橋後部に立つ著者(中央)

さらに重要なる事柄が一つあった。

それは、機動部隊後方六百カイリを進む旗艦「大和」の電信室の敵信傍受班が、四日夜、「ミッドウェー北方海域で敵空母らしい呼び出し符号を傍受した」旨の報告が通信参謀を経て、山本長官以下、連合艦隊首脳に報告されたことである。

山本長官はすぐに反応を示し、「この情報をすぐ、一航艦に転電する必要はないか」と、幕僚たちに諮問したところ、鳩首協議の結果、黒島亀人先任参謀の反対により、打電中止を進言したという。

まことに「ローランの角笛」ではないが、戦いには機微というものがある。このミッドウェー海戦には、山本長官あるいは宇垣参謀長、また南雲長官ら、行動秘匿のための無線封止に捉われて、首将としての決断に欠けていたと思われる。

決戦前夜

明けて六月四日、機動部隊は、対潜警戒航行序列が解かれ、戦闘隊形となり、空母間の距離は各七千メートルに展開した。そしてその周囲には、第八戦隊、第十一戦隊および直衛駆逐艦が配備され、母艦群の前程一万五千メートルに「長良」と二隻の駆逐艦が横一線となり、速力二十四ノットに増速されて進撃していた。

午後三時、機動部隊はミッドウェーの北西、五百カイリに達していた。相変わらず針路百三十五度、速力二十四ノットで、二十二隻の艦艇が一団となって突進していた。

午後三時十分にいたり、「赤城」電信室の敵信班より、敵哨戒機の発信によるらしい電波を感知した旨が、艦橋に報告されてきた。つづいて三時三十分、「赤城」の右前方を進んでいた「利根」より「敵機発見」の発煙とともに、「二百六十度方向、敵機約十機発見」の緊急発光信号が寄せられてきた。

「赤城」の艦橋はもちろん、艦内全般が「スワッ」とばかり色めき立った。ただちに対空戦闘が発令され、総員部署について、断雲の間に落日の近い西方の空を見上げていた。

一方、甲板待機中の戦闘機三機が、「赤城」戦闘機隊長白根斐夫《あやお》大尉に率いられて緊急発進し、「利根」の発見した方向に一直線に高度を取りつつ突進して行った。

そして約五分後に敵機を発見し、全速力で追尾したが、四囲は薄暮が迫り、薄暗くなっていた。しかも敵機も高速のため、距離を詰めることができず、断雲の間に見失ってしまい、やむなく帰艦したとのことであった。

さらに午後十一時三十分、艦橋上部見張員より、「右九十度、高角七十度に敵触接機の灯りらしいものを発見」との報告がなされ、ふたたび「総員配置につけ」が下令された。全乗員がそれぞれの配置について警戒したが、これは断雲の間に輝く星を、艦の動揺のため移動するように誤認したらしいとのことであった。

機動部隊指揮官南雲中将は、明五日早朝、ミッドウェー敵基地に対する所定計画にもとづく空襲実施を最終的に決定し、その旨を麾下全軍に下令した。

その際の状勢判断の中に重大なる過誤があり、結果的にあの惨めなる敗戦につながるのであった。その状勢判断とは――

(1)敵は戦意に乏しきも、わが攻略作戦進捗せば出動反撃の算大なり
(2)敵の飛行索敵は西方南方を主とし、北西北および北方方面に対しては厳重ならざるものと認む
(3)敵の哨戒圏はおおむね五百カイリなるべし
(4)敵はわが企図を察知せず、少なくとも五日早朝までは発見せられおらざるものと認む
(5)敵空母を基幹とする有力部隊、付近海面に大挙行動中と推定せず

(6)我は「ミッドウェー」を空襲し基地航空兵力を潰滅し、上陸作戦に協力したる後、敵機動部隊もし反撃せば、これを撃滅すること可能なり
(7)敵基地航空機の反撃は、上空直衛戦闘機および防禦砲火をもって撃攘することを得

右の信文原稿は私が受領し、直接信号灯の電鍵を打って送信したものである。問題は第五項目にある。その他もまことに甘い状勢判断ではあった。

ミッドウェー攻撃隊は、各空母搭載機の半数が充当され、「飛龍」艦攻隊長友永丈市大尉を指揮官として、「飛龍」「蒼龍」の艦攻隊三十六機、「赤城」「加賀」の艦爆三十六機、各空母よりそれぞれ九機、計三十六機の戦闘機隊、合計百八機があてられ、残りの半数は、敵機動部隊などの出現に備えて控置されていた。

なお、攻撃隊の発進時刻午前一時三十分と同時に、不時の会敵に備え、索敵機として「赤城」「加賀」より艦攻各一機、「利根」「筑摩」より零式水偵各二機、「榛名」より九五式水偵一機、計七機をもって、北方および東方海上約三百カイリ圏の索敵を実施することになっていた。

このほかに「赤城」以下の四隻の空母には、ミッドウェー基地攻略後、同島に派遣されるべき第六航空隊の艦戦三十六機のうち二十四機が、人員器材とともに分散搭載されていた。残りの十二機は、アリューシャン作戦の「隼鷹」および「龍驤」に搭載されていた。

ミッドウェー作戦に関するいっさいの準備を完了した機動部隊は、暗夜の海上を相変わらず、針路百三十五度、速力二十四ノットで、一路ミッドウェー島に舳先《へさき》を向けて突進していた。

いよいよ敵基地に対する攻撃を明朝にひかえて、「赤城」の艦内にも緊張の空気が充満していた。

攻撃隊の発進時刻も、刻々と迫ってくる。すでに「赤城」の飛行甲板上には、第一次攻撃に使用されるべき艦爆十八機、艦戦九機、および艦攻索敵機が、入念なる試運転も終了し、整然と準備されていた。整備員の不眠不休の努力の賜物であった。

第一次攻撃隊の爆撃により炎上するミッドウェー島の燃料タンク

話は飛ぶが、旗艦変更により、幕僚に随行して「加賀」に乗艦し、瀬戸内海で飛行機隊の訓練に従事中、横須賀在港中の「赤城」では、長谷川喜一艦長が退艦し、元土浦航空隊司令であった青木泰二郎大佐が艦長として着任していた。

緒戦のハワイ海戦以来、現在までに決行された幾度《いくたび》かの海空戦に、ただの一度の遅れをとった例がなく、その点、大いに自信はあるが、このたびの相手は名にし負う米国海空軍である。

海戦前夜、毎度のことではあるが、粛然として心に迫るものがあった。虫の知らせとでもいうのであろうか、今まではあまり関心を持たなかったが、戦闘身仕度に必要な清潔な下着類と、母が作って送ってくれた千人針の腹巻きをいっしょに風呂敷に包んで、最下甲板の居住区より、飛行甲板裏の信号員待機所まで運んで一応、着替えの準備はした。

しかし、真の決戦は明後七日のミッドウェー攻略戦か、あるいは敵機動部隊との遭遇時が、今次海戦の山場と考えられるので、このときはまだ着替えることはしなかった。

攻撃隊発進す

機動部隊は、かくして六月五日未明、攻撃隊発進予定地点に到達していた。まさにミッドウェーの西北二百余カイリである。攻撃隊発進予定時刻が午前一時三十分とあって、「赤城」では午前零時三十分に総員起床、ただちに「配置につけ」の号令が、拡声器を通じて艦内のすみずみまで通報される。

艦内は俄然、活況を呈した。戦闘行動ごとに繰り返されるこの動作にも馴れ切ったもので、灯火戦闘管制下に一糸乱れずに、全乗員が所定の配備についていた。

懸念された当日の天候も、多少断雲はあるものの、まずは晴れあがって、海上も風波少なく、絶好の飛行日和である。飛行甲板上の飛行機隊は、万全の準備を完了し、整然と静かに発進の命令を待っている。ただ暗い甲板上を最後の点検確認のためか、整備員が懐中電灯の光を頼りに走り回っているだけだ。

すでに搭乗員たちも艦橋直下の控え室を出て、飛行甲板上を三々五々、艦橋右側下部付近に集合して、出発時刻を待っていた。

やがて午前一時十五分、搭乗員整列の号令が下り、本日のミッドウェー敵基地の攻撃に出発すべき全搭乗員が艦橋下に整列した。艦爆隊長千早猛彦大尉以下四十七名、いずれも重大なる任務を前にして緊張した顔が艦橋を仰ぐ。

青木艦長の重々しい訓示、増田飛行長より所要の注意を受けたあと解散、おのおの乗機に向かって歩を運び、機上の人となる。

すでに飛行機は、機付整備員により、エンジンが始動されている。全機、排気管より青白い火炎を吐きつつ、轟々と唸りを挙げている。全機、翼端灯を点灯して、出発準備よしの合図をし、今はただ発進の命令を待つばかりであった。

各母艦はいっせいに風上に向首する。爾余の各艦もこれにならい、風上に向首した。この頃、東の水平線がようやく明るくなりかけていた。

遙かかなたの海上に目を移せば、僚艦の「加賀」「飛龍」「蒼龍」の各母艦の飛行甲板には、準備のできた飛行機隊の排気管の火炎が、列になっているのが望見される。

時計は刻々と時をきざみ、攻撃隊発進予定時刻の午前一時三十分を迎える。

「発進」――力強い青木艦長の号令が下る。命令は増田飛行長を通じて、飛行甲板の発着艦指揮官に伝達され、懐中電灯の青い光がぐるぐると円を描いて発進を指示する。

まず制空隊一番機が、エンジン全開発進、軽やかに暁闇の空に舞い上がっていく。つづいて二番機、三番機、二小隊、三小隊、艦爆隊と間をおかず、ぞくぞくと発進していった。

艦橋あるいは飛行甲板サイドの控え所付近にいた整備員や機銃台の配置についていた機銃員らが、今日の攻撃成功を祈って、いっせいに帽子や手を振って見送っていた。艦爆の後部座席にあった搭乗員が、艦橋付近に差しかかると、艦橋に向かって挙手、注目の敬礼をしていく。

南雲長官以下、幕僚、艦長らは、いちいちこれに応えておられた。

「しっかりやって来ます」

「攻撃成功のうえ、無事帰還を祈る」

一瞬の間の挙手の敬礼に、これらの意味がこめられている。まことに劇的な一コマではあった。

「赤城」以外の三空母からもいっせいに発進し、十数分にして全機発進を終了した。攻撃隊の総数、爆装した艦攻三十六機、艦爆三十六機、制空戦闘機隊三十六機、合計百八機。

攻撃隊は今、暁の空を圧して轟々と艦隊の上空を旋回しつつ、指揮官機を先頭に逐次編隊をととのえ、午前一時四十五分、機首を南東方のミッドウェーに向けて、雲の彼方にその姿を没していった。

この第一次攻撃隊の発進と前後して、「赤城」「加賀」よりそれぞれ艦攻一機ずつ、第八戦隊および「榛名」の水上艦艇より五機の水偵、計七機の索敵機が、北方および東方の所定の索敵方向に発進していった。

しかし、「利根」四号機のみは、カタパルト故障のため約三十分ほど遅延して、海上が明るくなってから発進していった。また「筑摩」一号機は、第八戦隊司令官の意向により、対潜直衛機を先に発進させたため、多少遅れて発進した。

なお、この機はエンジン不調のため、途中から引き返してしまっていた。今にして思えば、この二機の発進の遅延と、索敵に対する戦術の未熟さが、ミッドウェー海戦失敗の大きな要因となったのであった。

　過ぎ去った過去の問題に触れ、とやかくいうのははばかられることではあるが、去る四日、後方を進む「大和」艦上で受信した敵信の状況が、もし機動部隊に通報されていたならば、前述したあの南雲長官の暢気きわまる状勢判断もなく、五日当日の索敵も慎重に行なわれたであろう。また強敵を前にして、貴重なる時間の浪費、世にいう兵装転換の愚もなかったであろう。

「赤城」では、攻撃隊の発進開始と同時に、ハワイ海戦以来、海戦のたびに使用されてきた八幡の大軍艦旗が、戦闘旗として航空戦開始を表徴し、信号檣頭高く掲揚されていた。

　去る五月二十七日、母国柱島泊地を出撃以来、旬日近い荒天、濃霧、その他もろもろの困難を冒して、いま目的のミッドウェー基地に対し、無事攻撃隊を発進させることができたのである。

　その喜びに、「赤城」全乗員はもとより、艦橋にあった首脳部の面上にも、ホッとした安堵の色が見うけられた。攻撃隊には、ハワイ海戦以来、高度の練度を積んだ搭乗員が搭乗しているのだ。期待するところ、はなはだ大である。

　第一次攻撃隊の発進を終えた機動部隊は、飛行機発進のためやや乱れた陣形を整えつつ、速力も十六ノットに落として、引きつづきミッドウェーに直進していた。

　じつは、この接近にも問題があったのではないかと考える。

　これは後日知ったことではあるが、敵は日本海軍の暗号解読に成功し、日本海軍がミッドウェー島に来襲するのを予知し、ニミッツ太平洋艦隊司令長官みずから足を運び、防衛力を可能な限り増強し、飛行哨戒も厳重をきわめ、かつ珊瑚海海戦で損傷した空母ヨークタウンを至急ハワイに呼び戻し、三日間の超人的な努力により応急修理を行ない、ほかのエンタープライズおよびホーネットを加え、二コの機動部隊を編成し、戦備をととのえ、五月二十九日、同三十日、ハワイを出撃し、ミッドウェー北東海上に進出して、いつにても日本艦隊ござんなれと待ち構えていたのである。まことに神ならぬ身の知る由もなし、如何に何とはいいながら。

破られた静寂

午前二時、日出となる。海上は夜がようやく明け渡り、東の雲間を真紅に染めて、太陽が水平線上に姿を現わす前の荘厳なる一時《ひととき》、この中部太平洋上に美しい朝を迎えた今、日米必死の興亡を賭けた海空戦の幕が切って落とされたのである。しかしこの静寂は、またたく間に破れ去った。

第一次攻撃隊の発進後、引きつづき上空哨戒、戦闘機の発進および敵機動部隊の出現に備えての第二次攻撃隊の準備が下令された。そのために、これに使用されるべき艦攻十八機、艦戦九機が飛行甲板に揚げられて、発進準備を行ないつつあった。その機動部隊の前面に、早くも敵哨戒飛行艇が出現したのだ。敵もさるものである。

「赤城」では午前二時二十分、対空見張員の敵哨戒機発見の報告により、ただちに対空戦闘の号令が発せられて、全乗員がそれぞれの部署についていた。

折から、艦橋後部で信号通信業務についていた私も、さて敵機はいずこぞと、十二センチ双眼望遠鏡に目をあてる。いるいる、例のインド洋海戦以来、しばしばお馴染《なじ》みのコンソリデーテッド双発飛行艇である。

南東方に進航する艦隊の左舷正横、水平線付近、距離四万メートルくらいを悠々と同航で飛んでいる。「赤城」以下各母艦は、いっせいに甲板待機中の戦闘機を発進させ、敵飛行艇を追躡《ついじょう》せしめた。

母艦の飛行甲板を離れるや否や、弦を離れた矢のように一直線に突進する味方戦闘機群。一刻も早く、味方の状況を敵基地に打電しない前に撃墜してくれるよう心に祈る。しかし、敵機も必死であった。

発見したわが艦隊の状況を、いち早くミッドウェー敵基地に通報を始めたのであった。その打電の状況が、「赤城」電信室敵信班により傍受されて、艦橋に報告されてきた。

敵哨戒機の電信員がアワを食ったのか、あるいは暗号化する時間の余裕がないためであろうか、平文で、わが艦隊の艦種、針路、速力などを、どんどん打電していたとのことである。しかし、これも後に知ったことであるが、日本のように暗号または略語化せず、分秒を争う発見報告であるので、米軍は戦術として、平文で、しかも判り易く打電するとのことであった。

一方、各母艦より発進していった味方戦闘機は、早くも敵機に追いすがり、猛射を加えるが、敵機もなかなか曲者で、断雲を利用しながら、わが戦闘機群の猛攻撃を巧みに回避する。そして倏忽《しゅっこつ》の間に雲中に逸走し去ったのであった。

敵の哨戒飛行艇が目標を発見し、その状況をいち早く味方基地に通報するとともに、わが戦闘機の攻撃を巧みに回避して逃れ去ったことは、敵機の搭乗員が相当老練なることを物語るものであった。

今までの海戦などでも、敵哨戒機に発見されるようなことは数度ならずあった。しかし、これらは発見すればかならず撃墜していた。それが、今度ばかりは勝手が違っていた。

いまやわが艦隊は、その全貌を敵基地ならびに付近海域にあるいは伏在するであろう敵艦隊に対し露呈したのである。まだわが攻撃隊は発進直後とあって、敵基地には到達してはいない。

先の敵機の発した電報により、わが艦隊の位置、兵力、針路、速力などはすでに確認されたであろう。そして、手ぐすね引いて待機していることだろう。敵機群の来襲は必至であり、時間の問題となった。

また、敵基地においても、わが攻撃隊に対応する戦闘機あるいは対空火器など、万般の邀《よう》撃《げき》態勢を取っているであろうことを考えると、今からその苦難のほどが思いやられる。敵基地はあまりにも近い。

各母艦では、飛行甲板上に第二次攻撃隊を準備するかたわら、さらに十数機の上空直衛戦闘機を緊急発進させた。艦内における対空警戒も、ますます緊張の度を加える。

午前三時三十分、「赤城」では、敵哨戒機の発見さわぎや第二次攻撃隊（艦戦九機、艦攻十八機）の準備、さらに上空直衛戦闘機の発進などで遅れていた朝食をとるよう、副長より指令された。

すでに、艦橋後部の飛行甲板直下の特設信号員待機室には、主計科員心づくしの戦闘配食の握り飯が届けられていた。信号員も交替で艦橋を降りて食事をする。起床してよりはや数時間が過ぎ、空腹であったので、なかなかうまかった。

米雷爆撃機の来襲

敵機が、乗員の朝食が終わらない間に早くも来襲した。午前三時四十分、「対空戦闘」の号音が、拡声器を通じて全艦内にけたたましく鳴り渡る。

「スワッ、敵機だ」。いよいよ来るべきものが来た。杞憂が現実となったのだ。思わず手にしていた朝食の握り飯を放り出して、階段を駆けのぼり、艦橋の配置につく。

見よ、引きつづき南東方に進航する艦隊の左前方、水平線上はるか彼方の断雲の切れ間に、数十の敵機群が、好餌ござんなれとばかりに、わが艦隊の上空めがけて殺到しつつあった。

さっそく十二センチ双眼望遠鏡により観察すれば、われわれが開戦以来はじめて見参する単発雷撃機である。またその上空を、これに重なるようにして十数機の単発爆撃機また双発、四発の中、大型機群が視認された。やがて一部の敵機群は、散開して海面近くまで降下し、雷撃態勢をとりつつ刻々と接近して来る。

前方の敵機に近い「長良」あるいは駆逐艦などが、早くも猛烈な対空射撃を開始した。各艦は回避のため、最大戦速に増速された。

上空にあった直衛戦闘機も、ぞくぞくと敵機に突進し、たちまち一大空中戦を展開した。それぞれの目標に分散し、海面すれすれに降下、全速力で突入する敵雷撃機。「赤城」では、自艦に接近する敵機に対し、高角砲、機銃の全砲門を開いて応戦する。

じつに開戦以来はじめて経験する対空戦闘の実態であった。百雷一時に落ちるような銃砲声、あたりに立ち込める砲煙。まるで飛行甲板が噴火山のような有様で、まことに物凄い限りの対空火器の活動であった。

これと同時に、上空直衛中の戦闘機の活躍もまた見事であった。名にし負う日本海軍の零戦隊と、鈍重にしてなお魚雷を抱いている敵雷撃機との勝敗は歴然としていた。

しかもこのときの敵の空襲隊には、護衛戦闘機をともなっていなかった。猛烈をきわめる味方艦艇の対空火器の弾幕を突破して味方空母に迫る敵機を索《もと》め、縦横に飛び交う味方戦闘機。入り乱れての乱戦の中に、敵機は撃墜されて、つぎつぎと姿を消していく。

しかしながら、敵弾に貫かれたのか、あるいは味方の対空火器によるものか、中空より矢のように海中に突入する味方戦闘機も数機ならずあった。

勇敢な敵雷撃機の一機が、味方の警戒幕を突破し、「赤城」の左後方約七千メートル付近を航進していた僚艦の「蒼龍」に対して、至近距離より魚雷を発射した。思わず手に汗を握ってながめていると、高速によりこれをかわして無事な姿が望見される。しかし、僚艦ばかりではない。

「左九十度雷跡！」

艦橋上部見張員の甲高い報告に、思わず左舷側の海面を見れば、正横付近より「赤城」めがけて一直線に進入してくる一本の雷跡。思わずハッと息を呑む。他艦を狙って発射されたものが、はずれて「赤城」に向かって来たのである。

戦艦より発進していた九五式水偵の一機が、「赤城」に命中させては一大事とばかり、懸

「赤城」はマーチン B26爆撃機（写真）の雷撃を危うく回避した

命にこれを追躡しつつ、盛んに上下運動をして合図を送っていた。

　青木艦長は、見張員の報告を受けると同時に、「面舵一杯」を下令した。刻々と接近する雷跡！　早く回頭してくれと心の中で祈るが、三万トンの巨体はなかなか旋回しない。ようやくにして右に旋回し、辛うじて雷跡を艦尾より右舷にかわしてほっとする。

　このとき、「赤城」の右前方より、双発の米陸軍機マーチンＢ26爆撃機三機が、翼下にそれぞれ二本の魚雷を抱いて低空を一直線に殺到して来た。そして射点付近で魚雷を発射した。

　間をおかず味方戦闘機数機が追尾して、一機はまもなく撃墜したが、残る二機のうちの一機は、傷つきながらも執拗に突進して来る。先の魚雷発射と同時に、「赤城」はさらに「面舵一杯」が下令されていた。

　おそらく「赤城」に体当たりでもするような勢いであったが、「赤城」の面舵回頭が一瞬早く、飛行甲板の前端すれすれにかわっていった。これに一機の味方戦闘機がなおも喰い下がって、二十ミリ機銃の連射を加えている。

　一瞬、目の前をかすめる緑黒色の機体、白色の星のマーク。尾部の多分、十二ミリくらいの二連装の銃座が、追いすがる味方戦闘機に対し、必死に応戦している様子がハッキリと見える。

しかし、ついに力尽きたか、「赤城」の左舷正横数百メートル付近の海面に墜落し、「ガラガラガーン」という大音響とともに粉砕して、一塊の黒煙と化した。その跡の海上には、一物も残ってはいなかった。

三機目のＢ26は、やはり味方戦闘機が追尾したが、いかに射撃を加えても墜落せず、また発火もしなかった。これはＢ26が頑丈な飛行機で、操縦員の背面には防弾鋼板が装備され、また燃料タンクには発火防止のための厚いゴム板で覆われていたからだという。

この頃、二航戦旗艦の「飛龍」が、「赤城」の左舷正横七千メートル付近を航進していたが、襲来した敵Ｂ17数機による集中攻撃を受けていた。ドドーッと数本のどす黒い大水柱が、一時「飛龍」の姿を隠したが、ふたたび元気な姿を現わした。

つづいて「飛龍」「蒼龍」には、十六機の急降下爆撃機が襲いかかっていたが、ことごとく回避していた。天日を暗くする砲煙、耳を聾する銃砲の発射音、林立する爆弾の大水柱、水脈をひく雷跡入り乱れて飛び交う敵味方機……。

いつ果てるとも思われぬ激烈、壮絶なる海空戦も、しだいに敵機はその姿を減じ、やがて上空には敵機の姿を認めなくなっていた。敵機の雷撃による波状攻撃は、ついに終息したのだ。

日本艦隊を索《もと》めて、これを撃滅すべく敵基地を発進した敵機群は、強力なる味方戦闘機隊と猛烈な対空火器に阻まれて、ついにその目的を達することもできず、大半が海の藻屑と化し去ったのであった。

わが方には一隻の損傷艦だになし。対空戦闘のためやや乱れた陣形を立て直しつつ、意気軒昂、南東を目指して進撃をつづけていた。

いまだ海上には、そこここに墜落した敵機の残骸が黒煙を挙げており、ときおり呆然として首だけ出して、うねりのままに漂流する敵機の搭乗員の姿もあり、哀れをとどめていた。

当時、一航艦司令部には、海軍報道班員として牧島貞一という人が所属していた。艦橋で常に顔を合わせる関係で、普段から心易く声を掛け合う間柄になっていた。

今日も早朝から「アイモ」を提げて、艦橋から飛行甲板付近を彷徨《うろ》ついていたが、敵機も去ったことゆえ、「いかがですか牧島さん、今日はいい写真が撮れましたか」と声を掛けてみた。「はい、お蔭様で今日は大収穫ですよ」との返事が返ってきた。

「利根」索敵機からの報告電

さて、午前一時三十分、各空母より発進してミッドウェーに向かっていた百八機の攻撃隊は、どのようになっていたのであろうか。

じつはこの攻撃隊には、発進直後から米軍飛行艇が追尾していたのであった。この敵飛行艇は、巧みにわが攻撃隊の後をつけながら、ミッドウェーの手前約三十カイリ付近に達したとき、俄然、わが攻撃隊の上空に進出して吊光弾を投下した。これで味方（米軍）の迎撃戦闘機を誘導したのである。

敵基地では、先にも述べたように、暗号解読により、日本艦隊の襲来を予知し、また日本軍が予想以上の飛行機および人員器材を配備しており、五日黎明の哨戒機による日本機動部隊の発見報告あるいは触接などにより、日本機の来襲を事前に承知していた。そのために約二百五十機におよぶ所在の飛行機は、日本艦隊の攻撃に、また日本機の迎撃、あるいは退避にと、ことごとく離陸して上空に飛び去っていた。

四十機におよぶ敵戦闘機は、先の吊光弾の光に浮かび上がったわが攻撃隊に殺到してきて、わが制空戦闘機隊三十六機と激烈な空中戦が展開された。

その間をわが艦攻による三十六機の水平爆撃隊と、三十六機の急降下爆撃機は、午前三時四十五分、敵基地上空に進入した。

しかし前述したように、地上において敵機を捕捉することができず、やむなく南雲指揮官に対し、「地上に敵機なし」と電報し、滑走路や格納庫、あるいは燃料タンク、給油施設、対空砲台などを攻撃爆砕した。

友永攻撃隊指揮官は、ミッドウェー基地攻撃の作戦目的が航空制圧であることを承知していた。そこで、この第一次攻撃による成果を不充分と判断し、現在飛び立っている敵飛行機の帰投を待って攻撃する必要を感じた。

かくして、南雲指揮官に対し、「第二次攻撃の要あり、〇四〇〇」との電報を発し、全機帰還の途についたのであった。

一方、「赤城」にあった南雲機動部隊指揮官ならびに幕僚は、この電報を受けて、つぎの作戦行動に対して決断を迫られることになった。それには、現在までの数次にわたる敵機の空襲の状況と、米国艦隊の動静、それに今朝未明に第一次攻撃隊と同時に発進していった索敵機からの報告などが勘案されるところであった。

しかしながら、七機の索敵機からは、三百カイリの索敵予定距離の限界に達する予定時間を経過しているにもかかわらず、何らの報告も入らない。またハワイとミッドウェーの中間に散開線を敷く潜水艦部隊、あるいは友軍部隊などよりの情報も一切ない。

零式水偵——同型の「利根」4号機により敵艦隊発見が報じられた

したがって、付近海域には敵艦隊、とくに機動部隊は存在しないものと判断された。こうして種々協議の結果、敵基地に対し第二次攻撃を実施することに作戦は一決した。事実このとき、米軍機動部隊はいかなる行動をとっていたのであろうか。

五月二十九日および三十日、それぞれハワイを出撃した二コの機動部隊は、西進してすでに六月三日、ミッドウェー島の東北三百カイリ付近に到達し、付近の海上を遊弋しつつ、日本機動部隊の出現を待ち構えていた。そして五日朝の哨戒飛行艇の発見報告に接するや、直ちに南下を開始し、攻撃隊を準備して満を持して進撃中であった。まことに知らぬが仏とはいいながら、おめでたい限りである。

現在、「赤城」以下四空母には、既定作戦計画に基づき、敵機動部隊の出現に備えて、半数ずつの飛行機が、攻撃準備の下令により、それぞれ魚雷・爆弾を搭載し、発進準備を完了して飛行甲板に待機していた。

ミッドウェー敵基地の第二次攻撃のために、この飛行機隊を転用することになり、午前四時十五分にいたり、各母艦あてにその旨が発令された。このとき、わが母艦に控置されていた飛行機には、艦船攻撃用として、魚雷および徹甲爆弾が搭載されていた。これで陸上攻撃はできない。

そこで、急ぎ陸用爆弾に搭載替えをする必要がある。特に一航戦の「赤城」十八機、「加賀」十八機の艦攻は、魚雷を抱いて準備されていた。それを八百キロの陸用爆弾に替えるのである。整備員や兵器員は、ただちにその作業に着手し、汗みどろになって奮闘していた。

そして数十分後には、その兵装替えの作業も完成する直前であった。

午前五時、今朝、カタパルト故障のため、午前一時三十分の発進時刻を約三十分ほど遅延して発進していった四番索敵線の「利根」四号機より、

「敵らしきもの十隻見ゆ。ミッドウェーよりの方位十度、二百四十カイリ、針路百五十度、速力二十ノット、〇四二八」

との電報が舞い込んだのである。まことに時も時であり、折りも折りである。いかに何とは言いながら、これにはさすがに機動部隊首脳部はもとより、「赤城」乗員、いな艦隊全乗員、上下ともに色めき立ったのであった。

ミッドウェーに向かっていた第一次攻撃隊指揮官より、「さらに第二次攻撃の要あり」との電報が来ない前ならば、あるいは「利根」四号機の発進遅延にともなう敵発見の遅れ、発

信時間と受電者の了解時間のずれ、また偵察員の戦技未熟など、痛恨の問題点があった。

とにかく、敵基地に対する第二次攻撃を決意し、兵装転換を下令しない以前であれば、かねて準備されていた第二次攻撃隊を、ただちに指向させることが可能であった。しかも、敵基地攻撃に目標を変更して、その兵装替えがまもなく完成する直前ではないか。

もっとも、南雲司令部では、先の「利根」機の報告から推断して、敵空母が存在するとの的確な判断を下したわけではなかったのである。敵の兵力が判然としないので、「利根」機に対し、「艦種知らせ」および触接するよう電命が発せられた。

午前五時九分、折り返し「利根」機より、「敵は巡洋艦五隻、駆逐艦五隻なり」と報告してきた。しかも、午前五時三十分になって、さらに「利根」機より、「敵はその後方に空母らしきものをともなう。〇五二〇」と報じてきた。

ここにおいて、初めて南雲中将は、空母を含む敵機動部隊が存在するものと判断した（まことに遅い判断であり、逸機である）。ただちに命令は「ミッドウェーに対する第二次攻撃を取り止め、『利根』機の発見した敵機動部隊を攻撃す」とのように変更された。

錯綜、混乱のなかで

当時、二航戦の「蒼龍」には、二式艦偵（彗星艦爆の偵察型）という飛行機が、偵察機として試験的に二機搭載されていた。これは相当高速の、しかも増加燃料槽を二個も積むことのできる航続力の長い飛行機であった。

南雲長官は、ただちに該機を発進させ、速やかに敵機動部隊の兵力を把握するとともに、触接させるよう山口司令官に命令した。

　われわれ信号員は、さっそくこの命令信号を伝達すべく送信する。だが、直衛戦闘機の発進収容、あるいは回避運動などで、両艦とも激しい運動を繰り返していて、なかなか通達することができなかった。ようやくにして信号を伝達すると、まもなく右の飛行機は発進していった。

　この偵察機は、性能にまかせて敵艦隊の真上を通過し、敵機動部隊の直上を通過して敵艦隊の全容を把握するのだが、肝心の無電機の故障で、情報を通報することができず、後刻、「飛龍」に帰還して詳細に報告した。

　ミッドウェー海戦における敗戦の原因は遠因近因多種多様であるが、南雲司令部がここでも再度にわたる攻撃目標の変換により、攻撃隊の飛行機に再度の兵装転換命令を発したことであった。まことに狂瀾を既倒にめぐらす、という言葉もある。南雲忠一中将、草鹿龍之介少将、源田実中佐、いずれも英邁俊秀、日本海軍を代表する人たちである。再度にわたる兵装転換の愚を繰り返し、結果的に見て、本来敵艦に投ぜられるべき爆弾・魚雷を、飛行機もろとも自艦内で爆発炎上させ、四空母を潰滅させたことは事実である。

　第一次の兵装転換で、とにもかくにも搭載された陸用爆弾でも、命中すればそれなりの効果はあったものと推察される。まして母艦格納庫が整理され、敵機に対応する姿勢に違ったものがあったのではあるまいかとも思われる。先に、山本長官、また南雲長官の決断といったのは、このことを言っている。

　なお付け加えるならば、三空母が後刻、敵襲により被弾炎上時、山本連合艦隊司令長官に、後方を進む「大和」艦上にあって、渡辺戦務参謀と将棋を指しており、悲報を聞いてもやめなかった。それに比し、米国太平洋艦隊司令長官は、ハワイのパールハーバーの太平洋艦隊司令部で、太平洋上の麾下艦船部隊、全航空部隊を掌握して、ゆるぎない作戦指導を行なっていたと聞く。

話は元にもどる。

司令部より、再度の攻撃目標変換の指令により、各母艦の攻撃機は、すでに搭載されていた陸用爆弾を、ふたたび艦艇攻撃用の魚雷および通常爆弾に搭載替えすることとなった。しかもこれらの攻撃隊に随伴すべき戦闘機隊は、先の敵機来襲の際の邀撃に飛び立っていていまだ上空にあり、各母艦とも飛行甲板格納庫が錯綜しているため、収容されてはいなかった。「飛龍」にあった山口二航戦司令官より、「ただちに攻撃隊発進の要ありと認む」との意見具申の信号も寄せられてきた。

海軍には独断専行という言葉があった。これは上司の意向を無視して勝手気ままな行動を行なうことではなく、常に上司不在の場合、上司の意図にそうように行動することと教育されていた。上級司令部が優柔不断と見たなれば、独断でも、麾下二空母（飛龍、蒼龍）の艦爆隊三十六機、艦戦十八機を掌握し動かすべきだったのである。

事の善悪は、死生の境にあっては論外である。事実、山口司令官は右のことは実行されなかったが、最後は孤軍、「飛龍」一隻でよく奮闘し、敵空母ヨークタウンをほふり、自身も生還されなかった。

しかし、直衛戦闘機をともなわない雷爆撃機が、いかに悲惨な運命を辿るかは、先の敵機の空襲でも歴然としていた。攻撃隊に随伴させるためには、現在上空にある戦闘機隊を急ぎ収容して、燃料、弾薬を補給しなければならない。

折りも折り、上空にはミッドウェー攻撃に赴いた第一次攻撃隊が帰還して、艦隊の上空を旋回していた。今朝黎明時の発進以来五時間有余、搭載燃料も尽きかかっており、被弾機もあって、もはや一刻の猶予もできない状態にあった。

そこで一時《いっとき》、第二次攻撃隊の発進準備作業を中止して、ただちに収容することになった。このために、さらに敵機動部隊に対するわが攻撃隊の発進が遅延することになった。

五日午前六時五分、旗艦「赤城」より麾下の艦船部隊に対し、「収容終わらば、いったん北に向かい、敵機動部隊を捕捉撃滅せんとす」との命令が発せられ、発光信号により、速やかに伝達された。そして機動部隊は、午前六時十五分、針路を北東に転じたのであった。

各母艦とも、攻撃隊の兵装替えの作業は、兵器員、整備員たちの必死の努力にもかかわらず、思うように進捗しない。

格納庫内には、いったん取りはずされ、再度搭載されるべき魚雷が台車に載せられて散在していた。またいったん装着されてから取りはずされた陸用爆弾が、再度にわたる兵装替え下令のために弾火薬庫に収納する余裕もなく、格納甲板上にやはり台車に乗せられて各所に散在し、それが作業の障害になっていた。

その間を縫うようにして、兵器員が台車に積んだ魚雷を引き回していた。艦攻用の魚雷、爆弾はいずれも八百キロ以上あり、「赤城」「加賀」とも、それぞれ十八機に対する作業なのであった。

幸いにも、この再度にわたる攻撃隊の兵装替え作業と第一次攻撃隊の収容中は、敵機の来襲もなかったのである。

それにしても、今朝午前零時三十分の総員起床時より、総員配置につき、黎明時のミッドウェーに対する第一次の攻撃隊発進、敵哨戒飛行艇の発見、そしてつぎつぎと来襲する敵機との応酬、上空直衛戦闘機の発進および収容、再度にわたる兵装替え、第一次攻撃隊収容と、約六時間余、まったく一息入れる暇もない忙しさであった。

そして今、敵機動部隊と思われる大部隊を目前にひかえ、やがて来襲するであろう敵艦上機群に思いを馳せつつ、ひたすらに攻撃隊の整備完成をじりじりしながら待つ、その時間の長いこと。

第二航空戦隊司令官・山口多聞少将

眉をつりあげ、全身汗みずくになって、飛行甲板や格納庫甲板を狂奔する兵器員と整備員。しかもいまは各機の搭乗員も作業に加わり、必死になって攻撃隊の兵装完成に奔走している。まことに分秒を争う緊迫したひとときで、各母艦とも同様であったと推察される。

南雲長官以下司令部幕僚、艦長ら首脳者の面上にもようやく、焦燥の色が濃くなっていた。一航戦の「赤城」「加賀」よりもやや作業の進捗していた二航戦の「飛龍」から、「〇七三〇に至らば、攻撃隊を発進し得る見込み」との信号が寄せられてきた。

南雲長官からは折り返し、「準備出来次第、ただちに発進せよ」との命令信号が発せられた。先の独断専行論ではないが、先の「ただちに攻撃隊発進の要ありと認む」の信号から、今の「〇七三〇に至らば攻撃隊の発進し得る見込み」では、時間差があり過ぎて、今日《こんにち》でも理解し難い。ただ感じられるのは、将器の決断の時機の遅れと、何物にも替え難い貴重なる時間の浪費による逸機以外の何物でもない。

とにかく一刻も早く、わが攻撃隊が発艦すれば、遅れた「時」も取り返し、混乱した母艦の飛行甲板、格納庫も整理することができる。おそらく来襲必至の敵攻撃隊に対しても、万全の対応ができるのだ。

ようやくにして格納庫における攻撃隊の攻撃準備も、刻々に進捗し、艦橋にある首脳者たちの眉も開いて来たと思われた。

第一次攻撃隊の緊急収容後、北東に変針して進撃するわが艦隊の前程に、早くも敵空母より発進したと思われる敵機群が出現した。午前六時三十分頃であった。

艦隊の右正横、水平線付近、距離二万五千メートルぐらいのところに、一、二、三……合計十六機の敵雷撃機が出現した。鏡のような海面にチラチラと影をうつしながら、同航で飛んでいる。

さらに左正横、水平線付近に、十二機の雷撃機群が、わが艦隊を挟撃する態勢で出現したのである。

上空にあった直衛戦闘機は、ただちに右舷方の雷撃機群に殺到して行く。さらに各空母より甲板待機中の数機の戦闘機が、邀撃のため緊急発進して上空に舞い上がっていった。

かくして、敵機との激烈なる空中戦が展開された。このときの敵の雷撃機群にも、護衛の戦闘機隊はともなってはいなかった。敵雷撃機群の隊形は刻々に乱れ、一機また一機と、たちまちの間に撃墜されていく。まるで竹箒でトンボを払い落とすような感じであった。味方戦闘機の前に、敵の雷撃機は展開して雷撃態勢をとる暇もなく、十六機全機が、海底の藻屑となってしまった。

この敵艦載雷撃機との交戦中も、格納庫においては、第二次攻撃隊の攻撃準備が行なわれ、ほとんど完成近い状態にはなっていたと思われる。ただし、一機だに飛行甲板に引き揚げられてはいなかった。

しかしである。このとき、わが機動部隊各母艦の頭上には、もっとも鋭い悪魔が、牙をむいて迫っていたのであった。

今朝来、急速に南下接近した三隻の敵空母から、雷撃機と同時に飛び立った五十機余のドーントレス急降下爆撃機群が、雷撃機と緊密なる連携を保ちながら、わが「赤城」「加賀」「蒼龍」の三隻の後方上空に、三隊に分かれて迫っていた。すなわち雷爆同時攻撃であり、しかも雷撃隊が先行し、日本戦闘機隊を海面近くまで、引き下ろしてしまっていたのである。

ただ「飛龍」のみは上空の雲塊にさえぎられて発見されず、危うく難を逃れることができたのは幸いであった。

各母艦あるいは艦隊全乗員の注意が、先に出現した左右両舷方の雷撃機の動向に奪われていて、上空に迫る敵急下爆撃機には気がついていなかった。上空の戦闘機隊またしかりであり、この敵機に対し、一発の高角砲弾すら撃ち上げてはいなかったのである。

黒煙、火炎渦巻く

敵機は「赤城」の後上方、約六千メートルの高度から、雲塊の間を縫うようにして急降下、殺到してきた。

私は艦隊の右舷方向より接近する十六機の敵雷撃機と味方戦闘機の空中戦を眺め、最後の一機が撃墜されるのを確認した。それから時を同じくして分散接近する左舷方向の十二機の敵雷撃機が気にかかり、艦橋後部を五、六歩、左舷の望遠鏡付近に歩を移した直後であった。突如、ズズズズーンと、じつに骨身に応える大音響とともに、「赤城」の艦橋が振動し、あたりは一面暗黒となってしまった。「赤城」を狙って急降下した敵一番機が投下した大型爆弾（約四百五十キロ）が、わずかに艦橋をかすめて、その左舷方十数メートルの海面に落下、炸裂したのである。

私の鼻先であり、沖天高く吹き上げた大水柱が、艦橋全体をおおっていた。衝撃と大音響のため、一時《いっとき》、感覚を失って、ただボーッとなった。現実の状態が、まるで夢の中の出来事のような気がした。

どす黒い海水が滝のように降り注ぎ、頭の先から全身濡れねずみのようになり、辛うじて左手で手摺《てすり》につかまって体を支えた。私は右手の平で顔のしずくを拭いながら、呆然と佇《たたず》み、見るともなしに視線を飛行甲板後部の方に向けた。

そのとき、敵二番機の投下した爆弾が、飛行甲板三番リフト前方に、ドーンという格納庫に響き渡る鈍い大音響とともに命中、爆発した。目もくらむような閃光とともに、爆煙が冲天高く吹き上がる。万事休す。時刻はまさに七時二十四分。後年、諸氏の記録を読むと、第三弾が右舷後部に命中、爆発したことになっているが、私の記憶には、そのような覚えはなかった。

　この「赤城」の被弾と前後して、「加賀」「蒼龍」の二艦も、敵急降下爆撃機の攻撃を受け、被弾炎上し、黒煙を挙げていた。わずか二、三分の間に、頼みの綱の空母三隻が、しかも攻撃隊の発進直前に被弾、炎上したのである。

　ここで一言、当時の職分から触れておきたい。戦後、「運命の五分間」という標題で、『赤城の飛行甲板には、攻撃兵装の完了した艦攻と制空戦闘機隊が整然と準備され、戦闘機の一番機がブーとエンジンを吹かして上空に舞い上がっていった。ああ運命の五分間』との記述が残されている。

　当時の参謀長草鹿龍之介少将、航空甲参謀源田実中佐、「赤城」飛行隊長淵田美津雄中佐らの戦後の記述であり、読んだことはないが「公刊戦史」にもそのように記載されているという。いまだに読む機会がないので真偽のほどは定かでないが、右のような事実はまったくなかったのである。これが真実である。

　黎明時より七時間余にわたる全乗員の奮闘は、何ら報われることもなく、いまやわが機動部隊の上に暗い暗い運命が覆いかぶさってきた。

「赤城」の被弾箇所は、鉄板と木甲板がちょうど櫛の歯をさか立てたように捲《まく》れ上がり、その下部から黒煙と、まるで血の色のような火炎が渦を巻いて吹き上げていた。

この被弾直前、多分午前七時十分頃であったと思うが、上空直衛中に敵機（雷撃機）を邀《むか》え撃って、機銃弾を撃ち尽くした三機の戦闘機が、補給のため着艦した。ただちに燃料、機銃弾の補給を終え、急ぎエンジンを始動して、発艦を開始した。

二機は無事発艦したが、最後の一機がエンジン全開、進行を開始した刹那であった。爆弾命中による爆風で、約三十メートル前方に吹き飛ばされ、機首を飛行甲板につけて逆立ちになり、燃え出してしまった。

なお、この戦闘機の車輪止めをはずした機付整備員の一人が逃げ遅れて、飛行甲板外側のポケットに退避する暇もなく、被弾時の爆風に五、六メートルも吹き飛ばされ、飛行甲板上に倒れてしまったのだ。

見ていると、しばらくして立ち上がり、顔面から血を流しながら、黒煙と火炎を吹き上げている破口の方に向かって、ふらふらと歩きはじめた。

「馬鹿野郎が。そのまま進んだら、破口に落ちてしまうのに」と、気をもみながら見まもっていると、破口の直前まで行って、ようやく気がついたのか、駆けもどってきた。思わずホッとする。

被弾による「赤城」の火災は、刻々に拡大延焼し、猛威をたくましくして、凄惨の度を増しつつあった。

格納庫内には、すでに魚雷および燃料満載の第二次攻撃隊の艦攻十八機が、発進寸前の姿でそっくり収められ、そのほかに三機の戦闘機とミッドウェー攻撃から帰還した十八機の艦爆が収められていた。さらにその周囲には、急ぎ取りはずした八百キロ爆弾十数発が、弾火薬庫に収納されずに、格納庫のあちこちに散在していた。まさに最悪の状態の中の被弾であったと思う。

ついに火勢はこれらの飛行機に及び、つぎつぎに延焼していった。搭載されていた魚雷、また爆弾が誘爆するに及んで、まったく手のつけられない状態となった。おそらく「加賀」「蒼龍」も、まったく同じ状態であったと考えられる。

ドドーン、ガーンと一大音響で誘爆を繰り返すたびに、黒煙、火炎が渦を巻いて吹き上げ、鉄片や鉄板が唸りを上げて四散していた。その情況は、とうてい言語では表現できないような物凄い状態であった。

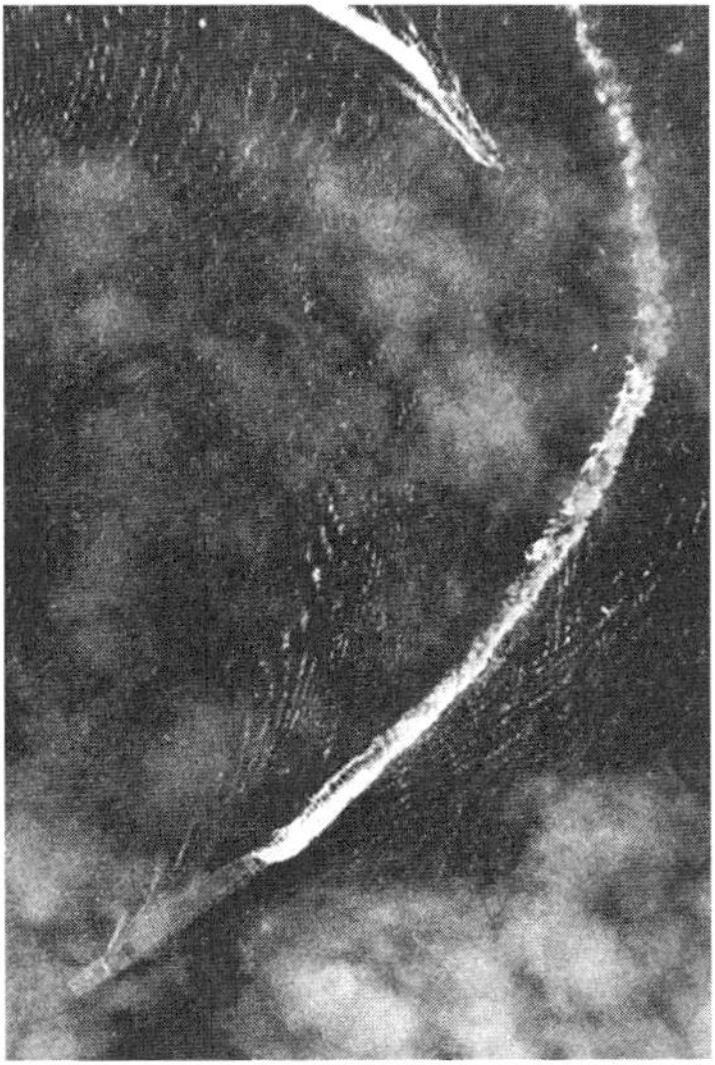

敵機の爆撃を回避する空母「赤城」（左下）

だいたい航空母艦といえども、急降下爆撃機の投下した爆弾の二発や三発くらいでは、絶対にびくともしないように造られていた。しかし、このときには先にも述べたように、十八本の魚雷（もちろん水中ではない）や同数の八百キロ爆弾が、つぎつぎと誘爆するのである。あたかも、これだけの敵爆弾が命中して爆発するのと何ら変わりはない。

空母の格納庫には、炭酸ガス消火装置といって部分的に数区画にシャッターで区分して密閉、多数のボンベから、多量の炭酸ガスを放出し、空気を遮断して消火を行なう装置が設備されていた。また、スプリンクラーなども設備されていたと思うが、継続する大爆発で、装置もどこかに消し飛び、また近寄って操作するどころではなかった。

一部の応急員を除き、乗員のほとんどが爆発と火勢に追われて、何ら為すところなく、危険の少ないところに固まって呆然としている有様であった。

その間に火災は飛行甲板におよび、ついに艦橋付近まで迫ってきた。当時、「赤城」の艦橋の周囲には、戦闘中の砲爆弾の破片を防禦するために、多数の釣床（ハンモック）を結びめぐらしてあった。火はこの釣床マントレットにまでおよんできた。

そこで、大急ぎでこれを切り落としたり、叩き消したりして防ぐのだが、なかなか思うようにいかない。荒れ狂う火煙は、罐室、機械室の吸気孔をおおい、煙はついに機械室まで侵入して、機関員の作業が困難となった。

加えて、電話や伝声管による艦橋との連絡も途絶した。さらには右舷後部被弾により、舵取り機械も故障して動かず、「赤城」は午前八時、進航を停止した。

万が一の場合に備えて、多年にわたり専門的な訓練また研究を積んできた応急員と一部の乗員が、必死になって消火作業に従事していたが、もっとも重要な消防ポンプ系統が被弾と同時に破壊されて、一滴の海水も放出することができなかった。

いたずらに乾いたホースを、引き回しているだけで、何の意味があるのかと、いぶかしくなる。おまけに、飛行甲板などでは、展張したホースに火がついて、めらめらと燃え出す始末であった。

上甲板前部などでは、わずかに手押しポンプとバケツリレーで、消火作業を行なっていたと聞いたが、どこを消火したのかは聞くことができなかった。今までの多年にわたる応急訓練は何であったのであろうかと、今さらながら痛感された。

消火作業は停頓し、全乗員はただ手をこまねいて火勢を見まもっているより致し方のない状況であった。

この猛烈をきわめる火災や魚雷、爆弾の誘爆、あるいは飛行機のガソリンタンクなどの爆発、延焼などに対し、人力をもってしてはとうてい手のつけようもない状況になっていた。

艦橋前部に在る南雲長官以下司令部首脳、青木艦長、三浦航海長らも今は為すところなく、凝然として、火災の状況を見まもるのみであった。

すでに艦橋の四囲は煙に閉ざされ、信号器具は全部破壊されて、信号通信も途絶し、信号員たる任務もなくなっていた。私も徒然のあまり、艦橋後部左方に張り出している手旗信号台に上がり、今後の情勢に対する複雑な思いに駆られながら、火災の状況を見まもっていた。

南雲司令部の修羅

すでに艦の航進は停止しており、ときおり大きなうねりが「赤城」の船腹を洗っていた。この中部太平洋ミッドウェー周辺の海水の色は、紫がかった藍色に澄み、数十メートルの深さまで透けて見えていた。

「赤城」の消火の見込みはまったくなく、本土を離れて一千数百カイリ、内地帰還の望みとてない。今後の「赤城」および自身の運命を考え、また開戦以来の過ぎ来し方を想うと、まさに感無量であった。

なお、手旗台から眺めていると、火勢に追われたのか、気の早い二、三人の兵員が、艦橋下の四番高角砲台あるいは上甲板左舷通路付近から、海中に跳び込んで泳いでいた。しかし、一人の男は金ヅチのせいか泳ぎもならず、跳び込んだまま、もがきながら海中に沈んでいった。艦に残っていれば、死ななくてもすんだろうにと、哀れであった。

刻一刻と拡大する火災は、「赤城」の船体の中央部をほとんど包み込んでいた。驚いたことに、格納庫の外鋼が高熱のために柔らかくなり、骨材のない部分が赤熱してぶら下がってくる始末であった。格納庫の内部は、火薬の爆発、飛行機のガソリンの燃焼で、溶鉱炉の内部のようになっていたらしい。

乗員は火勢に追われ追われて、ついに前部錨甲板および後甲板まで追い詰められ、そこでわずかに火勢を避けている状態であった。飛行甲板の後半分も、張り詰めた木部に着火して、各所で炎と黒煙をあげていた。ただ飛行甲板前部と、航海科全員で延焼する釣床マントレットの火を防ぎつつあった艦橋だけが、島のように残っていた。

午前八時頃であったと思う。火災鎮火の見込みも立たず、戦闘行動も不能となった。そんな「赤城」および司令部の移乗に備えて、至急に警戒駆逐艦を接近させるようにとの命令が、艦橋前部より発せられた。

さっそく右舷前方を疾駆する駆逐艦に手旗信号を送るが、火災の煤煙にさえぎられて、視認困難のせいか、通達困難であった。他の六十センチ、また二キロワット信号灯には、最初の至近弾で破損して使用不能となっており、やむなく手を束《つか》ねていた。

このとき私は、古橋掌航海長より、火勢のまだ及ばない飛行甲板前部で交信に当たれとの指示を受けた。さっそく了承し、黒煙の吹きつける艦橋下部の飛行機発着艦指揮所を経て外部階段を駆け降り、飛行甲板に出た。

すでに飛行甲板は、木部と木部の間のピッチ（填隙材）が溶け、炎をあげていた。急いで駆け抜けて飛行甲板前部に出たが、焦眉の急というが、このときの熱さは大変なもので、顔や両手の露出部は、だいぶ火傷《やけど》した。

さっそく付近を航過しつつある駆逐艦に、「近寄れ、近寄れ」の手旗信号を繰り返して送信した。しかし、遠距離で、肉眼で解信することは困難であった。しばらく送信をつづけたが疲れたので、やむを得ず送信を中止した。

付近を見れば、負傷者が大勢集まっていた。また、血だるまになり、歩行困難で倒れている者もかなりいた。その一方で、数十人の若年兵が、これらの負傷者を助けるでもなく、呆然と見ているだけなので、これらの兵員を督励して、負傷者の手助けを始めた。

何人かの負傷者を始末して、ふと顔を挙げると、先ほど「近寄れ、近寄れ」の信号を送信した駆逐艦であった。艦名を見れば「嵐」であった。先の信号を認めたらしい。

ただちに右艦首方に「嵐」が接近中なる旨を艦橋に通報すると、折り返し艦橋より、「司令部が移乗するにつき、『赤城』の左舷後部に近寄れと伝えよ」との指令があり、その旨をただちに「嵐」に伝達した。

この頃、艦橋では南雲長官、草鹿参謀長と青木艦長の間に、劇的な一場面があったらしい。

そのことを当時艦橋にあった司令部の同僚より聞くことができた。

南雲長官という人は、勇猛果敢な反面、常々、人情深い人であったという。「赤城」の被弾時より、火災の状況を黙々として見つめておられたが、草鹿参謀長が司令部の移乗を進言すると、

「私は長い年月、『赤城』と辛苦を共にしてきた。今、その『赤城』と『赤城』乗員を見捨てて、移乗するには忍びない。私は『赤城』と運命を共にする」

といって、いっかな艦橋の席を離れようとはしなかった。

おそらく腹の底では、今朝来よりの戦況の推移、結果的には、強大なる戦力を保持しながら、作戦、戦術の不徹底から、首将として、貴重であるべき数時間を無為に空費し、結果として、「赤城」を始めとする三空母の惨状を招いたとあっては、去り難い気持ちは、われわれでも理解できる。

草鹿参謀長や青木艦長は、言辞をつよめて切に進言した。とにかく、三空母が損傷したとはいえ、まだ「飛龍」があり、その他の艦艇も皆、健在である。長官はこれらを指揮して、最後まで戦い抜くべき重大なる任務を有する大切な身分であり、「赤城」は艦長が全責任をもって、善処いたします――そのように進言して、ようやく南雲長官も、納得されたとのことであった。

かくして、南雲長官以下司令部職員は、青木艦長、副長、航海長ら「赤城」首脳に後事を託して涙の訣別を告げ、いよいよ移乗することになった。

つぎは艦橋を脱出する段になる。上甲板より艦橋に通じる内部階段に、すでに火災の煙だ

噴き上げて煙突状となり、昇降不能だ。一方、艦橋右側面、および外部階段のある後面も、火につつまれて昇降不能の状態であった。

わずかに火勢のおよんでいないのは、艦橋前面だけで、ここより脱出する以外に方法はない。そこで、先にも述べたが、防弾用の釣床マントレットを固縛してあった径半インチほどの麻綱をほどき、一端を窓枠に結び、先端を下部四、五メートルの探照灯管制器甲板まで垂らし、この綱を伝わって、長官、参謀長以下、司令部全職員が艦橋を脱出した。

一番先に降りた南雲長官は、顔面蒼白となり、降りる際、身軽になるために靴を脱ぎ捨てたものか、靴下跣《はだし》で、まだ火のおよんでいない飛行甲板を前部の方へ、蹌踉《そうろう》として歩を運んでいた。敗戦の将とはいいながら、その姿は惨めであった。

「赤城」艦長・青木泰二郎大佐

つぎに降りたのが草鹿参謀長で、これは肥満しているため、綱を握っても体重を支え切れず、下部に墜落して、片足を捻挫していた。さらにつぎの田中艦隊機関長も同様の状態で墜落し、これは両足首を捻挫して歩行不能となっていた。つぎつぎに降りて来た艦隊主計長、艦隊軍医長の二人が、これらの人を両脇から支えて、ともかく安全な場所へと誘導していた。

いずれの姿も敗残の結果とはいえ、悲惨の極みである。その他の人たちは、先任参謀大石中佐以下皆、壮年者であり、兵学校で鍛えた体力で、苦もなく脱出してきた。

平時、平素の際には、このような軽業《かるわざ》のごときマネは、夢にもされる人たちではないが、危急の場合としてやむを得ない次第であった。

このようにして、いまだ火勢の及んでいない飛行甲板前部まで降りることができた長官以下司令部職員は、さらに左舷側の外側から、格納庫の外壁を経て上甲板に達するモンキーラッタル（簡単な鉄梯子）を伝って、前部上甲板まで降りていった。

「嵐」も先の指示により、「赤城」の左舷後部至近距離に接近して、停止漂泊している。私もすでに司令部は艦橋を去り、「嵐」も接近したので、連絡任務終了、飛行甲板より上甲板に降り立った。見ると、「赤城」の左舷前方、約五百メートルくらいのところに、警戒隊旗艦の「長良」も救助に来着して漂泊している。そして二隻のカッターが、「赤城」に向かって橈漕《とうそう》中であった。

司令部の移乗先は、急に「嵐」より「長良」に変更され、長官および幕僚は、いち早く最初のカッターで、「長良」に向かっていた。後に知ったことであるが、このカッターに、病人のはずであった「赤城」飛行隊長の淵田中佐、また報道班員の牧島貞一氏がチャッカリ同乗していたことであった。

つぎの二隻目のカッターには司令部付下士官も乗艇し、私も曳地信号員長とともに乗艇する。余談ではあるが、火勢を避けて、前部錨甲板付近に蝟集《いしゅう》していた乗員から見た目には、羨望の念も含めて、司令部の「赤城」からの逃避と見えたらしい。

残存艦艇を率いて

倥偬《こうそう》の間に燃えつづける「赤城」を後にして、一橈《いっとう》一橈、「長良」に向かうとき、振り仰ぐようにして「赤城」を見れば、なんたる無残さであろうか。劫火に焼きつくされた格納庫、飛行甲板は、骨殻のみとなり、その外鈑、その他の構造物は猛火がなめつくして、赤黒く焼けただれており、内部の火勢は衰えず猛烈をきわめていた。

ああ、これが約一時間前まで、わが精鋭機動部隊の旗艦として、緒戦のハワイ海戦以来、太平洋、インド洋の数度の海戦に偉功をたててきた同じ艦であろうか。まして、私としては昭和十三年以来乗艦し、あの苦しい猛訓練にも耐えぬき、約四年間にわたって懐かしみ、愛《いつく》しみ、誇りに思ってきた、文字通りの〝母なる艦《ふね》〟ではなかったか。

南雲長官ではないが、まさに断腸の思いで、いかにも去るにしのびずの感ではあるが、戦闘はまだ終わってはいない。われわれはなおも敵と戦いぬかなければならない。断じて逃亡ではない。

「赤城」よ、いま別れ去るが、せめてその姿のままでよいから、極力避退して、母国に辿り着いてくれよ、と心の中で神に祈っていた。

しかしながら、「赤城」の内部では、猛烈をきわめる爆発と火災はまだまだあとを絶たず、消火の術も失っていた。「赤城」乗員は、誘爆の危険と火勢に追われて、前後部の錨甲板付近に固まって、今は、ただ救助を待っているだけなのであろう。

私たちを乗せたカッターは、次第に「赤城」を遠ざかり、やがて「長良」右舷中部に到着した。「長良」の乗員に助けられながら、縄梯子を伝わって上甲板にあがり、すぐその足で艦橋に昇り、旗艦信号員勤務についた。

「長良」の前檣頭には、すでにわが機動部隊指揮官の健在を示すがごとく、中将旗がへんぽんと翻っているではないか。あとで訊ねると、元「赤城」乗り組みの経験のある「長良」司令部の池田信号員長（「赤城」当時、私も親しくしてもらっていた旧知の仲であった）が「長良」には中将旗がないために、自分のところにあった少将旗に鋏を入れ、下縁を切り取って、急ぎ中将旗に改造掲揚したとのことであった。

時刻は午前八時三十分、警戒隊旗艦たる「長良」の艦橋は、さらに機動部隊司令部が移乗したことによって、俄かに活況を呈したのであった。その後、敵艦隊に対して触接中の「筑摩」機よりの報告によれば、「〇八三〇、敵はわが部隊の七十度方向、九十カイリを北進中」とのことである。

司令部において情勢判断の結果、至近距離にある敵機動部隊に対し、残存する「飛龍」をもって航空戦を続行する一方、わが機動部隊の水上兵力をもって、昼間決戦を行なう決心を固めたのであった。

午前八時四十分、旗艦「長良」より、付近海面上を「赤城」「加賀」「蒼龍」三隻の損傷母艦を顧慮しつつ、遊弋中の各艦に対し、「われ今より攻撃に赴く。集まれ」の信号が発せられた。

この信号により、逐次「長良」付近に集合した各艦は、第三戦隊「榛名」「霧島」の二戦艦、第八戦隊「利根」「筑摩」の二巡洋艦、それに駆逐艦四隻であった。

午前九時、南雲長官は、損傷炎上中の三隻に対してに、それぞれ二隻ずつの警戒駆逐艦を残し、極力、北方に避退するよう指示をした。そして、集合した爾余の各艦に対しては、ただちにこれを掌握して、「現在われより見て、北東方九十カイリにあり北進中の敵機動部隊に対し、砲・魚雷戦により、一戦を試みる」旨を通報し、進撃を開始した。

艦隊は旗艦「長良」を先頭として、その両翼に右に「利根」、左に「筑摩」がつき、「榛名」「霧島」および四隻の駆逐艦が続航していた。

針路六十度、速力十六ノット、ついで午前九時四十分、針路零度、速力二十ノット。さらに十時二十分には針路四十五度、速力は三十ノットの第四戦速に増速された。ドドドドド……と強力に水を蹴るスクリューの振動が、われわれのいる艦橋まで力強く伝わってくる。

午前七時二十四分、「赤城」の被弾時より現在まで、混迷の幾時間が過ぎたことであろうか。ようやくにしていま、残る戦力を糾合し、一路敵を索《もと》めて進撃を開始したのである。

このとき「長良」の檣頭には力強く「只今より昼戦により敵を撃滅せんとす。まもなく会敵を予期す」との旗旒信号が掲揚され、艦隊に通報される（まことに掛け声だけは勇ましい。敵撃滅を何回闡明《せんめい》することか）。

余談になるが、「赤城」の艦橋は空母の艦橋の特質上、ごく手狭ではあったが、それでも機動部隊の旗艦として、性能のよい各種信号設備がととのえられていた。しかも長年月にわたる乗艦中に馴れ親しみ、これを駆使して、麾下艦艇間との信号通信の目的を果たしてきた。

それがこの移乗した旧式軽巡洋艦の「長良」ともなると、設備は貧弱で、特に遠距離通信に欠くことのできない信号灯も、旧式の四十センチ信号探照灯一個のみである。そのため、司令部より、麾下艦艇に下令される命令信号の伝達には、一方ならぬ苦労をした。

しかし、愚痴はいうまい。助けてもらったのだから。ではあるが、乗り組みの信号員は、信号員長を始めとして、親切で人の好い、しかも皆、豪傑で、この作戦の終了後、本土帰還まで、またガ島攻防戦中は何回顔を合わせ、お世話になったか判らない。

なお、まもなく敵と遭遇することになるが、何分《なにぶん》にも数時間前までは、無敵機動部隊の旗艦たる「赤城」乗員として、何も恐れるものはなかったのである。それが計らずも、「赤城」損傷のため、「長良」に移乗し、旗艦として、先頭に立って進撃している。

とはいえ、十四センチ単装砲七門、魚雷発射管二連装四基、対空火器にいたっては、二十五ミリ機銃数梃の兵装では、勇ましいことはいっても心もとない気がした。

反撃の機、熟す

進撃する艦隊の右前方にはわが方の空母としてただ一隻残存する「飛龍」が、今は警戒随伴する駆逐艦もなしに、全速力で続航していた。そこには第二次攻撃隊、第三次攻撃隊の発進、また艦隊上空哨戒戦闘機の発進・収容と、航空作戦を一手に引き受けて奮闘する頼もしい姿があった。

「飛龍」には、第二航空戦隊司令官山口多聞少将が座乗しており、南雲長官が指揮をとり得なくなった現在、代わって航空作戦全般の指揮をとっているわけである。

先に予定通り、午前七時五十八分、敵機動部隊に対し、艦爆十八機、艦戦六機からなる第二次攻撃隊を発進させていた。ついで、午前十時十五分、「まもなく第三次攻撃隊発進の予定」との信号を寄せてきた。

いよいよわが方の攻撃隊が、敵部隊の攻撃に向かったのである。過去、ハワイ海戦以来、幾度の海戦に参加し、とくにインド洋作戦では、英空母ハーミスを撃沈した経験を有する最優秀の艦爆隊が、遅まきながらいま、敵空母に対し殺到しつつあるのだ。

空母「飛龍」第二次攻撃隊の爆撃で炎上する米空母ヨークタウン

今はわずかに残る一隻の空母を頼りにして、進撃中の艦隊全将兵の期待するところははなはだ大である。「赤城」被弾時より、現在にいたるまで、敵機の来襲は一時中絶していて、その姿を見なかった。

艦隊は敵を索《もと》めて、ひたすら高速で進撃をつづけていたが、間を置いて行動する敵艦隊を捕捉するまでにはいたらなかった。そこへ、先に「飛龍」より発進した第二次攻撃隊からの電報が入ってきた。

すなわち、午前九時過ぎ、敵空母（ヨークタウン）を発見、数十機の敵上空直衛戦闘機の邀撃を排除しつつ、また激烈をきわめる対空射撃の弾幕をおかしながら、これに攻撃を加え、数発の命中弾をあたえたとのことだ。このため敵空母は、右に傾斜し、大火災中なりという。

なお、午前十時三十分、「飛龍」を発進した第三次攻撃隊（艦攻十機、艦戦六機）は、午後十一時四十三分頃、敵空母一隻を中心とする輪形陣を発見し、空母に対し少なくとも二本以上の魚雷を命中させたという。

　午後一時四十分、敵部隊に触接中の「利根」機より、「敵位置は、わが一二三〇の位置より百十四度、距離百十カイリ」との報告が入ってきた。敵は針路を東に取り、二十ノットの速力をもって東進し、わが方との間合いを適当に調節しつつあり、三十ノットの速力をもってしても、これに接近することは容易なことではない。

　一時《いっとき》敵機の来襲は途絶しているとはいえ、今後の来襲は必至である。

　なお、敵空母の攻撃に赴いた「飛龍」の第二次、第三次攻撃隊の艦爆、艦攻隊も、意外に損害が多く、残りの飛行機も数が少なくなっていた。そのために、今後の昼間攻撃の効果を期待することはできなくなっていた。

　これ以上深入りする場合は、敵の術中に陥って、反復攻撃を受けることは必定である。やむなく、南雲長官としては、昼戦の意図を放棄して、ひとまず西方に避退することに決定された。

　いったん、敵との距離を開き、そのうえで、敵戦闘機の行動、あるいは対空火器の活動が制約される薄暮攻撃を実施する方針を定め、麾下艦艇に通報した。かくして午後一時三十分、針路二百二十五度、速力も十六ノットに落とされ、西進を開始した。

　ところで、現在までの敵機動部隊の状況は、どうであったのであろうか。

　午前五時三十分、南雲長官の指示により、「蒼龍」を発進した二式艦偵は、ほどなくして先に午前四時二十八分、「利根」索敵機の発見した敵機動部隊付近に到達した。そして高性能を利して、大胆にもその上空を横断し、空母を確認するとともに、さらにその北方に二隻の空母を基幹とする敵機動部隊を発見していた。

しかしながら、同機に搭載していた電信機が故障していて、この状況をわが方に通報することができなかった。やむなく急ぎ帰投し、午前十時過ぎ、「飛龍」に着艦し、これを山口司令官に報告したのであった。

午後十二時四十分、第三次攻撃隊の艦攻五機、艦戦三機が、「飛龍」に帰還した。その帰還した搭乗員により、一隻の空母に対し、少なくとも二本の魚雷を命中させたことを確認して、報告された。

「飛龍」における山口司令官は、第二次攻撃隊（艦爆十八機、艦戦六機）、第三次攻撃隊（艦攻十機、艦戦六機）による攻撃で、少なくとも二隻の敵空母に対して損害をあたえ、戦闘行動不能に陥れたものと判断していた。

しかし事実は、米空母はまことに強靱というか、第二次攻撃隊の攻撃した二百五十キロ爆弾の二、三発くらいでは、大火災といってもたちまち消火し、破孔には鉄板を敷き並べて、二、三時間後には飛行機の発着艦を始めた。

すなわち、「飛龍」の第三次攻撃隊が攻撃した空母は火災消火後、応急修理を行なって、航行していたヨークタウンであったのだ。

なお、「飛龍」に帰還した第二次、第三次攻撃隊の飛行機のうち、使用可能機は、艦戦六機、艦爆五機、艦攻四機および二式艦偵二機のみであった。

この機数で、引きつづき昼間強襲を続行することは、損害のみ累増し、戦果は少ないものと判断された。そこで、薄暮を待って、残る一隻？　の空母を撃滅することを決意し、南雲長官に報告して了解を得た。

「飛龍」より「長良」に対し、「われ一五〇〇、第四次攻撃隊発進の予定」との信号が寄せられてきた。

待ちに待たれた反撃の機が熟してきたとの感があり、将兵の心にも、多少のゆとりが出て来たようにも思われた。

「飛龍」被弾

艦隊は、引きつづき西北西方に針路をとって航進していた。しかしながら、神はあくまで、わが方には、幸をあたえてはくれなかったのである。

先に薄暮攻撃を期して午後三時、第四次攻撃隊発進予定の信号を寄せてきた「飛龍」に対し、敵機動部隊より発進したと思われる十数機の急降下爆撃機と、同じく陸上基地より発進したやはり十数機の四発大型爆撃機(B17)が、またもや来襲したのであった。

午後二時三十分、ついにわが方のただ一隻の空母として残存していた「飛龍」は、この敵機群の集中攻撃を受け、被弾炎上した。

「飛龍」の飛行甲板では、第四次攻撃隊に先行して、敵艦隊に触接させる目的で、二式艦偵を発進させる直前であった。そのために風上に向首し直進していたが、その最中に敵爆撃機は巧妙にも、午後の太陽を背にして、六千メートルの高度から逆落としに突っ込んできた。

後上方から襲いかかる敵機が投弾する直前、これに気づいた「飛龍」は、対空射撃すると同時に回避運動を開始したが、爆弾は数発の至近弾につづき、つぎつぎと命中していった。

敵空母を撃滅すべく、最後の力を振り絞って第四次攻撃隊を編成、準備して発進させる直前であった。唯一頼みの綱とする「飛龍」が、蝟集《いしゅう》する敵機の攻撃を受け、損傷し炎上して行く姿を目前に見ているときの気持ちは、まことに切歯扼腕、断腸の思いであった。「飛龍」に攻撃を加えて損傷、炎上させた敵の急降下爆撃機や大型機は、こんどは目標を他の大型艦に移し、投弾につぐ投弾を加えていた。じつに息をつく暇もないほどである。とくに目に残るのは、「利根」「筑摩」の奮戦であった。

急降下爆撃機の投下した爆弾の大水柱、そして大型機の編隊爆撃による一斉投下での爆弾の水柱。一瞬、艦影を見失うが、これら重巡は最大戦速三十五ノットの速力で、これを縫うようにしてくぐり抜けて行く。

あの艦橋より前面に特殊に装備された二十センチ砲八門の、仰角をいっぱいにかけての一斉射撃、さらに高角砲、二十五ミリ機銃の全砲門を開いて応戦する姿は、じつに勇壮限りないものであった。

おりから「長良」の直上空を、一機の大型機が高度五千メートルくらいで、通過しつつあった。あるいは爆弾でも降って来るかと、内心胆《きも》を冷やしながら見上げていた。しかし、駆逐艦に毛の生えたような軽巡には、目もくれないのか、投弾もなくホッとする。

上空には、何機かの上空直衛戦闘機が飛行をつづけていたが、おそらく機銃弾を撃ちつくしたせいであろうか、敵機を避けながら飛んでいる始末であった。

最後まで上空に残っていた敵大型機も、全弾を投下しつくしたものか、東方に避退して去った。「飛龍」以外の艦艇に損傷艦はなかった。

その「飛龍」だが、十三機の敵艦上爆撃機の攻撃を受け、四百五十キロ（一千ポンド）爆弾四発の命中により、飛行甲板の前部より後部まで、ささらのようになっていた。中部リフトは、爆風に吹き飛ばされて艦橋右側面に寄りかかっており、飛行甲板の各所から、火炎と黒煙を挙げて燃えつづけ、航進もすでに停止していた。

艦隊の各艦も、「飛龍」を案じて速力を落とし、その近くまで接近しつつあった。海上はほとんど無風の状態で、「飛龍」から噴き挙げる黒煙が空高く上昇し、中空に長くたなびいて漂っていたのが印象的であった。

太陽はようやく西空の水平線近くまで落ちてきており、ミッドウェー北々西の海上には、たそがれが刻一刻と迫りつつあった。

思えば、じつに長い長い一日ではあった。今朝の黎明時より現在にいたるまで、約十五時間にわたる戦闘であったが、結果的に見れば、錯誤と不運の連続で戦い利あらず、それも今、大詰めを迎えようとしている。

敵情については、現在まで敵艦隊に対して触接を継続していた「筑摩」水偵よりの報告によれば、敵は三群に分かれており、それがわれより見て東方、距離百十カイリを針路九十度、速力二十ノットで、戦場を離脱中なりとのことであった。

敵艦隊がわが方向に進行して来るというのであれば、現在「飛龍」が損傷し、今は一隻の健在なる空母すらなくなったとはいえ、われにはまだ有力なる水上艦艇が健在する。司令部首脳としては、夜戦を決意し、これにより本日の全戦闘の決算をつけたい肚のようであった。

しかし、今よりわが艦隊が、三十ノットの速力で追撃しても、二十ノットで東に避退する敵との距離百十カイリをつめるのには、十一時間を必要とする。

その十一時間が経過したならば、翌朝黎明を迎えることになり、敵艦隊を捕捉する前に、敵基地あるいは敵空母より発進するであろう哨戒機に発見されるのは必定であり、当然、敵機の来襲を受け、今日の二の舞を踏むのは火を見るよりも明らかである。これ以上、戦闘を継続することは、自殺行為以外の何物でもない。

かくして最後の望みも、断念するよりほか道はない。本日における戦闘は、今や完全にわが方の敗北と決定した。

おそらく明日といえども、わが機動部隊には、健在なる一隻の空母も存在せず、艦隊の上空を警戒する一機の戦闘機、敵を攻撃する一機の爆撃機すらないのであった。

このとき、艦隊乗員、上は長官より下は一兵にいたるまで、その心中を去来するものは、果たして何であったろうか。

陽はすでに水平線の彼方に没し、あかね色の空も次第に薄くなり、海上には暮色が濃くなってきていた。上空にはまだ、「飛龍」より発進していた数機の上空警戒戦闘機が飛行をつづけて

爆弾 4 発が命中、大火災が発生した「飛龍」

いた。しかし今は着艦して、翼を休めるべき母艦は一隻とてない。

燃料も残り少ないのであろうか、「飛龍」を見まもりつつ低速で航進している「長良」付近の海面近くまで、舞い降りてきて、翼を振り、いかにすべきやと問う様子であった。

いまは緊急の作戦要務もなくなり、艦橋側面に出て来てこれを見ていた源田航空参謀より、

「着水するよう合図せよ」

との指示があった。

その旨をふたたび巡ってきた戦闘機に、手旗で海面を指して合図を送ると、該戦闘機は翼を振って了解を示し、一旋回、二旋回して、やがて巧みに海面に不時着水した。

搭乗員は間をおかず、座席より這い出して海中に跳び込み泳ぎ始めた。

機体はしばらく海面上で水平を保っていたが、エンジンが重いため、やがて逆立ちの形になって海中に沈下していった。

「長良」はただちに航進を停止し、さっそく救助艇をおろして搭乗員を収容した。

この救助作業を目撃した残る数機の戦闘機も、つぎつぎと低空旋回のうえ着水し、数人の搭乗員を救助した。

これについて、一つのエピソードがある。ちょうどこのとき、「長良」の後甲板で、一人の若年の主計兵が、使用済みの缶詰の空缶を籠に一杯いれて、烹炊所から持ち運んできていた。そして、その空缶を踏み潰し、別の籠に入れていた。資源再活用のため、その踏み潰した空缶を、内地まで持ち帰ろうというわけなのである。

その傍らの舷側には、数人の手空きの水兵がいて、戦闘機搭乗員の救助作業と、空缶の整

理作業を見くらべていた。まことに止むを得ない仕儀ではあるが、もっとも貴重であるべき何機かの戦闘機を、無造作に海中に投棄する一方、とるに足らぬ空缶を大事そうに持って帰ろうとすることに、「戦争というものは、何と矛盾したことだ」と、感慨深げにつぶやいていた。その言葉が妙に耳に残っている。

時間もかなり経過して、海面はしだいに闇が濃くなってきた。「長良」が搭乗員の救助を終わり、航進を起こす直前、闇の彼方よりかすかに、「オーイ、オーイ」と、救助を求める叫び声が聞こえてきた。

さっそく溺者のある旨を艦橋前部に報告すると、ただちに探照灯準備が下令され、声のする方向に向けて照射が開始された。

見ると、右舷前方、数百メートルの彼方の白い光芒の中に人影が認められた。彼は流木にすがりつきながら、位置を知らせるため、懸命に手で海水を掬《すく》い上げ、跳ねあげていた。探照灯の光芒に水滴が反射して、キラキラ光るのがよくわかった。

間をおかず、ふたたび救助艇が準備されてこれに向かい、救助したのであった。溺者の乗艦名や等級、氏名などは聞くようすがもなかったが、下士官であった。昼間から漂流していたとのことで、薄暮にようやく「長良」を認め、力の限り接近して声を挙げ、救助されたのであった。運の良い人もあったものである。

連合艦隊は引き返せ

やがて海上はまったくの暗夜となった。「長良」以下の各艦は、いまもなお火炎をあげて燃えつづける「飛龍」の四周をめぐりつつ、ひたすら消火作業の進捗するのを見まもっていた。

風波ひとつない暗夜、艦橋上部より青白い巨大な炎をあげている「飛龍」の姿は印象深いものがあった（艦橋の磁気羅針儀台の下部は、磁気の関係から鋼鈑でなく、大きな銅板が使用されていたが、それが火熱のため、青い炎をあげていた）。

十二センチ双眼望遠鏡で眺めると、「巻雲」「風雲」の二隻の駆逐艦が「飛龍」左舷に横付けするばかりに近接し、前檣の上部に消火ホースを引き揚げて、火点に向けて盛んに注水し、消火作業に協力しているのが目に入る。それが火炎の光をバックにして、影絵のように浮き上がって見えるのであった。

「飛龍」の火災の状況を案じて、黙々と艦橋に佇む南雲長官より、「飛龍」に対し、「消火の見込みありや」と訊ねるよう指示があり、さっそく微光力信号灯を使用し、その旨を送信した。

すると、折り返し「飛龍」の後部短艇甲板付近より、懐中電灯らしい発光信号で、「まもなく火災は鎮火する見込み。火災鎮火せば、十七ノットまで出し得」との雄々しい回答があった。さらに長官よりの「極力北方に避退せよ」との命令を伝達した。

このとき、付近海上にあった第三戦隊「榛名」艦長より、「今、艦隊がいたずらに海上に止まるときは、敵潜水艦の目標ともなる。進航を開始されてはいかが」との意見具申の信号が寄せられてきた。

南雲司令部でも、この意見具甲をもっともなことと判断し、「飛龍」には現在消火作業に協力中の二隻の駆逐艦に守らせ、さらに極力、北方に避退するよう重ねて指示をした。そして爾余の各艦には集合を命じて、針路を西北西にとり、航進を開始したのであった。

　このようにして、西北西に避退中の機動部隊に対し、午後八時四十分、近藤攻略部隊（前進部隊）指揮官より、「機動部隊はただちに反転、攻略部隊の夜戦に参加すべし」との勇ましい電命が入電した。

　敵情については先に述べたが、掛け声の威勢はよいが、どこの敵と夜戦を行なうのか、われわれでも疑問に感じた。大体この前進部隊は、後述するガ島攻防戦などにおいて、終始一貫、機動部隊の蔭に隠れて、敵機の行動圏外を徘徊し、しばしば戦機を逸していた。

　上級指揮官の命令により、機動部隊は、ふたたび針路を東南東に転じ、夜戦に対応する行動をとったのであった。

　ともあれ今朝、機動部隊の後方三百カイリには、山本長官が座乗する「大和」を旗艦として、主力部隊が行動中であった。長官は、機動部隊の三隻の空母が被弾損傷し、戦闘行動不能の報告を受けると、そのことの重大性にかんがみ、ただちに戦場に急行して、損傷空母の救援と今後の作戦指導にあたる決意を為し、主力部隊は二十ノットに増速された。とうてい呑気に将棋など指しているわけにはいかない。

　山本長官は戦場に急行しながら、各部隊に対し、諸般の行動の指示を為すとともに、機動部隊にただ一隻残る「飛龍」と、山口司令官の手腕に望みを託していた。そうして戦況の推移を見まもっていた。しかし、望みを託した「飛龍」も、敵機の襲撃を受け被弾損傷し、避退中であった。

この頃、敵に触接中の機動部隊水偵（筑摩機）の報告を綜合すると、「敵は空母三隻、巡洋艦六隻、駆逐艦十五隻、東航中」とのことである。

山本長官は夜戦を決意して、午後四時十五分、前進部隊および機動部隊に対し電命した。あわせて近藤長官に対し、機動部隊の指揮も取るよう指示したのであった。以上の結果、先に書いた午後八時四十分、近藤長官より、機動部隊に対する反転命令になったものと思われる。

しかし、敵にいちばん近いと思われる機動部隊ですら、百十カイリも離れている。しかも敵は、優速をもってなお東方に避退中であり、これを夜間に捕捉することは、とうてい困難である。そのように判断されて、午後九時十五分、「前進部隊および機動部隊は夜戦を取り止め、主力部隊に合同すべし」との電命が発せられた。

話は前後するが、この六月五日の戦闘敗北を憂慮した軍令部は、軍令部総長命をもって、「連合艦隊は引き返せ」との電命を発していた。事実、洋上で右のような情報を確かに耳にしているが、このようなことが真実に発信されたものか、あるいはデマであったのかは戦後五十年近くを経過しても触れる人がない。

帰還の途につく

ともかく、敵情に暗い上級司令部の指揮命令のままに南下をつづけた機動部隊は、夜戦中止の電命により、再反転し、主力部隊に合同すべく針路を北西にとり、暗夜の海上を航進していた。

警戒隊旗艦「長良」。本艦に「赤城」から機動部隊司令部が移乗した

確か、午後十一時頃であったと思う。艦隊前面に、敵浮上潜水艦を見張員が発見し、「長良」にも「総員配置につけ」が下令された。私も、中甲板中部の兵員室の食卓の長椅子にゴロ寝の仮眠をしていたが、今朝黎明時より、ほとんど二十数時間、艦橋に立ちずくめで、旗艦変更による乗艦の変更もあり、皆同じであろうが、疲労困憊の極に達していた。

事実は横着のせいもあるが、「エーイ、艦《ふね》がもし雷撃されて沈むときは、一緒に沈んでもいいや」と肚をくくると、割合度胸も出て、寝たままで艦橋に昇らなかった。幸い潜水艦騒ぎも大したこともなく、乗員は解散して、旧の配備についた。

かくして針路北西で数時間航行すると、黎明を迎え、四囲の海上が明るくなってきた。そこへ主力部隊の対潜直衛に任じていた「鳳翔」の九六式艦上攻撃機一機が、機動部隊の誘導と対潜直衛を兼ねて飛来した。

昨日まで最精鋭を誇った機動部隊は、四空母と、搭載していた二百数十機の飛行機の全部を失い、いまや複葉の旧式機のお世話になる始末である。まことに情けない気持ちであった。

なおしばらく航進して、前方水平線上に南下してきた

「大和」を先頭とする主力部隊の檣を望見する。逐次接近して合同、機動部隊各艦は編成を解かれて、それぞれの定められた位置につく。

山本長官座乗の、秘密のベールを脱いだ六万トンの最新鋭艦「大和」を旗艦として、偉風堂々と航進していたが、思わざる作戦の齟齬により、貴重であり、近代海戦の中心である航空部隊を喪失し、雄図むなしく二百隻余の大艦隊は鉾を収めて、本国に帰還すべく針路を西にとっていた。

途中、前進部隊も合同し、その他の敗残艦艇を収容しつつ一路西航する。中心空母四隻を失ったとはいいながら、それは驚くべき大艦隊であった。

単縦陣列で、旗艦「大和」を先頭に「長門」「陸奥」「金剛」「比叡」「榛名」「霧島」の諸戦艦がつづき、その後に小型空母の「瑞鳳」「鳳翔」および水上機母艦「千代田」が続航し、これを本隊とした。その外周を、第四、第五、第七、第八戦隊の重巡洋艦部隊が取り巻き、さらにその外周を第二、第四、第十水雷戦隊の数十隻に及ぶ駆逐艦が、それぞれ配備につき、警戒していた。

わが乗艦する「長良」は、蜒々と海上数カイリにわたってつづく一大輪形陣の右翼最前端に位置し、他の二水戦旗艦「川内」、四水戦旗艦「由良」とともに最先頭に立ち、嚮導兼警戒の任にあたっていた。別動していた北方部隊、第一艦隊などは、別途帰還の途についていた。

今朝、機動部隊の誘導および対潜警戒のため飛来した「鳳翔」機が、飛行の途次、「飛龍」の沈没位置付近で、多数の溺者を認めた旨を「鳳翔」を通じて、南雲長官あてに通報されてきた。

報告を受けた南雲長官は、ただちに第十戦隊司令官に、駆逐艦一隻を派遣し、溺者の捜索および救助を下令した。命を受けた第十七駆逐隊の司令駆逐艦「谷風」がただ一隻反転し、艦隊より分離して、前記海面に向かったのであった。

六日午前、そして午後、「大和」より、敵機の発する電波をキャッチし、敵機がわが艦隊に対し触接中と認められる旨を通報してくる。

艦隊、各艦とも全神経を上空に向け、終日、厳重な対空警戒が実施された。しかし、幸いにも敵機出現の徴候はなかった。それにしても、敵機動部隊が追尾中であることは確実であり、日没を迎えて、ようやく緊張より解放されてホッとする。

なお午前、艦隊より分離反転し、「飛龍」の溺者救助に向かっていた「谷風」は、「飛龍」沈没位置付近にいたり、捜索した。だが、付近には、漂流する多量の浮遊物は認めるものの、溺者は発見するにいたらずとのことであった。「鳳翔」機の発見した溺者は、おそらく前記の浮遊物を誤認したものらしい。

かくて「谷風」は、再反転して艦隊を追尾したが、案の定、敵空母より発進した十数機の急降下爆撃機により捕捉され、攻撃された。

「谷風」は必死に回避し、直撃弾こそなかったものの、左舷中部付近に至近弾を受け、舷側に百数十ヵ所に及ぶ破口を生じていた。しかし、航行には支障がない旨の電報が寄せられてきた。

後年知ったことではあるが、「飛龍」は火災鎮火後、翌朝まで沈みもせず漂流していたとのことで、総員退去後、付近を警戒していた「巻雲」「風雲」の二隻が、それぞれ魚雷を一本ずつ発射し、処分したことになっている。

当時、機関科指揮所にあった機関長以下四十五名の機関員が生存しており、沈没直前の「飛龍」より脱出し、短艇で十数日漂流中を米軍哨戒機に発見され、米軍艦艇に収容され捕虜になったことを知ったが、くわしい経緯は承知していない。

翌七日も、艦隊は前日に引きつづき、厳重な警戒裡に一路、西航しつつあった。

「赤城」処分の挿話

この艦海中、私は幕僚雀部《ささべ》航海参謀の命により、警戒救助に従事した各駆逐艦より、沈没空母の状況を問い合わせて綜合することとなった。

「赤城」は五日午後となって、消火の見込みはまったくなく、ついに総員退去が下令された。そしてすべての可燃物が燃えつくした後の惨《みじ》めな姿で、沈みもせずに空しく海上を漂っていた。

「赤城」乗員を収容した後、引きつづき付近に在って警戒していた駆逐艦「嵐」が、ついに六日未明、曳航の望みもないまま、二本の魚雷を放って、わが方の手により沈めたのであった。

「赤城」の処分について、ひとつの挿話がある。

五日午後、敵艦隊追撃中の「長良」の南雲長官に対し、「嵐」に乗艦中の第四駆逐隊司令（有賀幸作大佐）および青木「赤城」艦長より、「赤城」の処分を求める電報が入電した。

おりから艦橋に在った南雲長官は、小野通信参謀より電文受信用紙を渡され、しばらく沈思していたが、やがて、

「『機密第……電のごとく処置せよ』といってやれ」

と指示をした
当時、艦橋勤務中であったわれわれも、遠く離れた「赤城」の哀れな姿に思いを馳せた。そして最愛の「赤城」が、最高指揮官の決断の前にはいとも簡単に処分されることに、何か割り切れない思いがした。

すると傍《かたわ》らにいた草鹿参謀長が、長官の処分決定の指示を押し止どめ、

「まだ何らかの方法があるやも知れず、いま少し処分の時機を延ばされては如何」

との意見具申を行なった。

これで、長官はふたたび考え直されたのか、先の指示を取り消し、

「処分をしばらく待て、と言ってやれ」

と指示をした。

われわれもこれを聞いて、ころころと変わる長官の指示はともかくとして、「赤城」の処分が一時的にもせよ延期されたことに、思わずホッとしたものである。

「蒼龍」は被弾後四時間余にして、ついに火薬庫に火が入り爆沈した。

「加賀」もこれと前後して「蒼龍」同様、火薬庫に延焼、爆沈。

「飛龍」は被弾後、全乗員ほか警戒の駆逐艦も協力し、徹宵で消火につとめたが、「赤城」同様に、機械室、罐室にまで火が入り、ついに航行不能となった。

そして漂流中、翌朝、付近にあって警戒中の駆逐艦「巻雲」「風雲」が魚雷二本を放って沈め去ったことは先に書いた。

四隻の遭難空母の乗員の中で、一番哀れをとどめたのは、機関員であった。各母艦ともに、機関員はそれぞれのパートにおいて奮闘していた。

被弾後、いよいよ火煙が持ち場に及び、作業が困難となった。退去が下令されたときには、通路、昇降口などの脱出路は火に閉ざされて、脱出不能となり、多くはその持ち場付近で哀れにも職に殉じ去ったのであった。

人員の損害は(緊急のこととてだいぶ誤差があるが)、「赤城」は乗員一千七百名中、生存者一千三百余名、「加賀」は一千七百名中、生存者一千百余名、「蒼龍」は一千三百名中、生存者四百名、「飛龍」は一千三百名中、生存者九百余名であった。

右の生存者は、いずれもそれぞれ警戒中の駆逐艦に収容されていた。しかし、あの狭い艦内に数百名からの人員を収容したのだから、その混雑ぶりは言語に絶するものがあったことと推察された。

食事の世話はもとより、重軽傷者も多数あり、これらの治療も思うにまかせない状態であったことだろう。といって、放置することは許されず、七日午前、洋上において大型艦への移乗が行なわれたのであった。

すなわち、「赤城」の乗員は戦艦「陸奥」に、「加賀」の乗員は「長門」に、「蒼龍」乗員は「霧島」に、「飛龍」乗員は「榛名」に、それぞれ移乗が行なわれたのである。

この移乗作業に当たって、私自身に面白い話がある。

私の次弟が、同じ海軍に籍を置き、当時海軍二等水兵の掌信号兵として、戦艦「陸奥」に乗り組んでいた。弟は去る五日の戦闘における「赤城」遭難の報《しら》せを伝え聞き、兄の安否を気づかい、心を痛めていた。

それが七日朝となり、「赤城」の乗員が「陸奥」に移乗することとなった。駆逐艦「嵐」「野分」より「赤城」の乗員が短艇で、ぞくぞくと送られてくる。弟は舷梯付近で、兄の姿を索《もと》めて、各短艇ごとに目を皿のようにして立ちつくしていた。

そして最後の短艇まで待っていたが、その姿はついに発見することができなかった。それでも、あるいは見落としたのかも知れないと思い直し、「赤城」乗員の居住区、また負傷者の収容された区画を、くまなく探してみた。だが、やはりどこにも発見することができなかった。ついに最愛の兄を失ったかと、大いに落胆してしまったとのことであった。

しかし幸いにも「赤城」在艦中、同じ航海科にいた同年兵であり親友でもあった宮田という二曹に逢い、さっそく安否を訊ねたところ、橋本は元気で「長良」に移乗して行ったと聞かされた。嬉しさのあまり男泣きに泣いたという。

余談ではあるが、この弟とは、その後一回も会う機会もなく、翌十八年六月、瀬戸内海で「陸奥」爆沈の際、散華して果てたのであった。かえすがえすも残念のきわみである。

十字架を背負って

さて、わが連合艦隊は、七日午前中、遭難母艦の乗員を、駆逐艦よりそれぞれの艦に移乗を無事終了した。そして午後、「長良」は、草鹿参謀長が機動部隊の五日の戦況を山本長官に報告するために列外に出て、「大和」に接近した。「大和」も一時停止し、特別の短艇を仕立てて送ったのであった。

「赤城」の艦橋を脱出する際に捻挫した右足には、靴を履《は》くことができず、やむなく草履ばきであった。それに杖を突いている。そのようにして上甲板を過ぎ、命綱にすがって短艇に乗り込む姿は、まことに痛々しいものがあった。敗戦の責任者としての、十字架を背負った姿でもあった。

なお、五日の夜間以降、艦内に南雲司令長官の姿を見ることはなかったのであった。一説によると、南雲長官が自決を主張するのを、草鹿参謀長が諫止《かんし》したとか、あるいは幕僚一同が揃って自決を嘆願して、これも草鹿参謀長に止められたとかの説が流れていたが、本当に腹を切る人は、便々と生きて帰ってはいない。

数時間後、「長良」はふたたび「大和」に接近し、草鹿参謀長を迎え、旧の位置に就《つ》いた。

かくて七日、八日、九日、十日と、無事なる航海がつづいた。敵機もなければ、敵潜の出現もなかったのである。途中に待ち受けた給油艦より、駆逐艦、軽巡などの軽快艦艇が給油を受けた。

余談を一つ。五日の海戦のおり、アイモをかざして貴重な写真が撮《と》れたと喜んでいた牧島貞一報道カメラマンに、

「牧島さん！　アイモはどうしました」と訊ねたところ、

「いやあ、抛《ほう》り出して来ましたよ」との返事であった。当然のことながら、写真機よりは命の惜しいのは人情である。

十日朝になり、「長良」および損傷艦「谷風」は、柱島泊地に先航するよう命令が発せられ増速した。このため、艦隊より一足先に内地に帰投することとなり、十三日の午後、行く先、目的などわれわれの知るところではないが、源田航空甲参謀が、「長良」水偵を仕立ててカタパルトで発艦していった。

ついに六月十四日の早朝、右舷前方水平線上に、四国の陸影を認めることができた。教時間の後、豊後水道の警戒水路に進入した。瀬戸内海に入り、午後三時、空は晴れ、風も少なく、波静かなる柱島泊地に帰着することができた。

思えば、去る五月二十七日、当泊地を大挙出撃以来二旬余、苦しくもまた辛い、これまでに類のない戦闘航海ではあった。

あの「赤城」の船体の大部分が火の海と化したとき、艦橋で絶望のあまり一時は死も覚悟したが、幸運にも無事帰還することができた。誰に語るでもないが、その喜びは千万無量の思いがした。

空母艦長たちの運命

最後に、四隻の空母の最高責任者たる各艦長の姿を、ここに記しておこう。いずれもじつに悲愴であり、壮絶の極みであった。

まず「赤城」の青木泰二郎艦長である。

艦長は、「自分が全責任を持って爾後のことを善処します」と、切に旗艦の変更、司令部の移乗を進言し、ついに南雲長官以下、全司令部職員が「長良」に移乗した。

艦長はなおしばらく艦橋にあって、火災状況および消火作業の進捗情況を見まもっていた。しかし、やがて艦橋も危険になったので、やむなく退去して、前部錨甲板に難を避けていた。火勢はやがて船体の上部構造はもちろん、機械室、罐室にまでおよび、火の海と化していった。

前甲板にいたずらに蝟集《いしゅう》する乗員を督励し、何とかしてわずかでも火勢を防ぎ、少しでも早く鎮火せしめるべく手段方法を講じても、如何ともなしがたかった。肝心の消防ポンプが破壊されて放水できず、わずかに手押しポンプ、またバケツリレーなどで消火できる火災ではなかった。乗員はただ己《おの》が身を守るのが精一杯の状態にある。

火災鎮火後の内地帰投の希望も、今は絶無となった。午後になり、ついに放棄を決意し、全乗員の退去を命じたのであった。

こうして一千三百余名の「赤城」の全乗員を、駆逐艦「嵐」および「野分」に移乗させたが、青木艦長自身は、「赤城」の最後の運命を見きわめたうえ、「赤城」と運命をともにするつもりであった。前部錨甲板の手摺に体を固縛して、一人残っていた。

一方、副長以下、航海長その他の乗員は、いったん「嵐」および「野分」に移乗していた。「赤城」は燃えるものがすべて燃えつくすと、赤黒く焼けただれた鉄骨、鉄板だけの無残な姿を曝《さら》して、沈みもせず、うねりのまにまに漂っていた。

「嵐」にあった第四駆逐司令および「赤城」副長、航海長らの間で、「赤城」にある青木艦長の救出についての協議が行なわれた。

その結果、三浦航海長がその説得に当たることになった。三浦航海長は、「嵐」の短艇でふたたび「赤城」に赴き、百方説いて艦長に退去するように翻意をうながした。

青木艦長も、残る乗員の前途を思い、部下たちのためには何を忍んでもと、ついに同意し、「赤城」をあとに退去したのであった。この人は非常に人情深い人であり、「赤城」艦長としては短い期間であったが、乗員たちからはよく慕われていた。「赤城」艦長に着任する以前は、永らく土浦海軍航空隊司令として、飛行予科練習生の育成にあたっておられたと聞いていた。それが始めてミッドウェー作戦に参加し、この悲運に遭遇したのである。

この人は内地帰還後、間もなく待命となり、第一線を退き、ほどなくして予備役に編入されてしまった。時の海軍上層部の人たちの間に、いかなる考えがあったかはわからないが、報いるにはあまりにも酷で、いまだにわれわれの理解できないところである。「赤城」乗員は、艦長が生還してくれたことをどれほど喜び、また力強く感じたことであったことか。

空母「蒼龍」艦長・柳本柳作大佐

「加賀」は、敵降下爆撃機十機の攻撃を受け、五発の命中弾を浴びた。そのうちの一発が艦橋に命中した。これで岡田次作艦長、川口雅雄副長以下、艦の首脳部および艦橋付近にあった兵員のほとんどが、一瞬の間に壮烈な戦死を遂げた。

「加賀」には開戦前、一航戦時代から旗艦変更のたびに何回となく乗艦し、出撃前も約一ヵ月、訓練指導のためにお世話になった。岡田艦長、川口副長らも身分は異なるが、温顔の親しみ易い人たちであった。航海科員で親しい人も多数いた。

艦橋以外にあって、飛行作業を指揮していた飛行長の天谷孝久中佐が生き残り、乗員を指揮して消火作業に従事していた。しかし、火災は火薬庫におよび、五日午後、大爆を起こしてついに沈没した。乗員は付近で警戒中の駆逐艦に収容された。

「蒼龍」は同じく四発の直撃弾により、「赤城」「加賀」同様、消火の見込みがなくなった。柳本柳作艦長は、副長以下、総員に退去を命じた。そうして自分は艦橋の手旗信号台に昇って、火熱を避けていた。

副長はともに退去すべく進言したが、容《い》れられなかった。やむなく一考をめぐらした。艦内応急員に、安部一曹という海軍相撲四段の猛者《もさ》がいた。この下士官に策をさずけ、艦長を海に落とせば助けることができるゆえ、お前が行って海に突き落とせと命じたのであった。

委細承知した安部兵曹は、艦橋に駆け昇り、艦長に組みつこうとした。柳本艦長はその意を悟り、大いに怒って、やにわにこれを振りちぎり、「余計なことをするな」と大喝した。安部兵曹もこれには取りつきようもなく、やむなく艦橋を降りたのであった。そうして、泣く泣く艦長を残したまま、副長以下総員が退去し、やがて駆逐艦に収容された。

その際、「蒼龍」乗員を収容した後の駆逐艦が、「蒼龍」を一めぐりしたが、ちょうどそのとき、艦橋より飛行甲板の火炎の中に躍り込む人影を認めた。それは確かに、壮烈鬼神を哭かしむる柳本艦長の最後であったと推察される。

「飛龍」は五日夕刻、敵急降下爆撃機により五発の直撃弾を浴び、火災が発生した。それは予想以上に猛烈をきわめた。上部構造物だけで食い止めるべく、徹宵懸命に消火作業がつづけられたが、火勢はついに機関部におよび、「赤城」とまったく同様の状態となったのである。

五日深更に至り、二航戦司令官山口多聞少将と加来止男艦長は、いよいよ最後と判断し、総員退去を命じたのであった。

そうして乗員を二隻の駆逐艦に移乗させた後、火の燃え尽くした艦橋に昇った。おりから雲間から洩れていた月を賞《め》でつつ、二人は最後の別盃を汲み交わした後、自決したのであった。

部下の行く末を案じ、国家の前途を思って、生還した艦長の気持ちも、またそれぞれの艦と運命をともにして、武人の本懐をとげて散った艦長の気持ちも、さらにその艦長を艦に残して退去した乗員の気持ちも、皆ともに哀切きわまる、まことに筆舌には尽くし難いものがある。これらは皆、戦争の生んだ悲劇であり、戦う者の常とはいえ、悲惨の極みでもあった。

無能なる連合艦隊首脳

先航した「長良」「谷風」より一日遅れて、六月十五日夕刻、旗艦「大和」を先頭に各艦隊諸艦が柱島泊地に帰投し、定められた碇泊点に投錨した。

ふたたび海面をおおいつくす艨艟《もうどう》のなかに、あの偉容を誇って出撃して行った「赤城」を始めとする四隻の空母の姿は見出すことはできなかった。

連合艦隊が柱島泊地に帰着後、乗員に対して厳重なる機密保持のため缶詰政策が実施された。これは日本海軍お手のものである。

国民に対し、ミッドウェー海戦の事実を隠蔽するため、沈没各空母の乗員は、泊地においてふたたび駆逐艦に移乗させられて、海路、館山、木更津、鹿屋など各航空隊のような辺鄙なところの部隊を選んで揚陸され、缶詰にされた。

艦隊の方も、兵員の上陸外出などはいっさい禁止され、艦外には一歩も出ることはできなかった。陸上の官衙《かんが》に用事のある公用使なども、所要箇所以外、その構外へは一歩たりとも出ることは固く禁じられていた。

陸上との交通、あるいは幹部の送迎に従事する短艇員なども、波止場に上陸することすら禁じられていた。郵便などもいわずもがなである。このようにして、艦隊乗員の缶詰は一ヵ月あまりもつづけられた。その間の陸上あるいは外部などの様子は知り得べくもなかったのであった。

当時、大本営海軍報道部は、このミッドウェー海戦を、概要つぎのように報じていた。

『連合艦隊は六月五日朝、ミッドウェー島を急襲して敵飛行基地、軍事施設に潰滅的な打撃を与えた。また敵機動部隊と交戦し、敵空母一隻撃沈、一隻を大破せしめたり。なお艦隊上空において撃墜せる飛行機二百六十余機、わが方空母一隻沈没、一隻大破、巡洋艦一隻大破せり』

かくのごとき欺瞞報道により、国民は一切敗戦の真実は知り得べくもなかったのであった。

連合艦隊首脳は、開戦以来半年を経過し、ミッドウェー海域に出撃するまでは、呉軍港に近い広島湾の柱島泊地に主力部隊と称する戦艦群とともに、無為なる時間を過ごしていた。一方、緒戦のハワイ海戦の予期以上の成功と活躍を過信し、南西諸島攻略および二次にわたるインド洋作戦など、東奔西走する機動部隊の酷使をつづけていた。

その結果、乗員は疲労し、貴重の上にも貴重なる熟練搭乗員の損耗、飛行機、機械の消耗に対する防護措置、機械の研究改善、用法の研究など配慮することもなかった。そうして自身たちは、安全なる泊地に寧日をむさぼり、豊富なる物資の下に飽食し、しかも時により、呉軍港の花街に遊び、幕僚が料亭に流連《いつづけ》することもあったという。

われわれが苦心惨憺の末、ハワイ海戦を終わり、呉軍港での山本連合艦隊司令長官の訓示は、「緒戦の勝利に驕《おご》らず、勝って兜の緒を締めよ」とあったのだ。

機動部隊が帰着して以来、大本営海軍部あるいは陸軍などの反対を強引に押し切り、ミッドウェー攻略作戦を画策し、四月十五日、海軍第二段、第一期作戦として発令していた。

機動部隊が柱島泊地に帰着した後も、乗員の休養、また補充交代、消耗せる搭乗員の補充およびこれに要する時間の必要性からの作戦延期を、南雲長官、草鹿参謀長、源田参謀らが要求しても、すでに定まったことであるからといって一切受け付けなかったという。

結果は、機密の洩漏、無能なる首脳者の作戦指導の結果、決定的な敗北を喫し、かけがえのない四隻の大型空母と、約二百八十機余の飛行機、また大巡一隻および山口二航戦司令官以下、忠勇なる将士三千五十余名を喪失してしまった。

さらに驚くべきことは、前述の欺瞞報道はともかく連合艦隊首脳は、この敗戦の事実に対し、ただの一回の調査研究をも行なってはいなかった。明治以来、多年にわたる平和に馴れ、また昭和初期からの孤立主義の結果、世界の大勢を知らぬ官僚化した高級軍人たちは、山本五十六大将をはじめ、自己の責任を認識せず、他人の責任も追求せず、ひたすら秘匿政策を取り、頬被り主義で押し通したことである。

しかしこの風潮は、いたずらに艦艇、武器、機械、幾十万に及ぶ人命を失いながら何ら改善されてはいなかったのであった。

第六章　旗艦「翔鶴」の航跡

第三艦隊の呼称の下に

昭和十七年八月七日、突如として米国第一海兵師団長ヴァンデグリフト少将に率いられた一万六千名の海兵隊が、三十五隻の輸送船に乗船し、巡洋艦八隻、駆逐艦十二隻に護衛され、三隻の空母（サラトガ、ワスプ、エンタープライズ）および戦艦一隻（ノースカロライナ）、巡洋艦五隻、駆逐艦十二隻より成る機動部隊の掩護を受けながら、一万一千名がソロモン諸島のガダルカナル島ルンガ岬に、五千名がフロリダ島のツラギに上陸してきた。

当時ガダルカナル島には、七月初旬、海軍の設営隊二千五百余名が進出して、隠密裡に飛行場の造成に従事し、八月五日には一応完成して、速やかに戦闘機隊の進出を要請していた。一方、ツラギは五月三日に占領し、以降、横浜航空隊が進出して、飛行艇隊が偵察任務に就《つ》いていた。

この米海軍の作戦は、敵連合軍の反攻の第一陣であり、爾後半年余にわたる激烈な日米海軍激突の場となったのであった。

同日、ラバウルにあった第八艦隊司令長官三川軍一中将は、機を逸せず、所在の旗艦「鳥海」以下第六戦隊（加古、古鷹、衣笠、青葉）の重巡五隻、第十八戦隊（天龍、夕張）の軽巡二隻および駆逐艦（夕凪）を率いて、午後二時三十分、ラバウルを出撃した。

途中、好運にも恵まれて長駆、一千キロを航破して、八日夜、ルンガ沖の敵連合軍艦隊を急襲し、米巡アストリア、クインシー、ヴィンセンス、豪巡キャンベラの四隻を撃沈、米巡シカゴ大破および駆逐艦三隻を大破させ、凱歌をあげてラバウルに引き揚げたのであった。

またラバウル所在の第二十五航空戦隊は、山田定義少将指揮の下に、三十余機の陸攻隊を中心として果敢な攻撃を加えたが、敵地海域までの距離の関係もあり、ほとんど成果を挙げることができなかった。

時日が経過するに従い、敵連合軍の上陸作戦は、本格的な反攻であることが明白となり、占領された飛行場はますます強化され、飛行機の数も多くなった。

しかも、空母三隻を基幹とする敵機動部隊が支援しているほか、さらに優勢なる艦艇も増援される可能性もあると判断して、わが方でも、速やかにこれを捕捉攻撃し、加えて奪取された飛行場の奪回作戦のために揚陸すべき陸軍部隊の上陸支援のためにも、機動部隊を含む強力なる水上艦艇の増援が急務となっていた。

去る六月五日、作戦の齟齬《そご》により、夢にも思わなかった敗戦を喫し、機動部隊の中心であった「赤城」をはじめ「加賀」「飛龍」「蒼龍」を失った。だが、直ちに珊瑚海海戦後、損傷修理を終えて柱島泊地に回航されていた「翔鶴」および「瑞鶴」を基幹として、新編の機動部隊の再建に着手していた。そして飛行機隊は、岩国航空隊に集結し、空母は、広島湾あるいは伊予灘などで毎日、訓練に従事していた。
七月十四日、新しい艦隊編成が発令された。第一航空艦隊の呼称は、機密保持上そのまま棚上げされ、新たに第三艦隊の呼称の下に、つぎの部隊編成が行なわれて発令された。
司令長官南雲忠一中将、参謀長草鹿龍之介少将。かつてミッドウェー海戦の帰還の途次、「大和」艦上で草鹿参謀長が、山本長官に対し、今一度の機会をとの懇請が容れられたものであろうか。

第一航空戦隊　南雲中将直率、「翔鶴」「瑞鶴」「瑞鳳」
第二航空戦隊　司令官角田覚治少将、「飛鷹」「隼鷹」「龍驤」（八・一四、一航戦編入）
第十一戦隊　司令官阿部弘毅少将、「比叡」「霧島」
第七戦隊　司令官西村祥治少将、「熊野」「鈴谷」（八・一四編成外となる）
第八戦隊　司令官原忠一少将、「利根」「筑摩」
第十戦隊　司令官木村進少将、「長良」
　第十駆逐隊　「風雲」「巻雲」「夕雲」「秋雲」
　第十七駆逐隊　「時津風」「雪風」「初風」「天津風」
　第十九駆逐隊　「浦波」「磯波」「敷波」「綾波」

八月十四日、連合艦隊司令長官から、機動部隊は柱島泊地より至急、呉軍港に回航、戦備作業を完成し、ふたたび柱島泊地に帰投するよう発令された。将旗は「翔鶴」に掲揚され、

「瑞鶴」とともにその日のうちに呉軍港に回航され、夜を徹して兵器、弾薬、食料の搭載が行なわれた。

明けて十五日、われわれの方でも、新行動海域の海図、図誌類、機密の兵要地誌図など山のような資料を、海軍文庫などから受け入れた。要領はやはり機密保持のため、当時の呉文庫主管平山中佐との直談判で、第三艦隊航海参謀代理橋本二曹が交渉して処理した。

かくて十五日も暮れ、早くも十六日の早朝、両艦は呉軍港を出港し、途中、広島湾上で岩国航空隊より飛来した飛行機隊を収容し、ふたたび柱島泊地に帰投した。

ミッドウェー海戦後、帰投して同泊地にあった近藤信竹中将の率いる前進部隊（第二艦隊を基幹とする）も命を受け、八月十一日午後、トラック島に向け、泊地を出撃していっていた。

話は前後するが、前述した通り、南雲長官、草鹿参謀長は留任ではあったが、その他の司令部職員は、全員が交代した。すなわち先任参謀は高田利種大佐、作戦参謀長井純隆中佐、航空参謀内藤雄中佐、戦務兼砲術参謀末国正雄中佐、機関参謀目黒孝清中佐、通信参謀中島親孝中佐らで、いずれも当時、軍令部などにおいて要職にあった海軍切っての俊秀の面々であった。

復仇の念に燃えて

いよいよ待ちに待った出動の日である。去る八月十四日に出動命令を受けてより、直ちに開始された呉軍港での補給作業も完了し、機動部隊の各艦は、いずれも戦備が万全に整って

南雲長官（前右６人目）草鹿参謀長ら空母「翔鶴」艦上の第三艦隊司令部

いた。

過去のミッドウェー海戦では、思わぬ作戦の齟齬により大苦杯を喫してしまったが、それ以来、上下とも血の滲むような苦心の末に、ふたたびここに機動部隊の編成が成ったのであった。五十余日にわたる猛訓練は、すべて報復をかねた敵機動部隊の撃滅に希望を賭けてのものであったのだ。

八月十六日午後六時、わが旗艦「翔鶴」の檣頭高くに、「先頭部隊より逐次出港せよ」との旗旒による命令信号が発せられた。

暮れなずむ柱島泊地、そして広島湾を各艦が所定通り航進を開始する。

在泊中の諸艦の甲板には、あふれんばかりに、戦友が集い、盛んに帽を振りつつわれわれを見送ってくれる。

それに応えるわれわれは、ただただ復仇の念に燃え、敵機動部隊撃滅を心に誓うのみであった。

以下、当時の激しい戦闘行動の合い間をみて、大学ノートに走り書きした日誌をもとに綴ってみる。

八月十七日――

昨夜のうちに瀬戸内海西口の豊後水道警戒水域を脱出し、敵潜を警戒しつつ、がっしりと組まれた鉄桶の如き艦隊航行陣形を組み、二十ノットの快速をもって、針路を南々東に向け進撃を開始する。

八月十八日――

黎明より艦影も見えなければ島影も見えぬ。まわりは目路《めじ》のつづく限り、紺青に輝く海ばかりである。そのなかを艦隊は相変わらず速力十七ノット、針路南々東にてひた走りに走る。終日、強烈な太陽のもと単調な航海で、信号通信もほとんどなく、早く戦場に到達して、強烈な刺激に富んだ戦闘がしてみたいものだ。終日平凡な航海で、その他は何もなし。

八月十九日――

日一日南下するにつれて暑気が強くなる。露天甲板などより一歩艦内に入れば、じっとしていても、汗がじくじく湧き出すほどだ。

いまや艦隊は、そのもっとも得意とする機動力を発揮して、母国を離れること約千三百余カイリ。しかし、前途はなお遠い。相変わらず強い日射でギラギラ輝く海上を、ひたすら前進する。

午前九時、左舷前方にマリアナ諸島中の北部に位置するヘグリガン島を認め、つづいて十時過ぎ、パガン島を発見する。いずれも大きな島で、全島が緑に蔽われた美しい島である。内地の柱島泊地を出発より四日目、始めて見る陸地である。単調な航海に馴れた目には物珍しい。

明一日走って、明後日にはトラック入港とある。午後になって、司令部の航海科関係で小事件が発生した。それは甲板士官が艦橋に昇って来て曰く。艦内パトロール中、後甲板のゴミ箱付近に、赤線の入った軍極秘の海図が多数散乱しているが、あれは司令部の物ではないかとの話であった。

びっくりし、さっそく艦橋勤務を交代して後甲板に飛んで行ってみると、あるわあるわ、すでに破り捨てられた物、あるいは油で汚れて丸めて捨てられた物が、ゴミ箱に山になっていた。

じつは去る十五日、呉入港の際、海軍文庫より麾下《きか》艦船に配布すべく受領した新刊の南方海域の兵要地誌図という海図六千枚を、木箱入りのまま受領した。ところが、厳重な梱包に心を許し、適当な格納場所もないままに、飛行機格納庫の一隅に積み重ねて置き、トラック入港後に整理して、各艦に配布するつもりでいた。

だが、心ない整備員たちが、箱の中に興味でも持ったのか、バールでこじ開けてみると、真新しい海図が出て来た。夏場でもあり、夜間油で汚れた格納庫甲板で、ゴロ寝の際に格好な敷物と引っ張り出して利用し、後は丸めたり、破いて捨てたりの始末であった。精密に調べて見ると、百数十枚が紛失していた。

話は飛ぶが、新任の掌航海長古橋兵曹長と曳地信号員長に報告すると、二人は「橋本兵曹、それは徴罰だよ」と青くなっていた。しかし私も、開戦以来数知れぬ作戦に、明日をも知れない境遇には度胸も据わっていた。「まあ、できたものは仕方がありません。私が最後には始末をつけますから、任せておいて下さい」と事件を伏せてしまったのであった。

これは後日、機密漏洩防止のため改編になり、返納すべきところ、先の航海参謀代理の肩書きを利用して、呉の文庫主管平山中佐に面会を求め、参謀の指示によると偽り、図面には作戦に関する機密事項が一杯に記入されており、どのような経路からか、漏洩する恐れもあって、当方にて焼却の上、図面番号だけ報告するごとく申し入れて了承された。

帰艦のうえ、残部は一括焼却し、過日紛失した分の番号も加え、焼却処分の書類を作成し、航海参謀の判を貰《もら》って呉文庫に報告し、難なく一件は落着した。

話は横道にそれたが、当日入電した情報は、ガダルカナル島に挺身隊上陸成功、およびマキン警備隊は、勇戦奮闘、襲来せる敵を撃攘せりと。

戦いのとき迫る

八月二十日――

今日は昨日にひきかえ、天候は良好ならず。朝方より密雲が空を蔽い、たびたびスコールに見舞われた。予定されていた航空戦教練は、天候の都合で中止となる。

午前十時、一大スコールが襲来し、海上の視界が狭小となる。付近の僚艦も見失ってしまう。上甲板などでは、気の早い連中が、さっそくハダカになって水浴を始める始末であった。約一時間ほどでスコールは去り、天候不良のため、今日は暑気も感じられない。

午後、ツラギ付近に敵空母一隻、巡洋艦一隻、駆逐艦二隻の敵機動部隊出現の電報あり。敵有力部隊がガ島付近の洋上にあることを確認し、俄然、艦内は活気を呈する。

連合艦隊司令長官より、わが艦隊に対し、予定されていたトラック入港を中止し、このまま直進、洋上において燃料補給のうえ、前記の敵を捕捉撃滅すべしとの命令が発せられた。

いよいよ戦いの時が迫ってきた。熱血が体中を脈打って流れる。復仇撃滅の秋《とき》は近い。ミッドウェーの敗戦以来、隠忍苦闘幾十日。再建機動部隊の精鋭は、いま怒濤の勢をもって南下しつつあった。夜の艦橋当直を終え、兵員室のベッドにもぐりこんだが、興奮してなかなか眠れない。戦闘を前にして、過ぎ来し方を静かに想いやる。

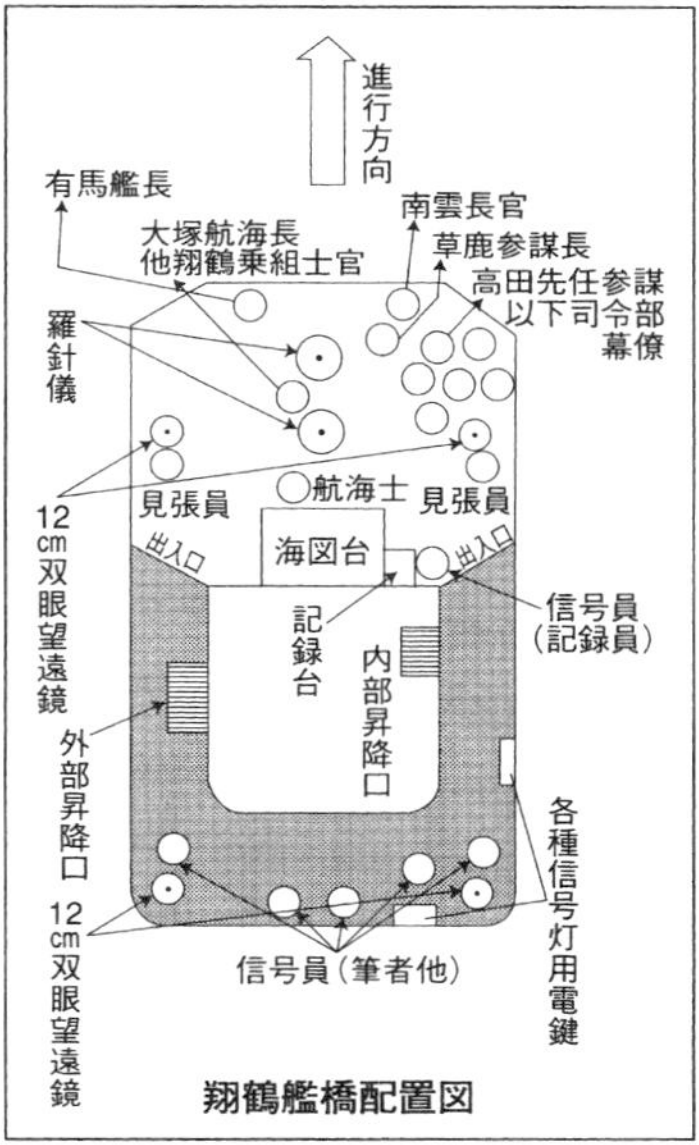

翔鶴艦橋配置図

八月二十一日――

黎明時、わが艦隊に燃料を補給すべく行動していた補給部隊の東邦丸、東栄丸の二隻が駆逐艦「初風」に護衛されつつ、前方に出現し、ついに合同する。

これと前後して、トラックを出撃した前進部隊が、水平線上にその雄姿を現わした。

見よ、友軍もすでに行動を起

こし、戦場に急行中なのだ。しばらく同航して、ふたたび水平線の彼方に見失う。

わが艦隊は補給部隊と合同すると同時に、直ちに燃料補給を開始する。まず駆逐艦が数隻ずつ交代で油槽船に接近し、油を貰う。駆逐艦が終了すれば、「長良」あるいは八戦隊と補給作業は継続実施されていた。

日一日、刻一刻の緊迫は、信号交信量の増大となって現われ、その処理に非常に苦労する。疲労のため、身心ともに綿のごとくなるが、これも戦争なのだ。また旗艦信号員の宿命なのだと、心を励まして整理にあたる。

「ガ島周辺海上に空母一隻および巡洋艦二隻、駆逐艦二隻、べつに空母一隻、大巡二ないし三隻、駆逐艦九隻をともなう二個の敵機動部隊出現せり」「ガダルカナル島に二十二日、増援部隊揚陸の予定」「ソロモン海域に敵潜多数あり」などの情報がぞくぞくと入電する。


八月二十二日――

早朝、インド洋方面で行動していた第七戦隊の「鈴谷」「熊野」の二隻が来着した。同隊は直ちに補給を開始する。艦隊は刻一刻、戦場に近寄りつつあり、緊張がさらに加わる。

午後、全艦が補給を終了する。任務を終えた補給部隊は、総員上甲板に出て帽を振りつつ分離し、西方の彼方に去っていった。敵は近い。燃料はたっぷり。あとは戦いで勝つのみである。

補給部隊を分離したわが艦隊は、直ちに二十ノットに増速して、勇躍、戦闘海域たるソロモン海付近目指して突進を開始する。目標の敵は、二個の機動部隊と水上艦艇、そして潜水艦である。相手にとって不足はない。

　夕刻、「翔鶴」においては、各分隊ごとに過去の諸海戦の戦訓にかんがみ、兵員各個の戦闘服装の点検が実施される。しかし、いずれも珊瑚海、ミッドウェー海戦を経験してきた人々とあって、皆そつがなく、分隊長よりお褒《ほ》めの言葉を戴いた。

　午後五時日没。いよいよ明朝、戦場に到達予定で会敵地点にいたるという。ふたたび激烈なる戦闘を目前にひかえて静かに考えると、雑念などはなくなり、ただしっかりやるぞと、神に誓うのみである。

　巡検後、戦友と前祝いにストックして貯めておいたビールを飲む。あるいは、これが飲み収めになるかも知れない。しかし、数十度の戦闘をともに戦い抜いてきた戦友たちとは、緊張の間にも何か落ち着いたものがある。生死のほどは神のみぞ知る。ただ、やるべきことをやるのみといった気分だ。久し振りのビールはうまかった。


　八月二十三日――

　未明、艦隊は第十一警戒航行序列に占位し、母艦群は距離を開き、前衛隊はその前方、水平線以遠五十カイリ前方まで進出し、横一線に展開して進撃していた。これは数度の海空戦の教訓にかんがみ、研究された陣形であった。

　午前三時、艦内哨戒第二配備となる。ガ島周辺海域に、対敵配備についている味方潜水艦より、敵情報告がしきりに打電されて来る。

　午前五時、「翔鶴」「瑞鶴」より、それぞれ五機ずつの、艦攻による索敵機隊が発進した。

もちろん前衛隊よりも、水偵隊による索敵機が発進していた。いわゆる二段索敵である、これも過去の海戦の経験によるものであった。

索敵機隊発進後、直ちに飛行甲板には第一次攻撃隊として、制空戦闘機隊十機、艦爆隊二十七機が準備された。刻々と時間が経過する間に、午前発進した索敵機は、前程三百カイリまで進出するも、敵を発見するにいたらず帰還する。

午後一時、ふたたび索敵機隊が発進する。

午後二時頃、警戒隊の「時津風」に、二百六十度方向に敵機発見の旗旒信号が掲揚され、煙突より一塊の黒煙があがった。「翔鶴」においても、スワッ敵機と、直ちに全員配置について待機したが、来襲せず、間もなく解散となり、ふたたび哨戒第二配備となる。

午後も索敵機より敵発見の情報もなく、午後三時三十分頃、索敵機隊が帰還した。艦隊は引きつづき警戒を厳にしつつ航行し、しばらくして日没を迎える。夕闇迫る頃、艦隊は今日の会敵をあきらめて反転し、針路を北に取り、陣形も縮小して北上を開始した。

黎明時より日没まで、ほとんど十数時間にわたり、旗艦信号員として、艦橋後面にあって若年信号員を指揮しつつ、信号処理の任務に従事していたが、正直疲れた。

じつに三十隻近い艦隊の当日の作戦行動に関する司令部に対する報告、連絡などの通信量は、かなりの量に達した。

なお、艦隊の行動所在を極力秘匿する必要から、無線の輻射は、戦闘中以外は、絶対といえるほどに避けられており、近距離における艦船間の通信は、もっぱら視覚通信（信号通信）に頼られていた。

しかも信号通信には精巧な機械器具は、いまだ開発されておらず、昼間遠距離の場合、発信には大型信号灯（二キロワット、六十センチ信号灯、あるいは信号探照灯）が用いられ、受信の場合は肉眼に、七倍、八センチ、十二センチの双眼望遠鏡を併用して使用されていた。

作戦命令の下達、各艦よりの報告、通報など、通信による遅滞錯誤などは、ときによっては重大なる結果ともなるので、会敵が予期される作戦行動中は、常時、四囲の艦船に対する注意はゆるがせにすることができず、緊張の連続であった。艦橋における信号員の勤務が長時間にわたる場合、その疲労度は、時間に比例して増大するのであった。

洋上では、このような作業が連日繰り返されていたのである。

第二次ソロモン海戦

八月二十四日――

艦隊は未明にふたたび反転し、前日と同じ陣形に占位して、南下を開始する。

厳重なる警戒裡に黎明を迎え、日出頃より第二警戒配備となる。空には雲量も少なく、風もない最良の飛行日和である。しっかりと戦闘の身仕度を整え、艦橋に昇り、配置に就《つ》く。

午前五時、前衛隊および本隊（空母部隊）より、それぞれ所定の索敵機隊が発進していった。他部隊よりの情報はまだ何もないが、敵地たるガ島はほど近くであり、付近海域にはかならず敵の存在することは確定的である。数日前、味方部隊の発見した二個の敵機動部隊は、どこにいるであろうか。

午前中は敵情もなく、何か不安な気持ちにさせられた。索敵機隊は空しく帰還、収容された。そして折り返し、午前十一時、午後の索敵機隊が発進していった。

しばらくして「翔鶴」索敵機隊の一機より、「敵駆逐艦よりなる小部隊発見」の電報が入るが、相手にするに足らず。つづいて午後十二時五分、本隊に呼応して発進し、索敵中の前衛隊「筑摩」水上偵察機より俄然、「敵大部隊見ゆ、地点……われ敵戦闘機の追躡《ついじょう》を受く」との飛電が入電する。

待ちに待った敵情が入る。敵は近い。熱い血潮が逆流する思いである。敵情の内容は、空母二隻、戦艦二隻、巡洋艦六隻、駆逐艦十二隻が、輪形陣をもって堂々と北上中なりという。

「翔鶴」では、総員が直ちに配置についた。艦内は活気に満ち、士気ますますあがる。

かねて甲板待機中の、制空戦闘機隊十機と、隊長関衛少佐に率いられた艦爆隊二十七機が、午後十二時三十分、攻撃命令を受け、勇躍発進を開始する。一機また一機と、在艦員の打ち振る帽子に応えつつ南海の大空に舞い上がってゆく。

遠く望見すれば、僚艦「瑞鶴」も同数の攻撃隊の発進を開始していた。あのミッドウェーの仇をいまこそ討てるのだ、との喜びに、進撃する機を見送っていると、思わず目ぶたが熱くなってくる。あの機上の搭乗員たちも、おそらくわれにもましてその感は深いであろう。

さて、わが「翔鶴」においては、攻撃隊発進と同時に、信号檣頂に八幅の大戦闘旗が掲揚され、南海の潮風に堂々と翻っていた。

空中で集結を終えた第一次攻撃隊は、編隊も見事に艦隊上空を一周し、轟々と爆音をとどろかせつつ南に向かって進撃していった。

さあ、今度はわれわれの戦闘だ。艦橋にある見張員、信号員はもちろん、砲員、機銃員とも必死になって、上空に敵機を見張る。当時、旗艦「翔鶴」だけに、ようやく日本で開発された電探が、艦橋トップの九四式高射機の屋根に当たる部分に装備されていたが、性能のほどは定かではなかったのであった。

第二次ソロモン海戦における機動部隊旗艦であった「翔鶴」

午後一時、ついに艦隊上空に敵機が出現した。敵空母より発進した二機編隊の索敵機である。直ちに対空戦闘で、「撃ち方始め」の号音と号令が、マイクを通じて全艦内に鳴り渡る。機銃、高角砲は、いっせいに猛烈な射撃を開始する。

艦は全速三十四ノットで、転舵回避運動を行なっていた。連続射撃する高角砲、二十五ミリ機銃の轟音、硝煙はあたりをおおい、飛行甲板上は一瞬にして、噴火山のごとき有様となった。まるで船体がバラバラになってしまうような砲撃の振動は、まことに恐ろしいばかりであった。

このとき、わが砲の弾幕を縫うようにして接近し、急降下とともに投じた敵索敵機の爆弾が、わが「翔鶴」の艦橋の右方前部の至近海面に落下した。ズズズーンと、一大音響とともに、どす黒い水煙が噴き上げ、やがてそれが艦橋をおおい、一時、天地晦冥《かいめい》となる。

敵の爆弾の破片や付近の破壊物と一緒に、海水が滝のように艦橋に降り注いできて、屋根のない後部付近は水浸しになった。おそらく誰でも同じ思いであろうが、この不意打ちをくったことで一時呆然となった。本音を吐けば、この着弾時ばかりは、じつに恐ろしい思いがする。

敵機と交戦し、爆弾の洗礼を受けること幾度におよんだが、その威力を知れば知るほど、恐怖心が増すことは否定できない。

この着弾時、前部艦橋に、機関科との連絡員を兼ね、記録・記注の要員として上水の信号員を配員しておいた。彼は始めての経験で、恐怖のあまり自己を失い、持ち場を離れて、長官以下の司令部職員、また艦の幹部が蝟集《いしゅう》するグレーチング床上を這い回っている醜い姿を曝《さら》していた。見かねた参謀の一人が私を呼び、外に連れ出すようにとの指示があった。

さっそく艦橋に入り、床上を這い回っている男に励声一番、「馬鹿野郎、何をやってるんだ。しっかりしろ」と声をかけながら、とっさに事業服の襟首を摑んで艦橋後部まで引き出し休ませた。

投弾後、敵機は海面すれすれまで降下し、猛烈な射撃、また追跡するわが戦闘機を振り切って逸走しさったが、敵機搭乗員の技量もあなどりがたいものと感じたものだった。

投弾前後、私は、信号の交信に夢中になっていたために、敵の機種が何であったかは定かでなかったが、あとで聞くとダグラス・ドーントレス急降下爆撃機とのことであった。さいわいに、わが「翔鶴」ならびに艦隊には損害はなかった。

つづいて、艦隊上空に双発爆撃機二機を発見し、対空砲火は依然として咆哮する。

しばらくして、この二機も雲中に見失った。「撃ち方止め」の号令で、さしもの激しい銃砲撃もぴたりと鳴りをひそめ、ホッとする。ひとまず、やれやれである。だが、依然として必死の対空見張りと高速回避運動はつづけられていた。

じつはこの高速回避で、ひとつの事件が突発したのであった。それはこの「翔鶴」はもちろん、「瑞鶴」もであるが、最大速力三十四ノットまで出すことができた。これで敵機の投弾目標を避けるため、面舵、取舵と、まるで水すましのように海上を駆けめぐるのである。転舵の際は、反対側に十度も十五度も傾斜する。

ちょうど敵機の来襲時、折悪しく一機の戦闘機を飛行甲板に出して、「翔鶴」の整備士が試運転中であった。そして敵機発見と同時に、前述の高速回避が開始された。

射撃も開始され、その騒動に機付整備兵が気を取られてぼんやりしている間に、転舵による傾斜のために車輪止めが外れ、繋止索を切断した戦闘機は、整備士を乗せたまま海中にすべり落ちてしまったのであった。

頭上に敵機をひかえ、焦眉の急のこととて、救助する暇もない。まことに残念の極みではあった。

一方、刻々と敵艦隊に殺到しつつある味方攻撃隊より、「敵機数機または数十機、味方方向に向かった。警戒を厳にせよ」との電報が入る。

さらに上空哨戒中の戦闘機よりも「要警戒」の電話があり、いっそう緊張の度を加える。

いまや彼我機動部隊が、赤道直下の南太平洋上二百カイリをへだてて、お互いに攻撃隊を発進させて五分に渡り合ったのである。

いつしか時は過ぎ、発進してから待つこと二時間余、ようやく味方攻撃隊指揮官より、敵大部隊発見の電報が入る。艦橋には思わずどっと喜びの声があがる。もうしめたものだ。発見さえすれば、かならずやるであろう。

しかしその後は、猛烈なる空中戦が展開されているのか、あるいは優勢なる対空火器に対応しているせいか報告電がない。敵機の来襲する虞《おそ》れもあり、まさに一刻千秋の思いで待つ。

午後三時三十分、ようやく日没が訪れた。いっときホッとする。南海の薄明時はまことに短く、ほどなく夕闇がひたひたと海上をつつんでいく。やがて、まったくの闇夜となる。無風で、南国の星が輝いているが、敵を攻撃して帰還の途次にある味方攻撃隊の労苦が思いやられる。

午後六時頃、攻撃隊の一部が帰ってきた。つづいて二機、三機とバラバラになって帰ってくる。その飛行機隊を見るにつけ、その辛苦のほどが察せられた。

偉勲の翼よ！　だが、いまだに数機は無電の連絡はあったが、母艦を発見することができないのか、姿を現わさない。各艦は探照灯を点じ、直上照射して帰投目標とする。

午後七時に、無電連絡もついに絶えた。

午後七時三十分、燃料も尽きた頃である。艦橋上の長官以下幕僚、艦長より一兵にいたるまで、黙して一語もない。皆の心は遠く敵艦上に玉砕して果てた機、あるいは帰還の途次、ついに母艦に辿り着けず、海上に不時着、散華した機の上に思いを馳せる。

帰投目標の探照灯も滅せられ、艦隊は陣形を縮小して北上を開始する。

このとき「翔鶴」の未帰還機は十有七機におよび、これはじつに出撃機数の半数に達していた。それに対する本日の攻撃隊の戦果を綜合すれば、エセックス級敵空母一隻撃沈、特空母一隻大破炎上、戦艦一隻大破という。

これで、過去のミッドウェー海戦の恨みに一矢を報いることはできたわけではあるが、されど帰らざる多数の機を想うとき、ただ暗然とするのみであった。

艦内では、昼食後より索敵機の発進、敵発見、攻撃隊発進、対空戦闘、そして攻撃隊収容と息をつく間もない有様で、食事をする暇もなかった。

主計兵も食事を作ることができないとあって、固パンが配食されたが、緊張の後とて腹も空かず、手をつけるものも少なかった。

わが機動部隊に策応して行動中の前進部隊の友軍部隊が、こんどは自分たちの出番とばかり刻々に展開し、敵を急追中であった。その旨の電報があり、残敵はその友軍に託して、機動部隊は一路、戦場を離脱し、北上をつづけていた。

午後十一時、艦橋当直を一時交替して、居住区にさがる。食卓上には、主計兵心づくしの夜食が準備されており、熱い味噌汁がうまかった。

ついに今日一日の激しい戦いは終わった。しかし、勝ち戦ではあったが、何かすっきりせず、長い長い一日ではあった。

敵残存艦隊を追って

八月二十五日――

艦隊は一路北上する。昨日に引きつづき、警戒は少しもゆるめることができない。情報によれば、友軍は昨夜の敵を捕捉することができず、逸したらしい。惜しいことであった。

午前七時頃、「大和」および改装空母の春日丸（大鷹）に会合する。「大和」には山本長官が座乗しており、機動部隊、前進部隊の後を追うようにして、第一艦隊の主力部隊を直率しつつ、みずから第一線に進出してきたのである。何かしら力強いものが湧き上がってくる。

午前八時、「瑞鶴」が命により、ガ島に揚陸すべき陸軍護送船団の上空哨戒のため、反転分離する。「大和」および春日丸も、まもなく東北東方の水平線以遠に姿を没し去った。

午前十時、本隊の後を追っていた前衛隊の諸艦が合同し、所定の序列に占位する。敵機はいまだに友軍前進部隊の頭上にあり、これと交戦中なりという。

またガ島に向け、人員、器材を輸送中の水上機母艦「千歳」が、敵飛行艇の触接を受けつつある旨の電報があり、急遽、「翔鶴」より、艦攻一機、戦闘機三機が、これを撃攘すべく発進した。その後は敵潜水艦を警戒しつつ、針路を北東に向ける。

「ガ島に出発挺身、救援部隊を揚陸すべく接近中の軽巡『神通』および金龍丸が敵機の爆撃を受け、損傷をこうむり、火災発生のため北方に避退中なり」との情報がある。


八月二十六日――

わが艦隊は戦闘海域を離脱して、赤道以北にあり、対潜直衛機の発着艦以外は単調な航海であった。黎明時に合同した補給部隊の東邦丸、旭東丸より、巡洋艦部隊が補給を受けつつあった。

午前七時、「翔鶴」の左舷正横遠距離に、配備に就《つ》いていた駆逐艦「天津風」が、敵潜水艦を探知して、ただちに爆雷攻撃を実施する。引きつづき付近を駆け回って、その制圧につとめる。艦隊はただちに面舵一斉回頭を行なって、敵潜水艦の伏在海面を遠ざかる。

午後も敵潜水艦を警戒しつつ、補給作業を継続し、夕刻になり補給を終了し、補給部隊が分離する。

午後四時三十分、日没。艦隊針路七十度。午後六時にいたり、戦艦部隊の「比叡」「霧島」および「野分」「舞風」が補給のため、トラックに向けて分離する。この分離後は、信号の交信も一段落して、艦橋も静かになる。

穏やかな南海の夜空を仰ぎつつ、しみじみと昨今を想う。苦しく、また辛い毎日の戦闘行動ながら、過ぐるミッドウェーの仇を討つまでは、たとえ斃《たお》れるとも止まず。あの恨みは終生忘れることができない。今日一日も暮れた。また明日も頑張るぞ。

八月二十七日――

昨夜遅く、二番艦の「瑞鶴」が任務を終了して合同した。午前、わが艦隊は、先日逸せる敵残存艦隊および敵基地を撃滅すべく反転し、針路を南にとって南下を開始する。

赤道直下、快晴の太陽は猛威をたくましくし、暑気限りなし。海の色はさらに濃藍を帯び、穏やかな広がりを見せ、緊張のなかにも平凡、単調なる進撃ぶりであった。

「瑞鶴」よりの報告を待って、去る二十四日の精確なる戦果が発表された。いわく敵の最新鋭空母エセックスに「翔鶴」爆撃機が二百五十キロ爆弾を六個以上命中させ、火炎は二百メートル以上天に冲し、撃沈確実。さらに他の一隻には「瑞鶴」が三発以上命中させ、大火災を生ぜしめ、さらに戦艦一隻にも大火災を生ぜしめたという。

なお、敵艦隊上空において、撃墜戦闘機十機なりとのことであった。午後も変化なき航海で、特筆すべき事柄もない。

八月二十八日——

平穏なる戦闘航海。なんら特記事項もない。艦隊は陣形をかためて、ひたすら遊弋するのみである。

総員起床後、参謀たちの起床して来ない間にと、幕僚事務室の整理に行く。去る十六日の本土出撃以来、多忙のため、貸し出し中の図誌、資料なども多く、しかも未整理になっている。卓上には参謀たちが夜遅くまで執務した跡に、書類のほか、上等の煙草「さくら」の缶入りとか、草子類がたくさん放置されている。

われわれの兵員室などにおける下士官兵の生活とは雲泥の相異だ。さっそく適当に戴いて、ズボンのポケットにねじ込む。ついでに情報の仕入れにと、電報綴りをのぞいてみたが、大したニュースもなかった。

八月二十九日——
数日来の無理がたたり、今日は頭痛と下痢に責め立てられて、ついにダウンする。艦橋当直を休ませてもらい、一日、事務室の一隅で寝て暮らす。対敵行動中、まことに申し訳ないことではあるが、大事をとり、静養することとする。前にはこのようなことはなかったが、やはり疲労気味で、いくぶん身体が衰弱しているらしい。

休養するといっても、正式ではないので、椅子を並べてごろごろしているだけであった。薄暗いところでじっとしていても、汗ばんでくる。そんな中で、病む身を横たえているのも、けっこう辛いものである。暑いときは、病気になどなるものではない。

早く快《よ》くなることを念じつつ一日絶食する。夕刻より熱は次第に下がり、だいぶ楽になった。自分が一日休むことは、それだけ艦橋配置に穴があき、戦友たちに負担をかけることになる。

午前七時三十分、ラバウル所在の第二十五航空戦隊所属の陸上攻撃機隊が、ガ島攻撃に赴く際、その直衛任務に就くために、一航戦の戦闘機隊が撰定された。「翔鶴」戦闘機隊長新郷英城大尉に率いられ、ブカ島基地に派遣されるべく、「翔鶴」「瑞鶴」の両艦からそれぞれ発進し、南の空に消えていった。ただ心の中で武運を祈るだけである。

派遣戦闘機隊の奮戦

八月三十日――

昨日来の頭痛、下痢も、どうやら快方に向かう。軽症で何よりであった。ふたたび当直に入り、艦橋勤務に就く。やはり青い空の下で涼風に吹かれながらの当直勤務は、気持ちがよい。

艦隊は今、旭東丸がまたまた合同して、各艦に対し逐次、補給が実施される。針路西、午前十時、友軍の前進部隊と会合する。

第四戦隊、第五戦隊が支援戦艦「陸奥」をしんがりとして、多くの警戒駆逐艦に守られながら反航しつつある、その「陸奥」には最愛の弟が乗り組み、奮闘していると想うと、じつに懐かしい気がする。

たとえ乗艦は異なっても、同じ空の下で、ともに奮闘中なのだ。「陸奥」の姿に、過去のミッドウェーの敗戦のおり、「赤城」にあった兄の身柄を心配してくれた弟を偲《しの》びつつ、元気で頑張れと心の中で祈る。

夕刻、補給を終了した旭東丸が、「天津風」に護衛されながら、トラックに向かうべく分離して去っていった。ことに旭東丸は、損傷があるにもかかわらず、勇戦奮闘、燃料補給に挺身するその姿は、じつに尊い。

午後三時四十分、日没。晴れた夜空に刻一刻、南国の星が輝きを増し、南の水平線近くに南十字星も見える。現在艦隊の位置は、ちょうど赤道直下であった。

八月三十一日――

今日は天候良好ならず、雲量多く、ときおりスコールが襲来する。午前六時三十分、艦隊の後方数十カイリに敵浮上潜水艦が出現したのを、対潜哨戒機が発見して、ただちに攻撃を加えたが、効果のほどは不明とか。

艦隊は昨夜来、北上をつづけ、午前十時現在、北緯三度、東経百六十五度付近を北に向かって遊弋中である。艦橋においても、信号交信量が少なく、やや手持ち無沙汰の感があった。

夕刻になって、味方潜水艦より敵情が入電する。いわく二個の機動部隊が、十数隻の巡洋艦および駆逐艦をともなって、ソロモン諸島の東南方を北上中とのことである。

距離はまだかなり遠いが、艦隊は夜に入ると同時に反転し、邀撃のため南下を開始する。去る二十四日の戦闘で、二隻の空母を撃沈破したはずだが、敵は更に新空母を投入したのであろうか。

九月一日――

艦隊は一晩中、南下をつづけ、午前四時に展開し、戦闘序列に占位する。前衛隊は速力を上げ、前方水平線以遠に進出し、針路は一路南をめざす。ときおりのスコールが視界を阻む。

午前、昨夜の味方潜水艦の精《くわ》しい情報が入る。伊号第二六潜水艦が、地点○○において、敵機動部隊中のサラトガ型空母に対し、魚雷一本を命中させ、また伊号第一一潜水艦が、敵輸送船に対し、魚雷二本を命中させたとのことであった。

「翔鶴」戦闘機隊長・新郷英城大尉

味方潜水艦も、なかなか活躍しているようだ。

午後一時、至近に敵もなく、艦隊は針路を西に向けるとともに陣形を縮小する。平穏なる戦闘航海であった。

夕刻、ブカ島に派遣された戦闘機隊の詳細なる情報が入電する。すなわち、ラバウル基地より発進した中攻隊を、途中より護衛して遠征したわが機動部隊派遣戦闘機隊十八機は、ガダルカナル島敵飛行場上空積乱雲下に、敵P40戦闘機二十数機、グラマンF4F戦闘機数機と激烈なる空中戦を展開した。

このとき、わが方の未帰還機は、「翔鶴」戦闘機隊長・新郷大尉機ほか八機であった。帰還機のみの戦果は、敵機撃墜十二機（うち不確実二機）とあった。

敵も最重要なる飛行場とあって、これを死守せんがために、多数の戦闘機を備え、加えて優秀なる飛行機搭乗員を配しているようだ。日本側最優秀の空母戦闘機隊をもってしても、空戦の結果は右のごとくである。

その戦闘がいかに激しいものであったかが、想像される。とともに、去る二十五日、勇躍、母艦の甲板を飛び立っていった勇士たちの幾人かは、赫陽輝く南海幾千里の敵地上空において散華してしまったのであった。思えば哀惜の極みである。

考えてみると、開戦以来、比島南西諸島方面あるいはミッドウェー海戦までは、日本海軍の零戦の性能は、米戦闘機P40、F4Fなどにくらべて遥かに優れ、問題にしなかったはずであった。それが、ミッドウェー海戦の折、北方ダッチハーバーの攻撃に赴き、不時着したほとんど無疵《むきず》のままの零戦を捕獲した米軍は本国に持ち帰り、あらゆる角度から研究し対策を講じ、戦術を練ったという。

なお、右の空中戦にかんがみても、ミッドウェー海戦においても、また飛行機同士の戦闘においても、まったく優劣なき互角の戦いを演じている。米海軍兵員の士気は、少しもわれわれに劣るものではないことをつくづく思い知らされ、これから先の戦闘の苦渋が思いやられる。

海上には今、夕闇がようやく迫り、暗澹として海をおおうスコール雲に、異郷の果てに散った帰らざる戦友を思えば心が重い。

だが、心の一隅ではどうしても戦死したとは思えず、あすになれば空の一角より元気に飛んで来るような気がする。

白木の遺骨箱

九月二日――

天候不良で、スコールが多い。ブカ島基地より、ラバウル基地に移動していた派遣戦闘機隊を収容する予定であったが、天候不良のため中止となる。艦隊は相変わらず敵を索《もと》めて遊弋するのみで、敵情もなし。

九月三日――

派遣戦闘機隊を収容すべく、艦隊は未明、戦闘序列に展開し、一路南下を開始する。艦隊の上空は好天候ではあるが、ラバウル基地付近は天候不良のため、出発を延期するとの電報が入る。午前中待機するも、戦闘機は飛来せず。

正午、収容は明日に変更になり、艦隊は反転、陣形を縮小し北上を開始する。午後も特筆することもなし。

午後四時二十分、日没。八時、月出。今夜の月はまた特別に美しい。波一つない鏡のような海上。中空に南国特有の強く輝く半月がかかり、七色の雲が彩りをそえてじつに美しい。

みな見とれているのか、言葉を発する者もない。去る八月二十四日の、あの戦闘のあった日も月が中天にかかり、こんな綺麗な月夜であった。

九月四日――

午前五時、派遣戦闘機隊収容のため、艦隊は反転、針路を南に転ずる。今日は昨日にまして天候は良好であった。

午前七時二十分、「戦闘機隊ラバウル発」の電報があり、しばらく待つ間に午前九時となる。やがて艦隊の前方上空に、艦攻に誘導された六機の戦闘機が、雲間より姿を現わした。わずかに六機のみである。去る八月二十九日、出発時、十八機が機翼をつらねて、勇ましく進撃していったのに……。

母艦はただちに収容を開始する。一機また一機と無事、着艦終了。機は数日にわたる派遣行動の幕を閉じ、整備員の手により格納庫に収納されて翼を休める。

飛行甲板上に降り立った派遣隊の人たちは、わずか一週間にも満たない期間中に、顔はまっ黒に日焼けし、髭はぼうぼうに伸び、まるで別人のようであった。まことにご苦労様でした。じつに喜ばしき帰還ではあるが、ご当人たちの面上には、喜びの一片だに見られない。敵地上空に散華して帰らぬ戦友を偲《しの》び、感慨ひとしおなのであろう。

戦友の白木の遺骨箱を胸に抱いて整列し、長官の出迎えを受け、先任者が戦闘状況と帰艦の報告をなし、長官より慰労の言葉を受け、そして解散。言葉少なく搭乗員室の方に歩み去っていった。

午前十時、飛行機の収容作業を終わった艦隊は、針路三百三十五度、トラックに向け北上を開始した。

泊地での寧日

九月五日――

艦隊は針路を北々西に向けて進んでいた。今日はいよいよトラック入港である。久しぶりに陸地に接近するとあって、何とも嬉しい気分である。

午前九時頃、前方の水平線上に島影が見えはじめる。ついに陸地が見えてきた。艦隊は敵潜を警戒しつつ、刻々にトラック島に接近し、単縦陣になり、午後一時、ついにトラック還礁の南水道より進入する。

トラック諸島はいま、われわれの目前にある。あの島、この島、みんな懐かしい。高く繁るパンの木と緑濃い木立につつまれた島々は、強烈な太陽の下で美しく輝いている。待望の陸地であった。

去る八月十六日、急遽、瀬戸内海を出撃してより二旬あまり、戦闘航海とはいえ、単調な海と空と雲ばかりを眺めてきた目には、何と美しく見えることであろうか。

艦隊は所定の航路を進み、午後二時三十分、春島裏側の艦隊泊地に投錨する。かくて二十二日間にわたる戦闘航海の幕を閉じたのである。

僚艦も逐次、投錨する。いずれを見ても、潮に洗われ、スコールに打たれ、また強烈な陽光に曝《さら》された船体ばかりで、長期行動の辛苦をまざまざと現わしている。ねずみに塗られた船体が、強い日射しのもとに白茶けて見える。

われわれ兵員も、疲労していた。しかしこの作戦で、どれほどの人たちが帰還しなかったであろうか。生きて帰れれば、またこのような陸地の風景に接することもできるのに。しかし、われわれにもつぎつぎに繰り返される作戦に、かならず生きて帰還できる保証は何もない。


九月六日――

清々しい南国の朝、透明な空気。東方の水平線付近に乱立するスコール雲を金色に染めあげて、いま太陽はまさに昇らんとしている。

やがて荘厳なる日出を迎える。神々しいばかりの一時である。そんな美しい朝の澄んだ空気を満喫しながら、「翔鶴」の飛行甲板上では、全乗員の朝食前の体操が開始された。海兵たる幸せがしみじみと感じられるこの一時ではある。体操も終了し、朝食の卓につく。こうしてまた、多忙な一日が始まるのだ。


九月七日――

艦も碇泊すると、さすがに赤道に近い緯度にある海域だけあって、かなり暑い。室内にいても、甲板に出ても、暑さは変わらない。艦内もところによっては、気温は三十五、六度にもなる。四周の島々も、ギラギラ照りつける直射日光の下で、ボーッとかすんで見える。

海の色も緑、白、青、紺色と、それぞれの深度と底質に応じて異なっている。これでは潜入したどんな潜水艦でも、上空から見ればすぐにわかってしまうであろう。

こんな南洋で、旅行気分でも出して遊んだら、さぞかし面白いことであろうが、戦争下の軍艦生活では、苦しいことだけである。終日、機密図書の整理で終わる。


九月八日――

今日も一日機密図書の整理で終わる。どっしりと泊地に碇泊している艦内で、暑気にうだりながら内務にたずさわっていると、やはり疾風を顔面に浴びながら、波濤を蹴って疾駆する、あの緊張した戦闘航海が懐かしい。

今日は外界は南洋には珍しい陰鬱なる天候で、鉛色の雲が一日中、空をおおっている。しかし、暑気には変わりはない。

午後は翔鶴神社祭とかで、乗員は休業だが、別に楽しいこともやることもない。読み古した破れ雑誌を取り出して、ページを繰るか、昼寝でもするのが関の山で、いささか無聊《ぶりょう》を持てあます。

呉を出撃して以来一ヵ月、内地の様子が目に浮かぶ。戦場馴れというか、気のゆるみとでもいおうか、この戦争の開戦当時の緊張感がなくなっている。

夕刻、郷里の家と、現在横須賀にいる「赤城」時代の戦友あてに一筆便りを書いた。だが、返事を待つあてもない。酒保物品もどっさり取れているが、食い気に対する欲もなく、酒もたくさん持っていると、かえって飲みたくもないものだ。

九月九日――

午前六時、春島泊地付近海面に敵潜水艦出現の情報がある。約十分間ばかり潜望鏡を露頂したのを、駆逐艦「秋月」が発見し、所在艦船に通報したのである。すぐさま哨戒駆逐艦数隻が出動し、発見位置付近に対し、猛烈な爆雷攻撃が行なわれた。その効果は不明であった。

敵潜もついに環礁内まで突入するとは、まことに勇敢であり、味なことをすると思ったものである。

「翔鶴」では、総員配置について厳重なる警戒が実施されたが、午前十一時、万が一のことを顧慮して、夏島泊地に転錨した。

午後、艦橋当直に立つ。

「翔鶴」においては去る五日以来、第二次ソロモン海戦、また派遣戦闘機隊などにおいて、損耗した人員機材の補充整備に努めるとともに、燃料弾薬また食糧の補充も完了していた。わが島方面の戦況も予断を許さず、敵味方とも必死の揚陸増強作戦を行なっていた。

わが艦隊はまた、明朝出撃すべく発令された。艦橋における信号交信量も、とみに多くなり、忙しい限りであった。

夕食後、再度の戦闘行動に備えて、身の回りを整理する。いつ、いかなることがあっても、差し支えないように充分に行なう。だが、すでに大部分の身の回り品は、ミッドウェーで、「赤城」とともに失ってしまい、現在はほとんどないのだが、心の準備のつもりであった。

出撃祝いにと、古橋掌航海長がビールを半ダースほど下さった。巡検後、盛大に祝い、愉快であった。

強力なる敵

九月十日――

今日はふたたび出撃の日である。午前六時、機動部隊麾下の各隊はいっせいに抜錨し、堂々の行進を起こした。

おりからの朝陽を受けて、ひときわ照り映えるトラックの島々を後に、艦隊は環礁の南水道を通過し、洋上において母艦群を中心とする所定の警戒航行序列に占位する。敵潜を警戒しつつ、二十ノットの艦隊速力をもって一路、南下を開始した。

去る八月二十四日、第二次ソロモン海戦のおり、被弾、炎上、沈没した「龍驤」に代わり、空母三番艦には、一航戦正規編成の「瑞鳳」が本土より来着し参加していた。

濃藍色の美しい海に長い水脈《みお》を残しながら、戦艦、巡洋艦、母艦、そして駆逐艦もみな、一様に艦首に白波をすくい上げながら疾駆して行く。

午前七時、春島基地より飛行機隊が飛来する。ただちに収容が開始され、午前八時には全機を収容する。以後、艦隊は針路を南東にとって、ひた走りに走る。夕刻にスコールが襲来し、視界狭小となる。午後四時より午後六時まで艦橋当直に立つ。

九月十一日――

午前八時、総員が飛行甲板に集合し、有馬「翔鶴」艦長より、今次作戦に関して、つぎのような訓示があった。

「敵はいったん確保せるガダルカナル飛行場を死守せんと狂奔しつつある。敵水上艦艇は、これを支援するの目的をもって、ソロモン諸島の南、あるいは南東方面に行動の算大である。とくに敵機動部隊は、わが潜水艦により、四隻以上を撃沈破せるも、いまだ四隻以上が行動中と思われる。わが艦隊の目的は、この四隻以上の空母である。各員の決死的奮闘を希望する」とのことであった。

大体、敵の勢力も理解することができた。しかも強力なる敵だと思うと、身内に熱いものが走る。

戦うのだ。ただ戦うのだ。ミッドウェー海戦の仇を討つまではと、覚悟をいよいよ新たにする。空母同士の戦闘がいかに激烈で悲惨なものであるかは、数回の海戦で充分経験している。とにかく喰うか喰われるかである。

夕刻、艦橋で参謀より、明日よりの三日間が太平洋戦争の関ヶ原との話を聞いて大いに張り切る。

ここで考えられることは、開戦以来、柱島泊地にあって、腰を据えて動かぬ日本の主力部隊戦艦群であった。ガ島飛行場が、八月七日、敵海兵隊の上陸により敵手に落ち、わが機動部隊は、ミッドウェー敗戦の中から立ち上がり、見敵必戦の勢いで戦っているのに、「大和」「陸奥」などは支援艦と称し、敵の哨戒圏外を行動して大した効果も挙げていない。また前進部隊しかり。貴重の上にも貴重な「赤城」「加賀」「飛龍」「蒼龍」に「龍驤」までを失った現在、何をもって勇戦する機動部隊を扶《たす》け、敵を挫く策を取らないのであろうか。

機動部隊が開戦以来、東奔西走、戦闘に明け暮れ、また戦場に向かっているが、山本長官以下の主力部隊は、柱島艦隊として動かず、またトラック島に進出しては、春島艦隊として「大和」以下「陸奥」「長門」がどっかり投錨して動かずの状態である。

手軽な航空部隊は、戦果を挙げるのも早い。しかし、消耗もまた激しく、その貴重なる戦力を保持し、不足分は永年練磨した水上艦艇の活躍でおぎない、乾坤一擲の一戦に全力投入すべきではないのか。われわれ下級下士官がとやかく言うべきではないが、ミッドウェー海戦以来、水上艦艇は羹《あつもの》にこりて膾《なます》を吹くの例えで、米軍に比し積極性に欠けるような気がする。

九月十二日――

「翔鶴」艦長・有馬正文大佐

緊張の一夜が明ける。朝食後、「戦闘服装に着替え」の号令が下る。充分に身仕度をして艦橋に昇る。すでに前衛隊は分離して、前方水平線以遠に展開している。

午前四時、索敵機隊が発進し、南の空に敵を索《もと》めて遠ざかる。間をおかず、飛行甲板上には、即時待機の制空戦闘機隊と、爆弾魚雷を抱いた三十数機の攻撃隊が、整然と準備される。

この飛行機群が命令一下、健翼を張って、敵中深く捨て身の戦法で迫れば、敵に大打撃を与えることも可能であろう。まことに頼もしい限りである。しかし残念ながら、索敵機より「敵を発見するにいたらず」との報が来る。

午後も引きつづき、索敵機が発進したが、敵影なし。艦隊は夕刻より反転し、針路を南西に変じ、陣形を縮め、さらに南下を続航する。

説明が遅れたが、過日ガ島の手に渡っていた敵飛行場を奪回するために、その周辺に上陸した陸軍部隊（川口支隊）約六千名が、九月十二日を期して、攻撃を開始すべく行動し、機動部隊もこれを支援のため行動していたのであるが、高度な作戦などの詳細は一般乗員には知らされてはいなかった。

夜間、「ガダルカナル島陸軍部隊は、いよいよ敵飛行場に対し強襲を開始せり」との入電があった。

九月十三日――

緊張の一夜が明ける。午前二時四十五分、総員起床し、ただちに朝食をとる。食後、服装をととのえて、艦橋に昇る。海上はまだ東の空がほんのり明るんだばかりで、断雲が多い。東南東六、七メートルくらいの風が吹いて、海上はわずかに波立っていた。

午前三時三十分、索敵機隊が黎明の空をついて発進する。長駆三百カイリの行程を、敵を索めて南方の雲間に姿を消す。艦内は第一配備で、全員配置に就いて警戒に当たる。飛行甲板上には、ふたたび攻撃隊が準備され、即時待機となる。

時刻の経過にともなって、情報が刻々に入る。いわく「第二十七駆逐隊、ヌデニ島敵水上基地を砲撃す」「陸軍部隊ガダルカナル飛行場占領」など。

午後になり、中攻隊が敵機動部隊（空母一、戦艦二、巡洋艦二、駆逐艦二）を発見し、位置は、ツラギの百二十三度、三百四十カイリという。スワッとばかり緊張するが、当隊よりは距離が遠く、攻撃は明日実施の予定と発表される。

午後一時、艦隊は針路を五十度に変針、さらに午後四時、百八十度に変針して南下を開始、明日の敵機部隊の攻撃に備える。今日は前衛隊が、敵哨戒機に発見されたほかは、敵機を見ず、したがって交戦はない。

情報としては、一、第二十七駆逐隊はヌデニ島敵水上基地を湾外より砲撃、七十余発の砲弾を撃ち込むも、効果不明。二、十三日午前十時、陸軍部隊が、ガ島敵飛行場占領（昨夜来の夜襲成功）。ただし、これは後に虚報であることが判明。陸軍部隊による十二日の攻撃は、準備の都合で実施されてはいなかったとのこと。三、敵飛行機約四十機は、ガ島飛行場に着陸すべく飛来したが、引き返したという。

敵空母撃沈の入電

九月十四日――

午前二時四十五分、総員起床。ただちに朝食をとって配置に就く。午前三時三十分、索敵機隊が発進する。海上は南東の風、スコール多し。

午前、警戒を厳重にしつつ南下するが、索敵機隊は、敵機動部隊を発見するにいたらず。当方面海域には、敵の艦影すらなく残念であった。

午前九時頃、敵哨戒飛行艇一機が出現し、艦隊の後尾に触接を開始する。「翔鶴」においてはただちに対空戦闘が下令され、甲板待機中の戦闘機六機が、エンジン始動もどかしげに発艦し、敵機目指して突進して行く。

これに気づいた敵飛行艇は、一目散に水平線の彼方に逸走して見失う。しかしながら、あとで話を聞くと、視界外において首尾よくこれを捕捉して、撃墜したとのことであった。

戦闘機隊収容、対空戦闘解除。その後は、午前十一時になっても敵情を得ず、艦隊は反転する。

正午にふたたび敵飛行艇の触接を受ける。午後はスコール多く、午後三時三十分、わが艦隊の後方を進む前進部隊上空に、敵機六機出現の電報が来る。艦隊の上空警戒は、ますます厳重になる。しかしながらその後、敵機の出現はなかった。

午後四時二十分、日没となる。艦隊は反転し、ひたすら北上、戦闘海域を遠ざかる態勢を取る。戦闘の機微は、われわれ下級者には一切不明だ。

九月十五日——

予期したわりにはたいした戦闘もなく、空しく戦場を離脱して北上をつづけることは、ただ残念の一語につきる。ではあるが、われにはくるべき大敵に備えて、慎重を期さねばならない。

艦隊は二十ノットで北上し、午後三時、補給部隊と合同の予定である。いかに逸《はや》っても、油切れではどうにもならない。

伊号第19潜の魚雷３本を受けて、大火災を生じた米空母ワスプ

午前九時三十分頃、味方中攻隊の索敵機より、敵機動部隊発見の入電がある。さらに敵輸送船団九隻が、五隻の駆逐艦に守られつつ北上中との発見電が入る。
しかし当部隊よりは、六百カイリと距離が遠く、中攻隊に獲物を奪われたのは、まことに残念である。かならず仕止めてくれるであろうことを期待する。

午後三時、予定通りの会合点で、国洋丸と合同する。艦隊はただちに反転針路を南々東にとり、同時に補給が開始される。ふたたび燃料を補給して、戦場に向かうのである。

午後四時二十分、日没。補給作業は夜を徹して続行されていた。

午後七時三十分、艦隊は針路を六十度にとり、南下よりふたたび北上に転ずる。この変針時の艦橋勤務中に朗報が入る。やはり中攻隊は戦果を挙げたのであった。いわく——

「ツラギの南東方百五十カイリにおいて敵空母（エンタープライズ型）は、味方航空部隊の攻撃により大火災を起こし、傾斜ついに沈没せり」と。

これを付近海域で行動中の伊号一五潜水艦が確認して

打電したものであった。思わず快哉《かいさい》を叫ぶ。この調子では、前日の敵輸送船団も何も皆、やるであろう。明朝のニュースが待ち遠しい。

九月十六日――

終日、天気晴朗でスコールもなく、海上は波静かであった。艦隊は引きつづき補給作業を実施する。

すでに補給を終えた駆逐艦などは、水線下に船腹をどっぷりと浸して走っている。燃料も充分に積み込んで、また戦に挑むのだ。さしたる敵情も入らず、平穏な航海の一日である。

思えば、内地を意気衝天の勢いで出撃してより、はや丸一ヵ月、戦いに明け戦いに暮れる南海の戦場で、遥かなる故国を偲《しの》ぶと、懐かしさはひとしおである。父母よ、弟妹よ、自分は元気で戦っているぞ。そして、あくまで戦い抜く覚悟だ。

午後四時過ぎ、熱射した太陽が西の空を真紅に染めて沈み、ふたたび海上に夜がやって来る。

午後七時、遥か内地より東邦丸、東栄丸の油槽船が来着、合同する。油を満載し、駆逐艦の護衛もなく、遥か南海の戦場付近までの航程は、ずいぶん骨の折れることであったと思う。ご苦労様、両船より、大艦の方でも逐次、交互に燃料の補給を受ける。

昨日の敵空母撃沈に関する正確な情報が入る。敵エンタープライズ型空母（注、空母ワスプ）を撃沈したのは、航空部隊ではなく、味方潜水艦であるという。

伊号第一五潜（注、実際は伊号第一九潜）は十五日午後四時頃、前記の敵空母に対し雷撃を加え、確実に四本の魚雷を命中させた。該空母は大火災を生じて、左舷に傾斜、沈没したという。これを付近を行動中の伊号第二〇六潜水艦が、目撃して打電したものであった。

午後八時、補給を終えた国洋丸が、内地に向けて分離する。

敵情を得ず

九月十七日――

今日も相変わらず好天に恵まれ、補給作業を続行する。午前四時、針路九十度。午前五時になり「翔鶴」は、航進を停止漂泊して、去る九月一日、ラバウルより発進した中攻隊を掩護すべくブカ島に派遣された一航戦戦闘機隊が、隊長新郷大尉以下大活躍をなし、帰還したが、九月四日の派遣戦闘機収容の際には、新郷大尉機はなかったのであったが、今、新郷大尉は東邦丸に便乗して、晴れて「翔鶴」に帰艦した。生還の状況は寡聞《かぶん》にして承知していなかったが、まことに喜ばしいことであった。

引きつづき「翔鶴」は東邦丸より燃料補給を受ける。午後二時、補給作業を終了。補給量はじつに千六百トンであった。以後も各艦が交互に補給作業を行なう。

平穏なる航海で、敵情もなし。連日にわたっての戦闘行動という強い刺激の中に生きてきたせいか、戦いのない日は何か間が抜けたような気がする。あのくちびるを噛みしめて、緊張裡に活動する戦闘の一瞬間は、あとになって考えてみると人間最高の姿ではなかろうか。

九月十八日――

午前三時、総員起床。午前三時四十五分、「総員配置につけ」の号令があって、ただちに黎明訓練が実施される。

午前四時、日出。右舷約六千メートル付近に、前進部隊が同航している。第四、第五戦隊の大巡七隻が戦艦「大和」および「陸奥」を支援艦として、堂々とわが艦隊と雄姿を競うように進航していた。

われわれがいうべきではないが、八月七日、敵はわが方において設営中の飛行場を、綿密な偵察の結果、完成した直後に奪取し、爾後、夜を日についで補給作業を継続して強大なる航空基地を造成していた。

それにもかかわらず、日本軍は、大本営も、参謀本部、軍令部また連合艦隊司令部なども、相変わらず敵を軽視して、敵飛行場奪回作戦において、ミッドウェー占領作戦に充当されるべき陸軍一木支隊千余名が貧弱な装備で上陸し、無謀なる突撃をもって、米軍の十字砲火を浴び、全滅の悲運に泣いた。そして、今また川口支隊六千名をもってしても、とにかく飛行場の一画まで取りついても撃退され、攻撃失敗という。

ミッドウェー海戦で、われわれ下士官兵は充分に思い知らされた。陸軍はもちろん、海軍首脳部もよく精神を入れ替えて事に当たるべきと思うのは私一人だけであろうか。私は一日の解怠《けだい》は、百年の悔いを残すと考えている。今、敵は空母サラトガ傷つき、ワスプ沈み、エンタープライズ損傷という危機にある。残るは、敵飛行場にある数十機の飛行機のみという。

敵の危機は日本の好機である。私は前進部隊は、すぐにでも舳先を南に向けて進撃すべきではないかと、切歯する思いがした。

当方は午前、午後とも引きつづき補給作業を実施する。厳重なる対潜警戒以外は昨日と変わりはない。針路九十度、速力十二ノット。どこに行くのやら、われわれには知り得べくもないが、深く考えても致し方ない。ひたすら、好敵をわれにあたえよと、神に念ずるのみである。

午後五時、艦隊の右前方に占位していた「秋月」より、「右三十度、六千メートル付近に、水面上約三十センチほど露頂せる敵潜水艦の潜望鏡を発見」との通報がある。

艦隊はただちに取舵斉動をもって、これを回避する。「初雪」が、当該位置付近にいたり、爆雷攻撃による制圧を加えたが、日没のため暗くなって効果は不明であった。

九月十九日――

朝来より天気晴朗、海上は平穏である。午前四時、艦隊は針路を百五十度に定針し、補給部隊を分離して、二十ノットの速力をもって南下を開始した。

午前五時五十分、突然、「配置につけ」の号令が艦内に通報される。何事ぞと艦橋に駆け昇ると、またまた敵の哨戒飛行艇の出現である。艦隊の左五十度、距離二万メートル付近を同航で飛行し、やがて雲中に没し去った。

各母艦よりただちに戦闘機が発進し、これを追躡したが、雲中に逸する。その後約一時間、総員配備で警戒するが、姿を見せることはなかった。

午前八時、艦隊は二百三十度に変針、速力十六ノット。午後より敵機の行動圏に入る。こんどこそ敵の機動部隊を捕捉して、痛撃を加えたいのは、私一人のみではあるまい。

午後、夜間とも変わったこともなく、情報もない。

九月二十日――

黎明時、前衛隊は速力を増し、水平線以遠に占位して、本隊ともども索敵機を発進させた。今日こそは会敵することもあろうと、戦闘服装もかいがいしく、艦橋において張り切っていた。

しかし、索敵機隊は敵を認めず、視界内には味方の水上機母艦国川丸と駆逐艦二隻が行動中のみなり、とのことである。艦隊はついに敵情を得ず、午前十時、反転針路を六十度にとる。

午前十一時頃、連合艦隊長官より、わが部隊に対し、一時作戦行動を中止して、トラックに帰港するよう発令されたとのこと。残念である。せっかく敵機動部隊と戦えるものと、張り切っていたが、トラック帰港ではおもしろくない。だが、われわれはいつでも戦える。大東亜戦争は長いのだと、みずからに言い聞かせる。

午後も何ら敵情もなく、一路北上する。午後四時三十七分、日没。

国川丸が敵PBY飛行艇の触接を受け、これを撃攘するために、水偵三機を発進、敵と交戦中なりという。水偵と飛行艇との交戦は、けだし見ものであったろう。

九月二十一日――

艦隊の針路三百十度、速力十六ノットにて一路、北上をつづける。今次の行動においては会敵が予期されたが、残念ながらトラック入港が発令され、何か物たりぬ気がする。

午前七時、本艦の右舷に敵潜水艦を探知し、見張員、砲員が全員配置につき、警戒を厳重にした。だが、その後、異状もなく、午前八時、平常の警戒配備となる。

午後も何ら異状なく、きわめて平穏なる航海をつづけ、海上も波静かである。午後三時三十五分、日没。美しい夕焼け空、そして間もなく南国の星が輝きを増すことであろう。

戦場における戦いのない静寂境。暗い艦橋には、一語を発する者もない。やがて月が昇る。明月を仰ぎ見ながら、思いを遠く故郷の山河に馳せ、戦友と幼時の秋の月見を語り合う。

家郷からの便り

九月二十二日――

今日は昨日に引きかえ、スコールが多い。午前六時頃、大きなやつが襲来する。視界をせばめ、物凄い雨脚を見せる。約三十分ほどで通り過ぎた。

午前七時、航空戦教練参加のため、艦攻隊が発艦する。艦隊上空において集合編隊を組み、堂々と右前方視界外に去る。

午前七時三十分、「総員配置につけ」が下令され、航空戦教練が開始される。しばらくして、接近する攻撃機群を進路右前方に発見する。

攻撃態勢をとった彼らは、約千メートルの高度より散開降下し、各機それぞれの進入位置に占位する。そして真一文字に突入してくる。やがて射点にいたり、頭部を赤く塗り、胴体を銀色に輝かせた演習用魚雷を発射した。

一機、また一機と轟々の爆音も勇ましく、鏡のような海面を這うような低空で襲来し、魚雷を発射する。目標にされた各艦は、実戦さながらの回避運動で、これをかわして行く。教練ではあるが、息詰まるような一時ではあった。

午前八時三十分、航空戦教練終了。「翔鶴」および「瑞鶴」は、それぞれ所属の攻撃機を収容して、原位置に復する。

発射された魚雷は、適当に駛走した後、火薬の代わりに水が充塡され、これが停止後に排水されて浮上するようになっている。しかも発煙するようになっており、付近の警戒駆逐艦が、適当に収容した。

午後は平常な航海がつづく。明日はトラック入港である。

九月二十三日――

艦隊針路三百度、速力十六ノット。午前十時、敵潜を警戒して速力を二十ノットに増速する。正午、左舷前方に、島影が見え出す。

艦隊はこの頃より縦陣列に制形し、十戦隊の「長良」を嚮導艦として、第八戦隊、第七戦隊、母艦部隊と続航し、ぐんぐん島に接近する。そして、環礁を遠く迂回して、北水道より泊地に進入する。

サンゴ礁付近は白波が磯を嚙み、ヤシの梢が強い南国の太陽の下で、あざやかな緑を見せている。

泊地には、すでに先着の前進部隊の各艦および「大和」「陸奥」が、どっしりと碇泊していた。

午後二時三十分、機動部隊の各艦も、それぞれ予定錨地に投錨し、十三日間の航海を終わる。思い返せば、ふたたびこの島を見ることもあるまいと、決意も固く、去る十日に出撃したが、ついに敵に遭遇することもなく、帰還することになった。

碇泊後、信号通信の艦橋要務は一段と多忙をきわめる。夜間にいたり、艦橋当直勤務を終え、図書事務室に降り、ほっとする。

入港と同時に本艦あての郵便物が受領され、各分隊ごとに分配されていた。私にも家郷より便りでもあったかと、首を伸ばしてみたが、わずかに戦友宮田二曹より、近況報知のものが一通だけであった。

九月二十四日――

内地より送付されてきた機密図書、作戦資料の整理作業を行なう。

九月二十五日――

終日、図書類、作戦資料の整理をなす。

日本海軍の一大根拠地トラック泊地に停泊中の戦艦「大和」(左)

九月二十六日——

終日、図書類の整理で終わる。毎日毎日、よくもこんなにあると思うほど、仕事があとからあとから出て来る。

また、軍令部、海軍省、海軍水路部、海軍文庫、空技廠その他関係官庁より送付されてくる関係書類、資料を整理して、長官以下、幕僚の閲覧に供し、また麾下《きか》各艦に、遅滞なく配布するのも私の仕事であった。

自分が怠けることによって、配布されるべき資料が届かなかったりしては大変である。また速やかに送付することによって、作戦上有利であったら本望である。

特に今、激戦地となったソロモン諸島、ニューギニア方面の陸図、地誌などは、軍令部などにおいても、全力を挙げて作製送付してくるが、現地にある作戦部隊などでは不十分であり、満足の行くものではなかったようである。

そんなわけで、入港して休養というようなわけにもいかず、心身を励まして仕事に没頭する。いかに辛くとも、苦しくても、これが戦争なのだ、御国のためと思うと、心が軽くなる。

九月二十七日——

午前、「翔鶴」では艦内の整備作業を行ない、午後、散歩上陸が許可される。正午、上陸員が整列し、大発に乗艇して出発する。美しい石花礁の海面を押し分けるようにして進む。途中、約四十分を要して夏島桟橋に到着する。陸上は風もゆるやかで、ことのほか暑い。

艦隊乗員の慰問のために、本島民の民族踊りが催されている公民学校に歩を運ぶ。

同所では、すでに踊りが開始されていた。原住民の中年女性が、目もあでやかな原色的なアッパッパを着て、大勢並んで手で膝を叩きながら唄う歌で、もちろん意味は分からないが、声も揃って、なかなか上手であった。

つづいて男たちの出番である。歌いながら左腕の肱を曲げた部分を、右腕の手の平で叩き、独特の音を出しながらの熱演である。珍しいことは珍しいが、数多く見せられると、単調でもあり飽きもきた。しかし、いかにも南洋に来ているという実感があった。

一時間ばかり見物して満足したので、街並みに出てみる。この夏島は、人口が比較的多く、そのわりに果樹類が少ない。それぞれの樹の梢に、パンの実、パパイア、あるいはマンゴの小さな実がわずかに生《な》っているだけであった。

島内は、海軍の前進根拠地として、軍一色で面白いものもない。帰途、後学のために、話に聞いていた慰安所を覗いてみた。

南海荘、南國寮という二棟の大きな建物に看板を掲げ、それぞれ数十室に分かれて部屋があり、その中に慰安婦がいるらしい。

玄関に切符売りの婆さんがいて、希望する兵隊はここで二円五十銭の切符を買って、待合所で自分の番を待つわけである。

なかに下士官を含めて十四、五人の兵隊がおり、いずれも一杯機嫌で、意気揚々たるものであった。しかし、日中からこの様子を見て、まことに浅ましい気がして嫌気がさし、早々に逃げ出した。海軍には好き者揃いがいて、士官用には第二小松といって、横須賀の料亭小松の支店を設営し、高級士官がチャッカリ利用していたのであった。

　そろそろ乗艇時間が迫ったので、帰途につく。午後四時、波止場に着き、午後四時四十五分、迎えの大発が到着、午後五時三十分、帰艦。やはりわれわれは艦内の方がよい。

帰艦直後に一大スコールが来襲し、紙一重の差で艦内に入り、ほっとする。

九月二十八日より十月二日までは特記事項なし。

灼熱の陽光の下に

十月三日――

出動訓練の日である。午前五時三十分、出港用意。駆逐艦五隻が対潜警戒のため先航し、つづいて「翔鶴」「瑞鶴」が続航して北水道を通過して、環礁外に出動する。駆逐艦がぴったりと母艦に寄りそって、敵潜の警戒にあたっている。

午前七時、航空戦教練が開始される。春島基地より飛来した新鋭攻撃機隊と、爆撃機隊が、断雲上より逆落としに舞い降りて来て、それぞれの母艦に、爆雷の擬襲攻撃を実施する。

　その神技のほどに、これは味方の演習なのだと思いながらも、寒けがする。それほどの物凄さであった。

　午前八時、第一次訓練が終了し、引きつづいて第二次訓練が実施される。午前十一時よりは対空射撃訓練が実施され、千五百メートルの高度で、艦攻の曳行する標的に対し、高角砲、機銃の実弾射撃による訓練であった。

　来るべき海戦を控えての実戦的訓練であり、空母乗り組みの関係員は、これに真剣に取り組んでいた。

　午後一時、各種の訓練を終了し、母艦は泊地に向かう。午後二時三十分、北水道を通過して所定の泊地に投錨する。

　十月四日より、十月十日までの泊地における艦隊は、ひたすら次期作戦に対応する。打ち合わせ、補給、整備、訓練の毎日で、特記事項はなかった。


　十月十一日――

　今日はいよいよ第三次出撃の日である。すべての戦備作業も完成した。

　午前十時、出港開始。まず警戒隊の駆逐艦が先頭を切り、第七戦隊、第八戦隊、第十一戦隊、母艦部隊と、予定順序にしたがって抜錨し、泊地を後にして北水道に向かう。

　在泊中の諸艦の乗員が、上甲板や艦橋から、盛んに帽を振りながら見送ってくれる。「しっかり頼む」との声は聞こえないが、期待するその心がひしひしと感じられる。

　いまやわが機動部隊は、日本海軍の輿望をにない、日本国の興亡を賭けて、戦場に臨むべく行動を起こしたのであった。かならず敵を討ち取ってやるぞと、われわれも帽を振り、これに応えていた。

　正午、北水道を通過し、環礁外に出る。茫々洋々たる太平洋は、灼熱の陽光の下に輝いている。これがわれわれの戦場なのだ。

　艦隊はふたたび環礁を迂回し、洋上において春島基地より飛来した飛行機隊を収容後、所定警戒航行序列に占位する。針路百十五度、速力十六ノットで一路、南下を開始する。

夕刻まで、後方水平線の彼方に見えていたトラックの島々も、宵闇とともに見えなくなった。出撃第一日、もちろん敵情もなく、また変わったこともない。艦隊は警戒を厳にしつつ、黙々と進撃していた。

十月十二日――

出撃第二日目。平穏なる海面を、鉄桶の陣形を整えて、艦隊は進撃をつづけていた。針路は引きつづき百十五度。一路、ソロモン海を目指して進撃する。

午前、昨夜の「ソロモン海域」における情報が入る。いわく、

「わが巡洋艦戦隊（第六戦隊・青葉、衣笠、加古、古鷹）はツラギ付近において、敵大巡三隻および駆逐艦と二一一五（午後九時十五分）より交戦し、その一隻に魚雷二本を命中させ轟沈、一隻大破、駆逐艦一隻撃沈」

の戦果を挙げたとのことである（注、サボ島沖海戦）。まことに愉快である。

また、水上機母艦「日進」および爾余の艦艇は、ガ島増員部隊の揚陸に成功し、上陸部隊は敵飛行場に向けて進撃中なりとのことである。戦いはいよいよ進展する。「翔鶴」艦内の兵員の士気は上がり、早く戦場に到達して、大いに戦ってみたいと思う。

スコール頻々として襲来し、天候良好ならず。夜になって、第六戦隊の正確なる戦果が判明した。

「敵ロンドン型大巡一隻轟沈、一隻撃沈、駆逐艦一隻撃沈せり」とのこと。

十月十三日――

艦隊は厳重なる対潜警戒を実施しつつ、一路南下する。午前九時、予定会合点において、油槽船国洋丸と合同し、「長良」以下の警戒隊は、ただちに補給を開始した。

正午、ガ島増援部隊の掩護の任務についていた「巻雲」「秋雲」の二隻が、揚陸成功のために任務を解かれ、艦隊の右後方に姿を現わし合同する。

終日、燃料補給作業を行なう。ガ島付近に進出中の水上機母艦「千歳」より発進中の水偵が「敵空母らしきもの発見」のほかは敵情もなし。

いよいよ今夜から明朝にかけて、第三戦隊の敵飛行場に対する砲撃が実施されるとか。定めし勇壮なることであろう。

ヌデニ島攻撃部隊も、予定通り敵基地に接近中との入電もあり、刻一刻、ガ島奪回作戦はピークに達しつつある。海軍軍人として生きがいが感じられる。深夜の十一時、ガ島に隠密接近に成功した第三戦隊「金剛」「榛名」が、いよいよ敵飛行場に対し、砲撃を開始した旨の情報が入る。両艦十六門の三十六センチ砲の巨弾が、唸りをあげて敵基地に命中炸裂する様子が目に見えるようである。体中の血が駆けめぐる。

十月十四日――

警戒隊の燃料補給も終了し、艦隊は引きつづき南下する。敵機動部隊との遭遇が予期される戦闘第一日目である。

午前二時三十分、総員起床、就食、張り切って戦闘服装に着替える。

午前三時、総員配置につく。例によって前衛隊は前方水平線以遠に進出。「翔鶴」「瑞鶴」の両艦艦攻五機ずつの索敵機隊も、それぞれ発進した。敵機の行動圏内とあって、厳重なる対空警戒が実施されていた。

第三戦隊により、昨夜より今朝にかけ、実に両艦あわせて、一千余発の三十六センチ三式弾その他を敵飛行場に叩き込み、滑走路、燃料集積所、弾火薬庫などその他を炎上させ、敵基地に潰滅的な打撃をあたえたりとの報告電が入電した。快絶限りなし。

午前七時、敵哨戒飛行艇一機が出現し、わが方に対し触接を開始する。各母艦よりただちに戦闘機が発進し、これを追撃するが、惜しくも視界外に逸走する。のちの報告によれば、「瑞鳳」の戦闘機が、みごとに撃墜したとのことであった。なお、午前の索敵機隊は、「敵駆逐艦数隻発見のほか敵を見ず」とのことであった。

午前七時三十分、索敵機隊収容、午後は敵機も出現せず、午前に索敵機の発見した敵は小部隊とあって、物の数ではない。したがって、攻撃は実施されず、艦隊は北上を開始する。

午後四時二十五分、日没。

十月十五日——

艦隊は黎明時、反転して南下を開始する。午前二時二十分、総員起床。ただちに朝食をとる。

午前三時、総員配置につく。同時刻に、前衛隊の水偵と、「翔鶴」艦攻五機による索敵機隊が発進する。その後の攻撃隊準備は従前通り。

午前六時、前衛隊「比叡」より、敵哨戒飛行艇一機発見との通報あり。両母艦よりただちに戦闘機が発進して、視界外でこれを撃墜したとのこと。

今朝発進していった索敵機よりは、敵発見の情報はなかったが、味方部隊より、敵巡洋艦一隻および駆逐艦三隻の小部隊発見。また別に小規模の敵輸送船団発見の入電がある。

午前八時三十分、索敵機隊が帰艦する。「翔鶴」艦橋において、司令部首脳が検討の結果、味方部隊が午前中に発見した敵の巡一、駆三の部隊に対し、攻撃のため午前十時、「翔鶴」攻撃隊が、また敵輸送船団に対しては、「瑞鶴」攻撃隊が、午前十一時十五分、それぞれ発艦した。

ガ島飛行場砲撃へ向かう戦艦「金剛」とその艦橋から見た後続する戦艦「榛名」

午前十一時三十分、「翔鶴」攻撃隊より、敵発見攻撃の結果、敵英巡カイロ型一隻撃沈せりとの報告電があった。しかし、日没時になっても、攻撃隊は帰還しない。艦隊の位置秘匿のため、誘導電波を出せず、味方機が母艦の位置を摑めないのである。各母艦は探照灯を点灯し、上空照射を行ない、帰投目標とする。

午後四時四十五分、三三五五、ほとんどバラバラになって、攻撃隊が帰還してきた。ただちに収容を開始するが、収容中に「瑞鶴」の艦攻一機が海中に墜落した。また「瑞鶴」の艦爆一機が海中に不時着したため、付近にあった「巻雲」が指令を受けて救助に向かい、いずれの搭乗員も救助した。

午後八時頃、艦隊は敵機の触接を受け、二十八ノットの最大速力をもって北方に避退した。

燃料補給を終えて

十月十六日――

二十八ノットの高速で一晩じゅう走って北方に避退し、午前六時、速力は二十四ノットに落とされる。味方航空部隊（中攻隊）より、空母を含む敵有力部隊発見の情報が入る。いよいよ出現である。

敵の大部隊を目前にしながら、じつに残念である。艦隊は引きつづき北上をつづけ、午前七時頃、油槽船国洋丸を認め、速力を落とし合同、ただちに燃料補給を開始する。現位置は敵哨戒機の行動圏外とあって、さすがに姿を見せない。有力なる敵部隊発見の情報があっても、われとの距離が遠く、戦闘にならぬ。ふたたび燃料満載のうえ、戦うのみである。

「陸軍増援部隊がガ島上陸成功」の入電あり。今度こそ、敵を駆逐することができるであろう。トラックを出撃してはや七日。呉を出撃してより丸二ヵ月、戦場に明け暮れる日は早い。

十月十七日――

今日は油槽船国洋丸のほか、東邦丸、東栄丸、旭東丸の三隻が合同し、各艦が一斉に燃料補給を行なった。午後十二時頃、前衛隊が北上しきたり合同、これもただちに補給を開始する。同隊の戦闘概況も、大した戦果はない様子であった。

本日は朝来より信号の交信量も多く、一日じゅう追い回されて過ごす。その処理に苦心惨憺し、一生懸命骨を折るが、なかなか思うようにいかず、残念な気がした。しかし、いかに苦しくても、これが戦争なのだと心を引き締めて、渾身働くつもりで、頑張っている。

長時間の艦橋勤務を終えて、居住区に降りた時は、さすがに疲労困憊していた。現在「陸奥」にあって、同じ戦場に立つ弟も、一生懸命やっていることであろう。

午後七時頃、仮寝のベッドを急造して就寝する。今夜はやたらに故郷の父母、祖父母、弟妹のことが思い出される。健在なのであろうか。

十月十八日――

終日、各艦の燃料補給と第十一戦隊の弾薬積み替え作業が実施される。

海上で弾薬補給船が接近して漂泊し、その間をランチと運貨艇が、三十六センチ砲弾と装薬筒を一杯積んで往復していた。

これは後で考えれば、先の十三日、第三戦隊のガ島砲撃で味を占めた連合艦隊司令部が、ふたたび十一戦隊の「比叡」「霧島」を、機会を見てガ島に接近させ、敵飛行場を砲撃させるために、内地から三式弾を輸送させたのではあるまいか。

前にミッドウェーにおいて、開戦時のパールハーバー奇襲と同じ策を用い、当時三百五十隻余の大艦隊を擁しながら、拙劣な作戦により、暗号の漏洩もさることながら、貴重なる四空母を失う大敗北を喫している。

奇手は二度使うべきではないと思うがと、あやぶまれるところである。

午後十二時三十分頃、南の水平線上に前進部隊が雄姿を現わす。しかし、あの部隊は機動部隊と前後して本土を出撃し、ガ島周辺の敵機攻撃圏外をいたずらに遊弋するのみで、突撃して敵を攻撃するでもなく、二ヵ月あまりになる。繰り返すが、一日の偸安《とうあん》は百年の悔いを残すのみだ。しばらくして前進部隊は南方に姿を消した。

午後四時三十分、燃料補給作業と弾薬積み替え作業を、ともに終える。

艦隊は補給船隊を分離すると、ただちに反転し、針路を東南方百四十度に定め、速力十六ノットで南下を開始する。

こんどこそは敵機動部隊を捕捉して、思う存分の戦いをしてみたいものと思う。去るハワイ海戦、南西諸島方面攻略作戦、インド洋海戦、ミッドウェー海戦、第二次ソロモン海戦など、あの勇壮、凄絶なる海空の戦闘がしのばれる。

援軍の要なし

十月十九日——

忙しかった数日にわたる燃料・弾薬の補給作業も無事終了し、補給部隊も任務を終了して分離し北に去っていった。

各艦は燃料を満載し、船腹をどっしりと水線下に浸しつつ快適に進航する。針路百四十度、速力は一時、十四ノットに落とされていた。

前衛隊は本隊の前程五十カイリの所定位置につくべく速力を挙げ、水平線以遠に進出する。わずかに十一戦隊の前檣頂が望見されていた。

敵情も少なく、敵機動部隊も、付近海上を行動中の算は大なるものの、いまだ的確に所在が確認されていない。しかし、出て来れば戦うまでのこと、別に恐れることもない。

天候は至極良好である。

南東の風が海面を撫で、赤道直下ながら、暑気もさほどには感じられない。内地の晩夏か、初秋くらいの気候であった。

午前十時、「翔鶴」より五機、「瑞鶴」より五機の艦攻による索敵機が発進する。南々東方を中心として所定海面を捜索するが、敵を発見するにいたらず、午後四時、帰還してそれぞれの艦に収容される。

午後四時二十分、日没となる。薄明より、次第に闇が増していく。中空に半月がかかり、空気が澄んで、じつに美しい月夜である。

艦隊は薄明るい月明のもと、灯火戦闘管制で黙々と進航する。信号の交信もなく、艦橋も静寂である。この一時《いっとき》、戦争も航海も忘れて、何か一首和歌でもひねってみたいような気がしたが、柄でもないので止める。

十月二十日——

午前二時四十五分、総員起床。午前三時、総員配置につく。外界はまだ暗く、わずかに東の空が明るくなってきた。

飛行甲板上では、対潜哨戒機、また上空哨戒戦闘機あるいは攻撃待機の飛行機の準備で、整備員が飛行甲板を駆けめぐっている。

今日も天候は良好である。朝食前一時間にわたり、各科とも黎明訓練が実施される。午前四時十五分、洗面、朝食。

午前八時、「翔鶴」より、索敵機五機が発進する。艦隊針路百七十度。午後一時、索敵機隊帰還収容。敵影なし。

情報によれば、敵戦艦二隻を基幹とする部隊が、味方（中攻隊）の索敵機により発見されたものの、当隊よりは距離が遠く（六百カイリ）攻撃は不可能であった。

艦隊は反転針路三百五十度で北上を開始する。今日もめざましい獲物はない。したがって戦闘もない。夕刻、第七戦隊、第八戦隊が飛行機入れ替えのために、しばらく漂泊する。

午後四時二十分ごろ、日没。海上に夕闇が迫り、静かな夜のとばりが艦隊をつつんでいく。

情報としては、ガ島に増援上陸した陸軍部隊指揮官より、「われ飛行場奪還に成算あり」との電報が来る。いよいよ陸軍部隊も展開し、満を持して待機中なのであろう。

十月二十一日——

黎明時に艦隊は反転して、針路百四十度で南下を開始する。午前五時頃、補給部隊が合同し、警戒隊、前衛隊はただちに補給を開始する。

午前八時、「翔鶴」より索敵機五機が発進する。そのほか、対潜警戒機の発進収容と燃料の補給を続行しながら、敵潜を警戒して之字運動を行なう。そのほか別に変わったこともない。

午後二時、索敵機が帰還したが、全機敵を見ず。そのほか友軍部隊などよりの敵情もなく、今日も変化のない一日が過ぎ去った。

索敵任務をおえて帰投、空母「翔鶴」に着艦する九七式艦攻

夕刻、補給作業終了し、補給部隊を分離する。

明後日はいよいよガ島の陸軍部隊が敵飛行場に対し総攻撃を開始するとのことであり、大いに期待する。すでにトラックを出撃してより、はや十日を経過している。

伝聞するところによると、わが艦隊が出撃以来、現在までソロモン諸島海域を、敵を索めて行動してきたが、二、三隻の小部隊発見、あるいは情報などにおいても、敵機動部隊の動静はまったく把握できず、いたずらに南下、北上を繰り返している現状であった。

連合艦隊司令部よりは、再三にわたり、機動部隊はもっと積極的に進出して、敵艦隊を撃破するようにとの指示があったという。

しかし、草鹿参謀長の頭の中には、敵機動部隊の存在が強く意識されて離れなかった。それが現在までの艦隊の行動となって現われていたのである。

しからば、敵米機動部隊は、どのような行動をとっていたのであろうか。

去る八月二十四日、第二次ソロモン海戦において損傷したエンタープライズ（註、日本側発表のエセックス級撃沈は誤り）は、日本機の攻撃を受けて、数発の二百五十キロ爆弾が命中したが、速やかに消火のうえ、飛行甲板の破孔には鉄板を並べて、約一時間後には飛行機の発着艦を行なっていたという。

また、日本潜水艦の魚雷攻撃を受けて損傷したサラトガは、敵の前進根拠地で応急修理をなし、無疵《むきず》のホーネットを含め、三個の強力なる機動部隊を編成して、ソロモン諸島の東北東海域に進出し、日本側哨戒機の圏外において一切の行動を秘匿しつつ、日本機動部隊の動静をうかがい、機を見て後方より一挙に襲いかかるという、まことに恐るべき戦略構想を持っていた。

一方、日本機動部隊司令部にあっては、南雲司令長官の慫慂《しょうよう》もあり、草鹿参謀長は、陸軍部隊の第三次飛行場攻撃を期して、ガ島付近まで突入する決意を定めたのであった。


十月二十二日——

午前二時四十五分、総員起床。朝食前の訓練は例日の通り。今日は十一戦隊の補給が実施される予定である。

午前八時、健洋丸が合同し、ただちに補給を開始する。艦隊は敵潜を警戒し、之字運動を行ないつつ進航、午前十一時三十分、針路百十度。午後一時、十一戦隊は補給作業を終了し、健洋丸を分離する。

午後一時三十分、艦隊は針路百六十度、いよいよ南下を開始する。

午後三時頃、艦隊の前路を警戒飛行中の対潜直衛機が、敵の潜没潜水艦を発見し、爆撃を加えるとともに艦隊に通報する。ただちに付近を航行中の「風雲」および「巻雲」がこれの制圧に向かい、爆雷攻撃を実施するが、効果は不明であった。

午後三時五十九分、日没。敵情も入らず、艦隊は一路、南下を続行する。明日は陸軍部隊によるガ島飛行場の総攻撃が実施されるとのこと。

夜間になり、ガ島陸軍部隊指揮官（註、氏名不詳）より、「われに勝算あり。援軍の要なし。ただ時のいたるを待つのみ」との電報があった。

陸軍最高司令官がこのような呑気な電報を、陸海軍の各部に打電していたが、事実は麾下《きか》各部隊が、夜間人跡未踏のジャングル内に突入し、思うように進撃できず、予定の攻撃発起の時間に間に合わなかったのである。

そうして各個に突撃し、待ちかまえた米軍の堅固な陣地から、予期もせぬ猛烈な銃砲撃を受け、多数の損害をこうむって敗退したのであった。

しかし、これをわれわれは後日知ったのである。

話はそれたが、午後八時になり、「筑摩」および「照月」が新任務を帯びて分離する。艦隊も反転し、針路三百十五度にて北上を開始する。

敵大部隊見ゆ

十月二十三日――

今日は午前四時より、警戒隊の燃料補給が実施される。満を持して、いざという時のために、重油タンクの最大容量まで補給が行なわれる。

午前八時、補給作業を終了し、油槽船はただちに分離する。緊迫した情勢下、油槽船が駆逐艦の護衛もなしに、艦隊の行動に即応しつつ一意燃料の補給に従事している姿は、健気《けなげ》ではあるが、何か一抹の不安が感じられる。

午前八時四十五分頃、敵信傍受によれば、味方艦上機が敵哨戒機に発見された疑いがある。また「千歳」の水偵が索敵中、ガ島方面に急行中の敵戦艦二隻、巡洋艦二隻、駆逐艦一隻よりなる部隊を発見したという。

久しく途絶えていた敵情が、敵飛行場攻防戦を契機として数多く入り、俄然、活況を呈してきた。

夕刻まで何事もなし。午後三時頃、昨夜を期して行なわれるはずであったガ島飛行場に対する総攻撃が、一日延期されたことが入電する。張り詰めていた気持ちが延期の連絡でしぼんでしまい、がっかりしたが、先はまだ長い。

午後八時頃、反転北上する。

艦隊上空に敵哨戒飛行艇一機が出現するが、間もなく視界外に去る。翌日の午前一時に、ふたたび一機の哨戒機が出現したとのことであったが、自分は待機室で仮眠中で、知らずじまいであった。「筑摩」が雷撃されたとのことである。

十月二十四日――

ガ島敵飛行場の総攻撃は延期され、敵哨戒機には一晩じゅう追い回されながら北上をつづける。未明になって、待機していた油槽船と会合し、またまた警戒隊の駆逐艦に燃料補給作業が開始された。

目標とする敵機動部隊には遭遇せず、明けても暮れても、燃料補給ばかりで、少々うんざりの態《てい》である。

午前十時、本隊の後方にあった前衛隊が距離を縮め、接近合同し、所定の警戒航行序列に占位する。

敵情は「聖川丸水偵の発見した敵戦艦二隻、駆逐艦四隻」のほかはなし。いまだ距離が遠く、攻撃は不可能である。残念ではあった。

夕刻、補給作業を終了する。今日も飛行機隊は羽ばたかず、飛行甲板上で待機していたが、「待機もとへ」の令で、格納庫に収められた。いよいよ今夕午後五時より、待望久しきガ島敵飛行場への攻撃が開始されるのだ。神よ、日本軍に恵みをあたえたまえと祈る。明朝未明、ふたたび南下開始とのことである。

ラジオの聴取によると、米国内では近日中に日本との間に一大海空戦が展開されるであろうと、放送されているという。

艦隊乗員の意気も衝天、今に見よであるが、敵機動部隊は、いまだに味方の捜索線上には出現していない。だが、これに対する関心大なり。

十月二十五日――

艦隊は未明に針路百七十度、速力二十六ノットの快速をもって一路南下、進撃を開始した。前衛隊もさらに速力を増して、本隊の前程に進出する。

午前三時、「翔鶴」「瑞鶴」より、十機の索敵機が暁闇の空をついて発進する。先刻、分離進出した前衛隊よりも、水偵五機が発進した。

艦内は索敵機発進と同時に、総員配備につく。それぞれ所定配備について、厳重な警戒をなす。乗員は、戦闘服装も甲斐甲斐しく、所定の配置につく。飛行甲板には攻撃隊が準備され、試運転も終了して即時待機となる。

情報によれば、ガ島飛行場攻略部隊は、猛烈なる激戦を交えながら、ついに飛行場の一角を占領したとのことである。

「翔鶴」においては、対空、対潜の厳重なる警戒裡に、張り切って索敵機よりの通報を待つが、遂に発見するにいたらない。

午前八時過ぎ、索敵機隊は逐次、帰還する。母艦で索敵機収容後、艦隊は反転し、針路三百五十度となす。まことに残念ながら、今日も戦闘なし。

しかし、午前十一時、前衛隊より発進していた索敵機の一機より、「敵大部隊見ゆ」との電報が入る。内容はいわく戦艦二隻、甲巡四隻、乙巡一隻、駆逐艦十六隻より成る部隊とのことである。空母の存在については報告はないが、敵の機動部隊の出現に誤りはない。よき敵ござんなれ、ではあるが、午後に入っており、距離また時間の関係もあり、司令部首脳により検討の結果、攻撃は明日実施のことに延期された。

午後十二時過ぎ、前衛隊上空に敵B17六機が出現し、これと交戦中との電が入る。敵もなかなか味なことをやる。

「瑞鶴」より、ただちに甲板待機中の戦闘機六機が発進する。そして同隊上空において相当なる空中戦を演じたが、一機も撃逐するにいたらず、ついに惜しくも雲中に逸せりという。

午後三時五十分、日没となる。今日一日も戦わずに終わる。明日だ、真の戦いは。

午後五時、艦隊は再反転して、針路百七十度、速力二十ノットで、戦場となる海域に突進を開始した。

南太平洋の凱歌

十月二十六日――

午前零時三十分頃であった。高速で南下しつづける旗艦「翔鶴」と、二番艦「瑞鶴」との中間くらいの海面に突然、爆弾落下による大水柱が吹き上がった。

隠密に、わが艦隊上空で触接をつづけていた敵機が、交替の都合でもあったものか、やにわに投弾したのであった。

折柄、艦橋には高田先任参謀が当直参謀として勤務していた。敵機の投弾により、触接を知り、わが艦隊の位置は、刻々と敵側に通報されていたものと判断して、独断でただちに艦隊は反転し、速力も二十四ノットに増速されたのであった。経過は爾後、長官参謀に報告されたが、一つの決断ではあった。

このような経過の後、「翔鶴」においては、午前二時十五分、総員起床。そしてただちに朝食、終わって総員配置につく。いよいよ今日は、昨日の前衛隊水偵が発見した敵部隊を攻撃するのだ。

前衛隊よりは午前二時十五分、本隊よりは午前三時、それぞれ索敵機隊が、薄明の空に向かって発進した。しっかり頼むと思わず心に祈る。

午前四時、日出。いまだに索敵機よりの敵情報告電は入らない。「翔鶴」全員それこそ、全神経を集中し、一刻千秋の思いで、索敵機よりの入電を待つ。しかし、相変わらず情報もなく、今日も獲物なしかと、ややがっかりしたが、じつはさにあらず、午前四時五十分、南東方に出ていた索敵機より、「敵空母サラトガ型一隻、戦艦二隻、巡洋艦四隻、駆逐艦十六隻見ゆ。針路北西」の報告電が入る。

ついに宿願の敵機動部隊が発見され、喰うか喰われるかの戦いが始まるのだ。折から艦内拡声器が、けたたましく「配置につけ」の号音（ラッパ）と号令を伝えていた。

聞けば、すでに前衛隊の上空には、敵艦上機が出現し、これと交戦中であるという。まもなくわが上空にも、殺到して来ることを思うと、血が逆流するような気がする。

あらかじめ飛行甲板に準備されていた第一次攻撃隊の「翔鶴」艦戦四機、艦攻二十機、「瑞鶴」より艦戦八機、艦爆二十一機、「瑞鳳」より艦戦九機、計六十二機が「翔鶴」艦攻隊長の村田重治少佐に率いられて、午前五時十五分に発艦し、上空において編隊を組み、南東の空に進撃して行った。

つづいて第二次攻撃隊用意が発令され、「翔鶴」において、戦闘機五機、艦爆十九機、「瑞鶴」では戦闘機四機、艦攻十六機、計四十四機の第二次攻撃隊が、「翔鶴」艦爆隊長の

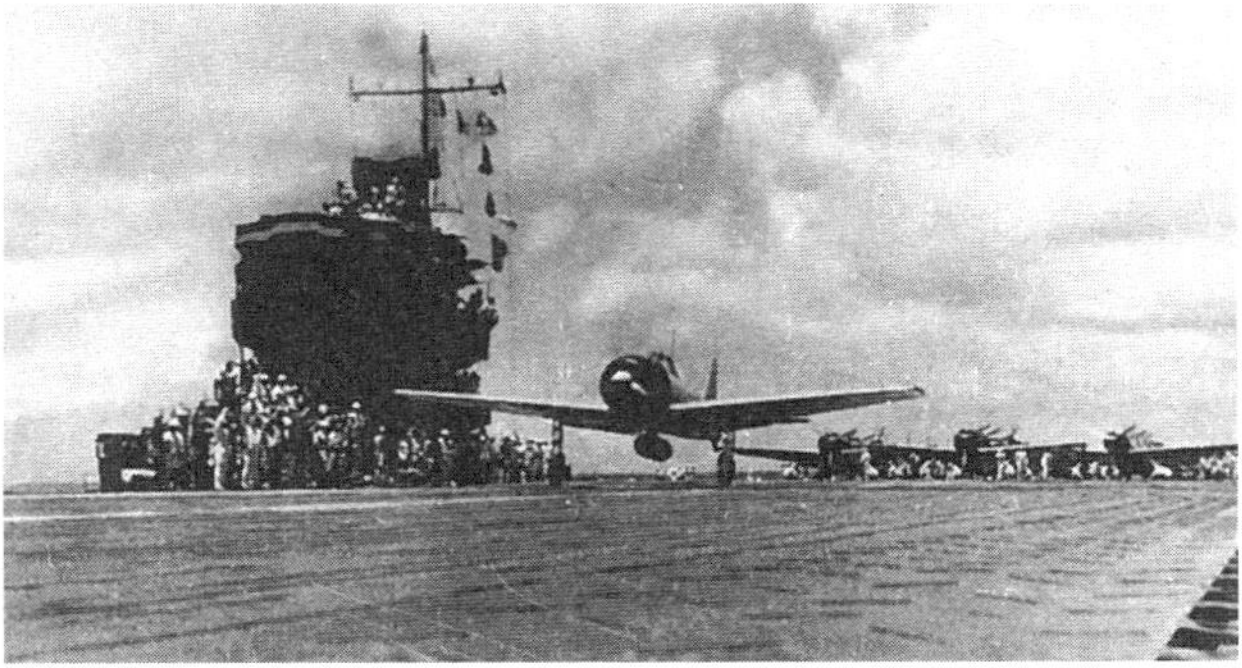
昭和17年10月26日早朝、空母「翔鶴」より発進する第一次攻撃隊の零戦

関衛少佐に率いられて、午前六時に発艦して、第一次攻撃隊の跡を追うように南東の空に消えていった。

　この一航戦の攻撃隊が発艦している間に、艦隊の上空警戒を担当していた三番艦の「瑞鳳」が敵索敵爆撃機に攻撃され、午前五時四十一分、後部飛行甲板に被弾損傷した。攻撃を終わった敵のドーントレス爆撃機二機は、「瑞鳳」爆撃後、海面まで降下し、這うように逸走していたが、上空直衛中の戦闘機が追躡し、軽く一機を撃墜した。

「瑞鳳」は飛行甲板後部に爆弾を受け、飛行機の発着艦不能となる。それでも黒煙を挙げながら続航していた。

　この頃、前衛隊付近にはさらに多数の敵機が襲来し、これと激戦中との入電がある。

　現在進撃中の味方攻撃隊より、「敵機群多数、わが方に向かいつつあり、警戒を厳にせよ」との電報も入る。

　なお「翔鶴」の艦橋トップの九四式高射機上に、日本でも鋭意、研究開発した電探が、艦隊中ただ一隻だけ搭載されており、それがぐるぐる回りながら活動していた。

　午前六時三十分になり、北方に進航する艦隊の左舷後方数十キロに、敵機の大編隊が接近中なのをブラウン管に映し出した。その状況はただちに「翔鶴」艦内に通報され、ますます上空警戒が厳重となる。

　午前七時、「翔鶴」艦攻隊長を指揮官とする、わが方の第一次攻撃隊より、敵空母発見、突撃開始の飛電がある。遂に敵空母上空に到達、攻撃の火ぶたを切り殺到しつつあるのだ。

　午前七時十八分、ついに敵機が出現した。総数十五機の急降下爆撃機である。方位二百四十度、距離二万メートル、高度四千メートル。ちょうど北進中の艦隊の左舷後方に当たる。

　しばらくして同方向に位置して、母艦部隊と行動をともにしていた「熊野」付近に、爆弾投下によるどす黒い大水柱が吹き上がった。先の敵機中の何機かに目標にされ、投弾されたのである。しかし、「熊野」に対する命中弾はない模様であった。

　艦橋上部の見張所の見張員は、必死になって刻一刻、接近する敵機の動静を艦橋に報告している。高角砲、機銃群の全砲口は、いっせいに敵機を睨んで移転して行く。艦隊各艦は、いずれも最大出力、「翔鶴」「瑞鶴」の両艦はともに、最大戦闘速力三十四ノットが出た。

　午前七時三十分、ついに敵機は艦隊を迂回しつつ「翔鶴」の前方上空に到達した。暗緑色に塗られたダグラス・ドーントレス爆撃機十一機であった。

　三十四ノットの高速で転舵回避をつづける「翔鶴」に対し、敵機は二隊に別れ、「翔鶴」が右あるいは左いずれに回頭しても対応できるように、四千メートルの高度から緩降下の姿勢で爆撃態勢で迫ってきた。

当時、有馬正文「翔鶴」艦長は、見通しのよい艦橋上部の天蓋上に陣取り、伝声管を通じて艦橋の航海長に、転舵回避を指示していた。

一機また一機と突入して来る敵機に対し、二連装八基十六門の高角砲、四十八梃の二十五ミリ機銃群がいっせいに射撃を開始、敵機に対して必死の弾幕を集中する。

轟音と砲煙、そして硝煙の臭い。じつに飛行甲板は一時、噴火山のような状態になり、端の方からまくれ上がって来るような気がした。

味方の弾幕を突破した暗緑色のずんぐりとした機体が、プロペラの轟音とともに迫る。「来たな」と、思わず低い姿勢を取るのもおそく、ドドーン、ウワーンと耳を聾する轟音がして艦体は大きく揺れ、爆弾の命中ごとに紅い火が空中を走る。

ときに至近弾の大水柱は視界をさえぎり、付近を水浸しにする。命中弾により熱火飛び、爆煙は辺りに籠もり、鉄片は唸りを挙げて四散し、爆風とともに殺戮をほしいままにする。恐ろしい、げに恐ろしい一瞬ではあった。

命中弾はじつに四発を数え、敵ながらまことに天晴れなる爆撃ぶりであった。しかしこの敵機中、対空砲火により二機、上空直衛戦闘機により三機が撃墜されている。しかも敵攻撃隊には、一機の護衛戦闘機もともなってはいなかったのである。

わが方にも多大な被害があった。とくに昨日、用務のため飛行機格納庫を通行の途次、愛機の機銃弾整備中の戦闘機搭乗員の大森一飛曹と立ち話をして別れたが、彼もこの日、戦死してしまったのであった。

後刻、見張員より聞くところによれば、大森一飛曹は、母艦防衛の任務を帯びて上空直衛中、緩降下で「翔鶴」爆撃に向かう敵機に対し、射撃していては間に合わずと見て、みずから愛機を駆って体当たりを敢行し、敵機ともども散華して果てたとのことであった。まことに勇壮の極みといえる。

午前七時三十分、わが攻撃隊より、雷撃開始の電報が入る。つづいて午前七時三十分、「敵サラトガ型に魚雷命中、火災発生、右に大傾斜」との報告電が入る。さらに午前九時四十五分、「敵空母一隻撃沈、一隻大破」との電報が入電する。

一方「翔鶴」には、艦橋より後部にかけて四発の四百五十キロ爆弾が命中して、飛行甲板および上段格納庫が破壊され、惨憺たる状況を呈していた。応急員により、火災現場に対し必死の消火作業がつづけられていた。

そもそも「翔鶴」(「瑞鶴」も含む)は、ミッドウェー海戦および珊瑚海海戦のおりの教訓を活かし、本来の消防ポンプ系統の強化のほか、空母の煙突は飛行機の着艦の際、障害にならぬように特殊の形状のほか冷煙ポンプという、煙突内で海水を霧状に噴射して、煙を冷却する装置が設備されていた。

非常の際には、これを利用して消火ホースを接続し、利用できるように改造されていた。そのほか、前甲板に二基、後甲板に二基、自動車エンジンを固定し、必要と思われる臨時の消火設備も搭載されていた。

格納庫内には、飛行機は残っておらず、加えて指揮者は海軍きっての応急のベテランの「翔鶴」運用長の福地周夫中佐であった。

「翔鶴」後部には、迅速に多数の消火ホースが準備され、放水(私の記憶では五十余本)の結果、消火作業もスムースに進捗する。機関の方では、汽罐八個、最大出力十六万馬力のところ、一罐の給気孔より煙が入って使用不能となり、七罐の出力三十一ノットで北方に向けて避退していた。

敵機の襲来時、飛行機の発着艦のために「翔鶴」より離れており、しかもスコールの中に入っていた「瑞鶴」は、敵機による被害もなく、「翔鶴」に随伴しつつ、航空作戦を継続していた。

すなわち司令部より、つぎつぎと下命される命令信号を、私は艦橋上部側面に設備された六十センチ信号灯により送信していた。「瑞鶴」も随伴するとはいえ、発着作業のためにときには距離が開き、苦労した。

当時「翔鶴」では、応急総指揮の副長が、もし本艦が沈没すれば、なにもかも無になる、とにかく乗員が頑張れば、艦を救うことができるといって、手空きの主計科員に命じ、食糧となる酒保物品、清涼飲料などを、飛行甲板まで担ぎ上げさせて、乗員に利用させていた。

私も黎明からの活動で、食物が喉を通る状態ではないが喉が渇いていた。さっそく助手をつとめていた上水に、「オイ、あそこにあるサイダーを飲もう。早く担ぎ揚げてこい」と命じた。心得た上水は駆け降りて行き、一箱担ぎ上げてきた。箱を破ると、確か二ダースぐらい入っていた。さっそく頂戴して喉をうるおし、空瓶を海面に叩き込みながら、必死に送信をつづけていた。

血の海の中で

話は前後するが、「翔鶴」の艦内では、被弾直後から戦死傷者の救護作業が消火活動開始と同時に行なわれていた。

艦橋後部では、掌飛行長（氏名不詳）が頭部に弾片を受け戦死、上部見張所においては、戸祭三水、岩佐三水、斉藤三水が戦死。そのほかに平賀三曹、須永一水の二名が重傷で、艦橋甲板後部、上部の見張所甲板は血の海であった。

数平方メートルの後甲板が一面に血溜まりとなり、上部見張所昇降口からは、艦の動揺のたびに流血がザザザーとコーミングを越えて流れ落ちて来る始末だ。

私は幸運にも微傷だに負わなかったが、戦死負傷者の始末と信号処理のため、白い事業服は上衣もズボンも、真っ赤に染まっていた。参謀の一人に、「お前、負傷したのか」と心配されたが、「いや、これは人の血ですよ」と、当時としては平然たるものであった。

午後零時三十分、応急員を始め、全乗員の努力により、「翔鶴」の被弾による火災は一応鎮火した。注水量じつに海水三千トン、「翔鶴」の後部がだんだんに沈下して、このまま沈んでしまうのではないかと心配したくらいであった。

戦況は「瑞鶴」において、第一次、第二次攻撃隊の帰還機のうち、使用可能機を集め、第三次、第四次攻撃隊を発進させていた。さらに前進部隊に編入されて行動していた「隼鷹」も、近藤信竹司令長官の指令で、急遽、第三艦隊に編成替えとなり、戦場に急行して戦列に加わりつつあった。「隼鷹」に乗艦する第二航空戦隊司令官・角田覚治少将は勇猛な人で、同艦の攻撃隊が戦場に到達距離圏に入るや、攻撃後の帰着は一航戦の空母に帰着するよう指示して、第五次、第六次の攻撃隊を発艦させたのであった。このようにして、戦果は増大されていった。

　損傷している「翔鶴」「瑞鳳」は、針路三百二十度、速力も十六ノットに落とされて避退を続行する。その後は敵機も来襲せず（この頃は敵空母を完膚なきまで撃破していた）。午後四時二十分、日没となる。

南太平洋で作戦行動中の空母「瑞鶴」。南太平洋海戦前後の撮影

　日没後の午後五時三十分、旗艦が変更されることとなり、南雲長官以下司令部職員は、傷ついた「翔鶴」より「嵐」に移乗して、現在夜戦を決行すべく追撃前進中の前衛隊を追尾する作戦が立てられた。

　私ももちろん司令部職員として同行するつもりであったが、航海参謀より、現在「翔鶴」作戦室、あるいは幕僚事務室などには多数の作戦資料などが整理されずにあるので、これらの保守に当たるようにとの命で残留することになった。

　なお、この司令部の「嵐」移乗時、有馬「翔鶴」艦長と草鹿参謀長との間に、損傷している「翔鶴」を犠牲にして云々《うんぬん》の経緯が伝わっているが、考えてみるがよい、飛行甲板、格納庫の半分ほどは損傷したとはいうものの、船体、機関にはまったくといってよいほど損傷はない。

　まして現在艦内には、約百五十名におよぶ戦死者の遺体と、多数の負傷者、また健全なる千数百名の乗員がいる。気持ちはわれわれにも理解できないではないが、今の時点でそれを主張することは狂人に近い。

有馬艦長の謦咳《けいがい》に接したのは、去る八月以来、現在まで数ヵ月であり、通常は温和で端正な、きわめて立派な人であるが、たびたびの戦闘時の様相は、何か狂躁的な感じがするような人であった。

これに比べると、数日後、トラックで乗艦する「瑞鶴」の艦長・野元為輝大佐は体も大きく、人品も良く、平時でも戦闘中でも態度は悠揚として変わらない。多年にわたり艦隊勤務をして、各空母の艦長もいろいろ変わった人がいるものと感じていた。

長官以下、司令部職員が退艦後、「翔鶴」および「瑞鳳」は「翔鶴」艦長が指揮してトラックに向かうこととなる。

敵機動部隊を相手にして、黎明時より激闘すること十数時間、艦橋勤務を終わり、図書事務室に降りても興奮いまだ覚めやらず。加えて信号通信また負傷者の始末などで、身体は疲労の極に達していた。

日中の戦闘状況を、残った戦友と語りつつ夜が更《ふ》ける。ときおり、後部の被災箇所付近の余燼が、強風にあおられて再発火し、防火隊用意の号令が拡声器で放送される。そして通路を、火災現場に急ぐ防火隊の足音がひびく。

一休みして、病室に負傷した平賀三曹を見舞う。腹部に爆弾の破片を受け、かなりの重傷で苦しんでいた。激励して帰る。なお、病室には他の負傷者で一杯であった。

戦死者の水葬

十月二十七日――

昨日の激闘がまるでうそのような航海である。「瑞鶴」「隼鷹」、前衛隊および友軍部隊は、まだ戦闘行動を継続中である。

10月26日、爆弾をうけて破壊された空母「翔鶴」飛行甲板の惨状

「翔鶴」を先頭艦として「瑞鳳」が続航し、その後方に駆逐艦が一隻、警戒のため随伴している。針路三百十五度、速力十六ノットで一路、トラックを目指していた。

午前、昨夕の航海参謀の指示による幕僚事務室、作戦室などの資料整理を行なう。偉い人は一人もいないので、気は楽であったが、あまり掻き回して、帰って来てから叱られるのもつまらないので、適当に整理をして終わる。

「翔鶴」の艦内では、昨夜は深夜まで、まだ被災現場に散在する死体の収容が行なわれていたが、夜が明けるとともに、作業はふたたび開始されていた。

後部の被災箇所は、一部飛行甲板が吹き飛び、上段格納庫甲板が爆圧で下段格納庫甲板まで墜落し、格納庫外壁は、絶壁状をなしていた。その外壁に、爆風により吹き飛んだ隔壁が倒れかかり、中段に一個の死体がはさまれて、足首が二本見えている。作業員は足場が悪く、収容困難のため、止むを得ず麻綱を両足首に結びつけて、引きずり出していた。

右舷の三番砲台に通ずる外部通路には、水浸《みずびた》しの残灰の中に、ボロ屑のように数個の死体が横たわっていた。

午前中に死体収容作業も進捗し、後部短艇甲板には前日来、すでに収容された多数の死体が並べられている。平時、平素の際であるならば、遺族の手により手厚い介護もあると思うが、戦闘後とあってそんな暇もない。いずれも焼けただれ、火災の煤煙に汚れ、黒ずんだ血潮にくまどられた顔のままである。なかには、一かたまりの肉塊となっている者もある。

格納庫後部の敵爆弾の炸裂した場所には、その弾体の破片が四周に散乱し、隔壁の鉄板には無数の破片による弾痕がしるされていた。床には消火のために注水された多量の海水が、いまだに排水されずに、艦の動揺につれて右舷に左舷に流動している。

敵機の投下する四百五十キロ爆弾の威力、人員殺傷用に特別に製作されたと思われる弾体、あるいは昨日の敵攻撃隊の接敵、投下方法など、あるいは十数日にわたって行動を秘匿しつつ、一挙に日本艦隊を捕捉撃滅を計る戦略発想などを考えると、いまさらながら慄然とする。

それとともに、あまりに悲惨な状況を見て、幸運にも生きている自分が夢のような気がした。

昨日の敵機来襲における戦闘で、艦上で斃《たお》れた戦死者は、百四十四名を数えていた。

午後、戦死者の水葬が行なわれることになった。木工科員により、細い角材による枠組みが作られ、死体を毛布でくるみ、三十キロの演習爆弾一個を抱かせて重しとし、麻紐で前記枠組みに固縛された。

一方、後部右舷側に海面までとどく長い円材を並べてすべり台とし、準備ができたところで衛兵隊が整列し、信号兵が喇叭《ラッパ》で「哀の極み」を吹き、衛兵隊が弔銃を発射した後、つぎつぎと前記枠組みの死体を落としていったのであった。

死体を乗せた枠組みは、暫時、波間に見え隠れし、やがて海中に沈んでいった。なにぶん数が多いので、全戦死者の水葬にはかなりの時間を要したのであった。昨日の朝まで、食卓の世話をしてくれた戸祭、岩佐の両三水も葬られていった。いまは食事の仕度も、古参の兵が交替で行なっている。

艦橋当直も、信号通信量が少なく、閑散としていた。何はともあれ、明日はトラック入港だ。

十月二十八日――

「翔鶴」および「瑞鳳」は、トラックに向け、針路三百五十五度、十六ノットでひた走りに急ぐ。天候は雲も少なく良好で、海上も穏やかである。

昨日の午後、戦死者の水葬もすませ、乗員の手により一部ではあるが、被災箇所付近の整理も行なわれていた。

午後二時、前方水平線の彼方に、トラックの島々が見えはじめた。両艦は遠く環礁を迂回して北水道に向かう。敵潜を警戒して、駆逐艦も「翔鶴」の前方に進出し、嚮導の役目を果たす。

しばらくして、北水道の入口に到達、狭い水道を通過して、午後三時、泊地たる春島の裏側、所定錨地に投錨する。

　これでようやく長かった十七日間にわたる戦闘航海の幕を閉じたのであった。

　懐かしいトラックの島々は、午後の赫陽の下で、平穏なる姿を浮かべていた。投錨後、有馬「翔鶴」艦長は、「瑞鳳」艦長とともに内火艇を仕立てて、戦況報告のために「大和」司令部に赴かれた。

　この十月二十六日の南太平洋海戦で、推定ながら、敵空母三隻撃沈破という戦果を挙げたものと判断された。しかし、味方陣営でも「翔鶴」および「瑞鳳」が被弾損傷していた。

　去る二十六日夕刻、司令部の移乗した「嵐」は一晩じゅう南下して、前衛隊を追尾したが、合同できず、翌二十七日朝、「瑞鶴」「隼鷹」と会合し、北上を開始した。

　翌朝、「瑞鶴」より、各方向に索敵機を発進し、捜索したが、同海域には、敵空母、水上艦艇はおろか、一機の敵機さえ認め得なかったという。

　午後、司令部は「嵐」より「瑞鶴」に移乗を行ない、連合艦隊の引き揚げ命令により、機動部隊はトラックに舳先《へさき》を向けていた。

　かくて三十日午後一時、「瑞鶴」「隼鷹」ほか駆逐艦につづいて、前進部隊および機動部隊前衛隊が入港し、泊地は一気に活気づいた。

　損傷している「翔鶴」および「瑞鳳」は、それぞれ所属軍港で修理を行なうため、三十一日の午後、トラックを出港した。旗艦はすでに「瑞鶴」に変更され、長官以下幕僚は移乗済みで、残るは司令部付下士官兵と大量の荷物だけである。

　翌三十一日午前、「翔鶴」乗員の応援を受け、とりあえず短艇二隻分もある、山のような海図類、機密図書、備品類を携えて大急ぎで、「瑞鶴」に移乗した。

一方、「翔鶴」はただちに横須賀に回航のうえ、修理に従事するごとく発令された。そして午後、「瑞鶴」艦橋上から、横須賀に向かう「翔鶴」を眺めながら、去る八月十六日、本土出撃以来、約二ヵ月半、ともに戦い抜き、苦労してきたが、司令部職員の宿命とでもいうのであろうか、自分も「翔鶴」乗り組みならば、ともに帰港できたものをと残念に思いもした。

第七章　懐かしき故郷の山河

本土への帰還

ほどなくして「瑞鶴」も内地に帰投することとなった。艦の整備補給および消耗した飛行機隊の再建のため、呉軍港に帰港するよう発令されたのである。

十一月五日午前八時、横須賀軍港に帰港する「陸奥」と、過去ソロモン海域で損傷した「摩耶」の三隻が、三隻の駆逐艦に護衛されて春島泊地を後にした。

北水道から環礁外に出て、「瑞鶴」が先頭艦になり、「陸奥」および「摩耶」が続航していた。三隻の駆逐艦は扇型に展開して、対潜警戒に任じ、本隊の前方を進んでいた。

心配された環礁外の敵潜も出現の徴候もなく、最大限に緊張して見張りを継続していたが、安堵の胸を撫でおろし、その後は平凡な警戒航行がつづけられていた。

翌六日午後、私は艦橋の当直勤務についていた。海上は平穏に凪《な》ぎ、雲量も少なく太陽が輝き、まことにのどかな航海ではあった。後方には、八百メートルの距離を置いて、「陸奥」が続航していた。あの「陸奥」には、最愛の弟蔵治が乗艦しており、去るミッドウェー海戦のおりには、心配も掛けた。

十二センチ双眼望遠鏡で眺めると、「陸奥」艦橋でも、信号員が「瑞鶴」に注意しているのがよく見える。軍の規律では、信号員間の私信というのは一応禁止されてはいた。しかし、弟の乗艦を目の前にして、同じ信号員同士では、我慢できず、望遠鏡をのぞきながら、「陸奥」の艦橋に向かって、さりげなく手旗信号で起信の合図をした。「陸奥」の艦橋から、応信の合図が帰ってきた。さっそく「橋本二水、艦橋にありや！　われ橋本二水の兄」と、手旗信号を送ったところ、折り返し、「今不在、すぐに迎えに行くため待たれたし」の手旗信号が帰ってきた。

著者の弟が乗艦していた戦艦「陸奥」。柱島で謎の爆沈を遂げた

そして「陸奥」の艦橋階段を駆け降りる人影が望見された。しばらくして、同じ階段を駆け昇ってきて、望遠鏡に取りつく姿が認められた。さっそく「元気でおめでとう。横須賀帰港後、三日間くらいの休暇が出るはずだが、帰郷するや否や」の信号を送った。

すると、弟より「三日間では暇がないので、帰らないつもり」との応答があった。さらに当方より「親も待っており、三日あれば充分と思われるので、帰郷するように。なお兄は『瑞鶴』で呉に入港するために、帰郷もおぼつかない、両親によろしく」との信号を送った。弟より「それでは、兄のいう通りにする」との返事があった。あまり長時間にわたり、私信を交わして発覚すると、大目玉を喰うので、早々に切り上げた。

十一月九日、横須賀に向かう「陸奥」および「摩耶」と駆逐艦二隻、呉に入港する「瑞鶴」および駆逐艦一隻は洋上において分離し、その翌日十日午後、「瑞鶴」は呉軍港に入港した。

入港後、「瑞鶴」乗員および司令部職員にも、往返日数を除いて、三日間の休暇が許可されることになった。私は、後番のために、呉入港後約一週間ほどして休暇の許可が出て、呉を発ち、懐かしの郷里、茨城に向かったのであったが、昭和十六年十月、開戦直前に帰郷して以来、約一ヵ年後の帰郷であった。

郷里の家で、両親、祖父母と語り、弟蔵治が私のすすめで帰郷し家族を始め、集落内の親類、また友人たちとも会うことができ、喜んで横須賀に帰っていったとのことであった。さらに語を継いで、弟は戦艦乗り組みであり、空母司令部勤務の私より、また南支に駐在する陸軍の兄も含めて、一番危険が少ないであろうと、両親とも話もしていた。

私の郷里における三日間の休暇はまたたく間に過ぎ、ふたたび呉に帰着した。それから半年後、上陸したおりに、街の人々の中で「陸奥」が爆沈したらしいとの噂話がこそこそと語られていた。

はて、嫌な噂話を聞くものと、胸を突かれる思いではあったが、さっそくにも弟の安否が懸念された。

だが、厳秘の事柄とて、だれに確かめる術もなかったのであった。

しかし、噂はだんだん正確となり、乗員のほとんどが絶望の様子であった。

話は代わって、「瑞鶴」が呉入港を数日後に控えたある夜、私が艦橋に当直中、珍しく草鹿参謀長が艦橋に昇って来て、固有の椅子に腰をおろして話しかけて来られた。

「橋本兵曹、私もようやく今度の海戦で、ミッドウェーの仇を報ゆることができて本望だよ」

と、しみじみ述懐された。

「参謀長、自分たちとて思いは同じでした」

と、しばらく話を交わしたが、これが草鹿参謀長との別れであった。それを承知で話しかけて来られたのかは判らないが、第一航空艦隊創立当初より、残っていたのは、南雲長官と草鹿参謀長と、信号次席下士官の私の三名だけであった。他の幕僚、司令部下士官兵とも、艦隊編成替えで、全員交代していた。

その南雲長官も佐鎮長官に、草鹿参謀長は横空司令として、「瑞鶴」の呉入港後に転出された。新任の第三艦隊司令長官は、前一航戦司令官時代、一航戦司令部付でお仕えした小沢治三郎中将であった。

一方「瑞鶴」においては、補給整備また飛行機隊の人員機材の編成と、二旬余の目まぐるしい日時を過ごし、十二月五日、呉軍港を出港した。途中、岩国航空隊で編成されていた飛行機隊を伊予灘で収容して、ふたたびトラック島に向けて出撃した。

トラック入港後、飛行機隊は、春島飛行場に揚陸され、日夜猛訓練が開始された。かくてトラック島在泊も数ヵ月が過ぎたある日、郷里の母よりの便りに、「弟蔵治よりの便りがないが、いかがものか、知っているなれば知らせるように」との文面であった。

この母の便りにより、「陸奥」爆沈の際、遭難していることが想像された。しかしながら、軍の発表がない現在、事実を知らせて、両親始め家族を落胆させることは、あまりにも、かわいそうなので、「おそらく作戦の都合により、音信が途絶えていると思われる。心配せずに待つように」と、申し送るより術がなかったのであった。

事実、「陸奥」は昭和十八年六月八日の午後十二時十五分頃、柱島泊地の旗艦浮標に係留中、第三砲塔付近の弾火薬庫の爆発によると思われる、謎の爆沈を遂げていたのであった。日本海軍の象徴たる巨大戦艦の沈没は、厳秘に付され、関係者以外詳細については知り得べくもなかったのである。

柱島泊地にあった主力部隊に、新鋭戦艦「武蔵」も鋭意艤装完成に努力した結果就役し、このころ、柱島へ回航して、出動訓練に従事していたときであった。したがって、同泊地に舳先《へさき》を並べて碇泊していた。

去る十月二十六日、南太平洋海戦で損傷した「翔鶴」も、横須賀工廠における修理が完成し、三番艦の「瑞鳳」を加えて、柱島泊地の主力部隊に隣接して碇泊していた。

しかし、ガ島周辺海上では、前進部隊（第二艦隊）および機動部隊の支援部隊（水上艦艇）などによるソロモン海域の「ガ島」攻防戦が、ますます激烈の度を加えつつあった。敵飛行場は、日に日に増強され、敵の制空権下における兵員、武器弾薬機材、食糧の補給は、困難をきわめるにいたっていた。

連合艦隊司令部では、去る十月十三日、栗田中将率いる第三戦隊の戦艦「金剛」「榛名」による敵飛行場の砲撃結果の成功にかんがみ、ふたたび戦艦部隊の主砲による敵飛行場砲撃を画策した。

しかし、一言いわせてもらうなれば、なぜ山本長官以下、連合艦隊司令部は、過去のミッドウェー攻略戦において、姑息な手段を弄し、敵を凌駕する大艦隊を擁しながら一敗地にまみれ、また先の第三戦隊の成功に酔い、ふたたび同じ方法を用いようというのであろうか。再三にわたり、同じ手を喰う馬鹿はいない。

万斛の憾みをのんで

十一月十二日夜間、第十一戦隊「比叡」および「霧島」、第十戦隊旗艦「長良」以下の駆逐艦が、ガ島飛行場砲撃の目的をもって、同島付近に接近した際に、待ちかまえていた敵艦隊と遭遇し、世にいわれる第三次ソロモン海戦が起こり、残念にも、「比叡」「霧島」が沈没した。

この海戦において米軍には、開戦後に完成した新鋭、高速三十ノット、四十センチ砲を装備する二隻の戦艦が参加していたという。

後日、ミッドウェー海戦後、一時お世話になり、親しくなっていた「霧島」の某一水（氏名忘却）に逢う機会があり、当時の話を聞くと、

「橋本兵曹、じつに恐ろしかったですよ。敵の四十センチ砲弾が命中すると、不発の場合、『霧島』の後部などでは、左舷から右舷まで、カッター（短艇）の通るような穴が『ズボリ

ズボリ』とあいてゆき、一発命中すると、『霧島』の片舷の構造物を皆、持って行ってしまうような威力があった」という。まさに恐怖の話であった。

この「霧島」と、米戦艦の砲撃戦が太平洋戦争唯一の戦艦同士の交戦であった。その後におけるソロモン諸島方面の戦勢は、日ごとに日本側の不利に傾き、敵機の跳梁下、ガ島に揚陸した第十七軍三万にあまる第二師団を中心とした、陸軍への補給のため、〝東京急行〟と称する駆逐艦あるいは潜水艦などが使用されていた。

しかし、状況はそれすら困難の度を加えつつあったのである。諸般の状勢にかんがみ、第十七軍、連合艦隊、大本営、政府、要路の大官が種々協議した結果、ガ島飛行場奪回作戦は、十二月三十一日における御前会議で中止と決定されたという。

ただトラック島に在泊する戦艦群、母艦群その他の艦船の下級軍人には、詳細なことは一切知らされてはいなかった。奇異に感じたのは、「瑞鶴」に隣接する「武蔵」艦上での情景であった。

毎日、午前十一時四十五分頃となると、「武蔵」の後甲板に折椅子が沢山並べられて、軍楽兵が多数腰をおろし、それぞれの楽器を携えて、演奏準備を行ない、正午、山本司令長官以下幕僚の昼食時に演奏を行なうことであった。日常時のことで、誰も気にかけていない様子ではあったが、私は「瑞鶴」艦橋上から、毎日その状況を眺めて気になっていた。

本土柱島泊地においてはともかくとして、このトラック島は、前進根拠地で準戦場である。しかも戦勢は傾き、わずか一千カイリ前方の「ガ島」では、揚陸した約三万人の将兵が飢餓に苦しみ、密林の中を彷徨しているのだ。

昭和18年６月24日、昭和天皇の戦艦「武蔵」行幸時の記念写真

また、この人たちに対する補給あるいは救援に従事する軽快艦艇の乗員は、敵機の制圧下に苦闘をつづけている現在、首将としてのあまりの無自覚、無思慮……。先のミッドウェー海戦の経緯についても前述したが、まったくわれわれには言うべき言葉もない。

しかし、連合艦隊司令部には参謀長も存在し、大勢の幕僚もいたことと思うが、この一事に関し、意見を具申する器量を持った人はいなかったのであろうかと考えていた。

この一事、あるいは開戦以来、現在までの過程から、一下級下士官の身分ではありながら、海軍航空部隊の中枢たる第一航空戦隊、第一航空艦隊、第三艦隊司令部と、足掛け六年にわたる長期の司令部勤務を経験し、細萱司令官（当時）、南雲長官、小沢長官ほか多数の幕僚の人々とも接してきた身には、肚の奥底で、山本司令長官以下、連合艦隊司令部は、強大なる米軍の底力と、前線将兵の苦闘を理解することを知らぬ凡将揃いと断じていた。

とにかく、南太平洋海戦以後は、日米双方ともに空母あるいは飛行機隊の損耗で、大きな海戦は行なわれず、トラック島は平和に明け暮れていた。年が明けて昭和十八年となり、麾下の第十戦隊の駆逐艦の乗員から、ガ島に残留していた陸軍部隊の引き揚げに従事した模様が伝わってきた。

聞くところによれば、昨年末、大本営御前会議において、ガ島飛行場奪回作戦は中止され、揚陸した陸軍の撤収が決定されていたという。しかし、これも機密保持上、艦隊の一般乗員には知らされてはいなかったのだ。

世に言う「ケ」号作戦と称され、新鋭の部隊を揚陸して米軍と対峙し、疲労困憊して戦闘力を失った一万余名の将兵が救出されたが、なお二万名に達する将兵は、哀れにも万斛《ばんこく》の憾《うら》みをのんで、ガ島の密林内に散華したのである。一個の命も命である。その同胞のことを思うとき、現在でも、晏如《あんじょ》たり得ないのは私だけであろうか。

話は飛ぶ。昭和十七年十一月九日、呉軍港に入港した「瑞鶴」は、乗員の短期間の休暇および船体、機関の整備および補給を済ませた後、徳山、室積沖などに在泊の後、十二月下旬、横須賀に回航された。それはガ島をはじめとするソロモン諸島方面の航空戦で消耗逼迫した海軍航空部隊を補充するために転用する陸軍の飛行機を、トラック島に輸送する目的であった。

横須賀空技廠沖で多数の対戦車砲その他の武器弾薬とともに、十四機の陸軍双発軽爆撃機を飛行甲板に搭載して、暮れも押し詰まった十二月三十一日、トラック島に向けて横須賀を出港した。

途中、何事もなかったが、ただ対潜哨戒機の艦攻の発着艦のために陸軍飛行機を飛行甲板の前半分、あるいは後半分に移動しながらの飛行作業には、見学していた陸軍機の搭乗員も、海軍は軽業《かるわざ》のようなことをすると驚いていた。

かくして翌十八年一月四日、トラック島に入港し、陸軍機その他の武器弾薬機材を揚陸した。さらに同月七日、ふたたびトラック島を出港して内地に向かい、十二日に大分沖に到着した。

かねて佐伯航空隊において、新しく編成されていた飛行機隊を、十八日、大分沖を出港して洋上において収容し、そのままトラック島に向かい、二十三日、飛行機を春島基地に発進の後、春島泊地に入泊した。

春島基地では、一航戦飛行機隊および陸軍双発軽爆隊による猛烈な各種訓練が実施されていたが、戦艦部隊、巡洋艦部隊および空母は作戦もなく、寧日を重ねていた。

ガ島よりの撤収作戦も一応終了し、三月下旬となった。当時ソロモン諸島方面を担当していたラバウルの第十一航空艦隊の中攻隊を基幹とする基地航空部隊も、長期にわたる航空戦の結果、いちじるしい消耗と士気の沈滞による戦力の低下をきたしていた。

これらの支援と、日本軍の起死回生の希望を託して、連合艦隊司令部は、十一航艦草鹿長官、第三艦隊小沢長官と協議、山本司令長官直率の下に所在飛行機、十一航艦百五十機、第三艦隊一、二航戦二百機をもって「い」号作戦を起案し、四月七日より約一週間にわたって実施されることになった。

ガ島飛行場、ツラギ泊地、北豪ポートダーウィン、ポートモレスビー、ミルネ湾などを攻撃し、多大の戦果を収めたが、わが方の損害も大きく、逐次消耗し、機数を減じていた。

四月十四日のミルネ湾攻撃作戦を最後に「い」号作戦は終了し、小沢第三艦隊長官は、残存機を率いてトラック島に帰着したが、山本長官、宇垣参謀長ら幕僚はラバウルに残留し、四月十八日朝、二機の一式陸攻に搭乗して、ブイン基地まで進出した。だが、山本長官の行動に関する暗号が米軍により解読され、飛行場に着陸する直前、敵P38戦闘機十六機の邀撃を受け、ついに撃墜され、山本長官は戦死した。

「い」号作戦終了後、帰艦した「瑞鶴」には、当然のように小沢長官座乗を示す中将旗が檣上に翻っていたが、隣接する泊地の「武蔵」檣上には、将旗は掲揚されてはいなかった。しかし、誰いうとなく、山本長官戦死の情報は、泊地の全艦艇に伝わっていた。

数日が過ぎ、四月二十五日午後であった。しばらくぶりに「武蔵」檣上に、真新しい大将旗が掲揚されていた。新任の司令長官が着任したことは推察できるが、氏名のほどは不明であった。

ところが、「武蔵」の将旗掲揚後、小沢長官がさっそく長官艇を仕立てて、伺候に赴いたのであった。そのとき小沢長官に随行した従兵が、「瑞鶴」帰艦後、

「古賀さん、古賀さんといってましたから、確か新司令長官は、古賀大将ですよ」

と、教えてくれた。

モレスビーの滑走路

四月も過ぎ、五月三日、「瑞鶴」は「い」号作戦で損耗した搭乗員および飛行機の補充お

よび訓練のため、呉軍港に向けて、トラック島春島泊地を出港し、五月八日、呉軍港に帰着した。その後、横須賀軍港、また九州佐伯、大分などに行動し、飛行機隊の再建につとめ、十八年七月九日、呉軍港発、トラック島に向かったのであった。

このときには去る十七年十月二十六日、南太平洋海戦において損傷した「翔鶴」が、横須賀工廠で鋭意修理につとめ、十八年二月に修理完成。その後、飛行機隊を編成、九州方面で訓練を行ない、一航戦二番艦として「瑞鶴」と行動をともにしていた。

七月十五日、「瑞鶴」および「翔鶴」は、トラック島春島泊地に入泊し、飛行機隊は春島基地に揚陸されて、訓練に励んでいた。

ある日、碇泊中の「瑞鶴」艦内の事務室内で、送付されてきた機密資料を整理中、発送元が軍令部であったか、あるいは十一航艦あたりであったかは忘却したが、それはすでに奪回作戦が放棄された現在ではあったが、ガダルカナル島の敵飛行場の偵察写真であった。

陸軍の百式司偵が、高空から一航過で撮影したものであるが、旧日本軍が建設した一本の滑走路に隣接して、じつに七本の滑走路が築造され、コンクリートあるいは鉄板などで舗装され、ご丁寧にも掩体壕に通ずる避退路まで付属する一連の写真集であった。

なお、そのほかにニューギニア南岸のポートモレスビー敵飛行基地にも、じつに六本の右のような滑走路が築造されている写真であった。

国力の相違というか、機械力の違いというか、じつに驚くべきものであった。この写真の実体を見、現在の戦況を考えるとき、軍の首脳者はどのように考えていたかは知るところではないが、とうていこの戦争は勝ち味のないことが痛感された。

昨年八月以来、敵手にわたった飛行場の奪回作戦にも、場合によっては成功する機会は数度ならずあったと思うが、陸軍においても、海軍においても、なぜか消極的であった。しかしこれは、一下級下士官の論ずべき問題ではない。

写真集は、長官以下幕僚の閲覧に供したが、どのように判断をしたかは知る由もなかった。なお付け加えるなれば、やはり昨年十月十三日、第三戦隊が行なった一千発近い三十六センチ三式弾の砲撃により、敵飛行場は火の海と化し、多大の効果を挙げたと発表されたが、敵は得意の機械力を駆使し、三日間で滑走路を修復して、飛行機の発着を行なっていたという。

話は飛ぶが、「瑞鶴」が六月二十日、呉軍港在泊中、艦長野元為輝大佐が、練習連合航空総隊参謀長に転出し、代わって菊地朝三大佐が、同右参謀長から「瑞鶴」艦長として着任した。

トラック島における空母の寧日は、なおしばらくつづいていたが、ソロモン諸島における敵の反攻はますます熾烈となり、レンドバ島、ベララベラ島、ニュージョージア島から、コロンバンガラ島にまで及んできた。

しかも米軍においては、強大なる国力と絶えざる研究改善の結果、ぞくぞくと新鋭機を投入し、効果を挙げていた。だが、これを邀え撃つ日本軍の飛行機は、すでに性能的にも劣化し、かつ熟練搭乗員は次第にその数を減じており、航空戦の劣勢は、日に増して色濃くなっていた。

ここにおいて連合艦隊司令部は、再建以来、現在まで温存されていた機動部隊一航戦の飛行機隊を、背に腹は替えられず、退勢挽回のため陸上に転用することを決意し、十一月一日、ラバウル基地に進出するよう下令した。

　命を受けた小沢長官は、幕僚とともに第三艦隊司令部直属の乗機一式陸攻に搭乗し、麾下《きか》飛行機隊百七十三機をひっさげて、ラバウル基地に進出した。

　同日、米軍海兵隊三万人が、ブーゲンビル島タロキナ岬に上陸して来た。二日以降、機動部隊飛行機隊を含む日本軍機は、熾烈なる航空戦を展開し、第六次ブーゲンビル島沖海戦まで戦い、多大の戦果を収めたが、味方飛行機隊の損害も予想以上に多く、十一月十三日、連合艦隊司令部は、「ろ」号作戦の打ち切りを下令したのであった。

　この期間の一航戦飛行機隊の損失は、艦戦四十三機、艦爆三十八機、艦攻三十四機、偵察機六機、計百二十一機を数えていたという。まことに想像を絶する酷烈、悲惨な戦闘であったことか。

　小沢長官は即日、残存の一航戦飛行機隊を率いて、トラック島竹島基地に帰着した。なお敵米軍は、息もつかせぬ勢いで、十一月十九日、ギルバート諸島のわが方占領下のマキン島およびタラワ島に襲来した。守備隊は防戦に努めるとともに、援軍を要請してきた。

　このとき、小沢長官はただちに一航戦の可動機わずかに艦攻一機、艦爆五機、艦戦約三十機を率いて、一式陸攻に搭乗し、竹島基地を発進して上空に舞い上がったのであったが、現地付近の天候不良のため、進出不能となり、着地中止となった。したがって、その他の艦艇の来援もなく、両島の守備隊は勇戦の後、玉砕して、全員散華した。

　ソロモン諸島、またマキン、タラワと戦勢は日一日と厳しくなって来ていたが、トラック島においては、戦艦も空母も平穏な寧日がつづいていた。

帰心矢のごとし

思い返せば、私の司令部勤務は、開戦前の昭和十三年の十一月から現在まである五年の長期にわたっていた。すでに一航艦時代の戦友は、みんな交代して誰もいない。また上司たる司令部職員も、司令官、司令長官、参謀長ほか幕僚なども何代か代がわりしている。

戦意は少しも衰えてはいないが、さすがに心身ともに疲労していた。また同年兵などの消息を聞いても、二～三年の艦隊勤務をすれば交代して、学校または航空隊などの教員配置についているという。戦歴においても、いささかも人に劣るものではない。今さら命が惜しいわけではないが、何か不公平な感がした。

そこで勇を鼓して、古橋掌航海長を通じ、当時の航海参謀、小林少佐に、右の事情を申し出た。小林参謀は話を聞いて、善処するとのことで、その他の余分な話はなかったが、たしか横鎮人事部に、手配してくれた様子であった。

それから数日後、掌航海長から私室に呼び出しがあり、転勤命令が告げられた。転出先は土浦海軍航空隊付、職は教員予定者とあった。同航空隊は郷里の近くで、掌航海長の談によれば、「君の永年の労苦を人事部で考慮して、君がもっとも希望するようなところを選んでくれたのであろう」とのことであった。

正直にいって、私も嬉しかった。確かに苦労もした。しかし、そのわりにはあまりに報われてはいなかったが。しかし、今考えて見れば、運もよかったと思う。長期間にわたる司令部勤務とはいえ、激戦地から、一下士官の申し出により、ただちに希望する任地に転出を手配してもらえたのであるから。

こうして十一月二十九日、飛行機輸送のため、横須賀に向かう空母「瑞鳳」に便乗と決まり、同日朝、長い間お世話になった司令部の幕僚および司令部付の人々、「瑞鶴」航海科員に別れを告げ、内火艇で「瑞鳳」に送られた。

帰心矢のごとしではないが、いざ転勤が発令され、内地帰還が決定すると、緒戦のハワイ海戦以来、数多くの海戦のさなか、生死の界《さかい》を彷徨し、辛うじて生き永らえてきた身にも、何とか無事に本土まで帰り着きたいとの希望だけであった。

乗艦後の「瑞鳳」と、改造空母の「大鷹」「冲鷹」の三隻は、午前七時、三隻の駆逐艦に護衛されて春島泊地を出港した。

北水道を通過して、大海原に出た途端、待敵潜航中の敵潜水艦より、いきなり雷撃されたが、昼間でもあり、見張員の早期の雷跡発見により、辛くも回避して事なきを得た。ただちに警戒随伴中の駆逐艦が制圧につとめ、爆雷投射を行なったが、撃沈のほどは定かではなかった。

出港直後から右のような有様で、心もとなく、何としてでも横須賀までは辿り着きたいものと考えた。便乗者ではあったが、私も昨日までは空母艦隊司令部付として任務についていた人間なので、さっそく「瑞鳳」航海科に申し出て、艦橋当直勤務の仲間に入れてもらい、必死になって敵潜水艦を警戒した。

このようにして、数日間厳しい対潜警戒航行ではあったが、何事もなく横須賀軍港に入港する前夜（十二月三日）、伊豆七島の南東方海上に差しかかっていた。

海上は北西の風が強く荒れていた。午前零時頃、本土周辺に待敵潜航していた敵潜に、三番艦の「冲鷹」が捕捉され、雷撃されたのであった。

警戒中の駆逐艦も、荒天のため行動が思うに任せず、ほどなくして「冲鷹」は、明朝の横須賀入港を目前にして、多数の乗員、便乗者および遺骨とともに沈没した。その状況が、警戒駆逐艦より発光信号で、指揮官たる先頭艦の「瑞鳳」艦長に通報されてきた。

海上はようやく東の空が、明るくなりかけて来ていた。ところがである。駆逐艦より「冲鷹」の状況の通報を受けた「瑞鳳」艦長より、続航する二番艦の「大鷹」に対し、「貴艦は昨夜の『冲鷹』の沈没位置付近に至り、溺者を救助のうえ帰投すべし」との信号が発せられた。

命令を受けた「大鷹」は、止むなく反転して、荒天中、しかも敵潜の伏在する海域に向かって、分離していった。

「瑞鳳」はそのまま大島の東方海上より、洲崎沖の機雷原の掃海水路目指して進んでいた。まことに命令を出す方は簡単ではあるが、命令されて、危険海域に立ち戻る「大鷹」艦長以下、乗員はいい面の皮で、複雑な心境であったろうと推察された。

かくて「瑞鳳」は、午前九時頃、掃海水路入口より掃海水路に進入した。もうここまで来れば、敵潜の心配もなく、ようやく生き返った心持ちであった。

トラックを出港して、また去る日の呉軍港出撃以来、遠く開戦以来の長かった戦闘行動は終わり、ついに本土に帰着することができた。ただただ感無量で、心の底より嬉しさが込み上げて来た。

右方に房総半島、左方には三浦半島の陸地を望み見ながら、しばらく航進して観音崎を躱《かわ》し、午前十一時、横須賀軍港沖に到着、「瑞鳳」は所定の沖六番浮標に係留された。

便乗者はただちに退艦できるものと、所持品などを整理して待機していた。ところがである。しばらくして、「便乗者総員、飛行甲板に集合」の号令があった。

退艦に関する注意でもあるのかと軽く考えていたところ、ゴツイ先任伍長が出て来ていわく、

「昨夜、便乗者の中に、飛行機格納庫の中に大便をした不心得者がいる。このような者は放置できないので、犯人が出るまで便乗者は退艦させない。該当者は申し出ろ」との御託宣であった。

いやはやである。多年にわたる歴戦の勇士もあったものではない。永年の戦場勤務をようやく終え、本土に辿り着き、夢にまで見た母港横須賀の陸地を目前にして、何たることであろうか。

佐世保所轄の兵隊は、とかく執念深い。約八百名の便乗者を飛行甲板に並ばせて、手を代え品を代えての迅問であったが、ついに犯人は分からずじまいであった。

しかし、時間の経過にしたがって、だんだん腹が立ってきた。自分たちも肚をすえて、退艦させないというなればそれも結構、まさかふたたび前線に帰れとも言うまいと多寡をくくっていた。

このような馬鹿げた騒ぎをしている間に午前中も過ぎ、昼食もそこそこに退艦の命令が出た。「瑞鳳」の大発やランチをフルに運航しても、八百名の便乗者が退艦するのには、かな

りの時間を必要とした。

午後三時過ぎ、ようやく逸見波止場の土を踏むことができた。しかし、波止場に上陸してからがまた事であった。八百名あまりの便乗者が、衣嚢ほか所持品を広場に並べ、警備隊員の点検を受けるとのことで、てんやわんやのさわぎであった。

大勢であるために多少の時間は要したが、さわぎほどのこともなく、午後四時過ぎには解放されて、一応自由の身となった。後は横須賀駅から、任地の土浦海軍航空隊に赴任するだけである。

軍港から駅周辺のたたずまいは、それほど変わってはいなかった。街に出て駅前の食堂で夕食をとった後、横須賀線の汽車に乗り、東京経由土浦に向かったのであった。

土浦駅には、午後十時頃、到着した。ただちに隊に電話を入れると、間もなく迎えの自動車がやって来た。駅前から土浦の町を過ぎ、田圃の中の田舎道を約二十分ほど走り、隊に到着した。

さっそく副直将校に書類を渡し、転入すべき分隊を指示され、衛兵に案内されて、所属する分隊の兵舎に到着した。

教員助手に、寝具その他身の回りの世話をしてもらい、就寝前洗面所で洗顔をしたが、水道のコックをひねると、真水が制限なく溢れ、いくら使っても枯れることがない。陸上はいいな！　これからは陸上で生活できるのだと思うと、しみじみ生還できた嬉しさが、心の底から湧き上がって来るのだった。

助手の準備してくれた釣床で、陸上勤務の第一夜は、ゆっくりと眠ることができた。

湧いてきた決意

いよいよ土浦海軍航空隊の教員生活が始まった。乙種第十七期飛行予科練習生の信号術教員であった。

その日のうちに、余暇の時間を見つけて、故郷の家に、ようやく前線より転勤となり、土浦海軍航空隊に帰還できたこと、また外出予定日を書いた簡単な手紙を投函した。

ところが、外出日の前夜、隊の衛兵所に、父親より電話が入って来た。内容は、今日手紙を受け取ったが、明日まで待てないので、とりあえず土浦まで出て来て、駅前の東郷旅館に宿泊しているとのことであった。とにかく電話ではくわしい話もできず、明日まで待ってくれるよう話して電話を切った。

翌日、一日の教務も終わり、入湯外出が許可された。土浦航空隊の隊門より、土浦の町並みまでは約四キロほどの道程があり、戦時下とてバスなども運行していないため、徒歩で急ぐほかはなかったのであった。ほどなくして、土浦駅前の旅館に到着した。そうして、

土浦海軍航空隊の予科練。午前5時半、朝礼のため庁舎前に集合

待ちかねていた両親および末弟との涙の対面をしたのであるが、驚いたことに、三人とも野良着姿で裸足であった。畠仕事中に私の手紙を受け取り、嬉しさのあまり更衣する時間も惜しんで駆けつけて来たとのことであった。

お互いの無事を喜び合った後の話題は、兄信一郎と、弟蔵治の安否のことであった。特に弟の消息については、今は隠しておくこともできないので、過ぐる昭和十八年六月八日、瀬戸内海において、爆沈した様相を説明した。なお、今まで便りのないことは、おそらく生存している可能性もないものと考えられる旨も話して聞かせたのであった。

両親も、長期間にわたり便りがなかったためにあるいは、とは思っていた。これも運命で致し方もないと割り合い冷静で、取り乱すようなこともなかったのであった。しかし、祖母は高齢でもあり、この実情を話して聞かせて、万が一身体に障っては大変なので、公報が出るまでは伏せておくことに相談は一決した。

積もる話も終わり、少し街中に出てみることにしたが、三人の野良着姿はともかくとして、裸足では如何とも出来ないので、とりあえず三人分の履物を買いととのえて、履かせたのであった。その夜はしばらくぶりで、親子四人が水入らずで旅館に宿泊し、語り明かした。

翌朝、両親および末弟は家に、私は隊へと別れたが、後で聞いた話によれば、帰宅した両親に対し、祖母が弟の安否をしつこく訊ねるために、ついに隠しておくこともできず、しっかりすることを前提にして、私よりの話を伝えたとのことであった。

孫の悲報を聞き、衝撃のため体調でも崩したら大変であると心配されたが、健気《けなげ》にも耐えている様子であったとのことであった。

しかし、やはり心の底の悲しみは大きく、何ヵ月か後に、弟の殉職の公報を携えた役場の吏員が実家を訪れ、座敷でこれを伝達した際に、しっかりしているようでも、最愛の孫を失った衝撃は大きく、ついに頭に血が昇り、脳溢血で倒れたのであった。その後、家族の手厚い看護を受けながら十数日の後、世を去った。

祖母が倒れてから、私のところにも連絡があり、次の外出日を利用して家に帰り、見舞ったのであったが、そのときにはすでに言語が判然とせず、私の顔を見ると、涙を流しながら、ただ声を張り上げるだけであった。

母の通訳によれば、厳しい軍務の中をよく見舞いに来てくれた。ほんとうに嬉しいといっているのだとのことであった。その後、数日を経て亡くなったが、戦時下における軍務多忙の折、休暇は許可されず、亡き祖母の送りには参列することができなかった。

兄弟姉妹の中では、幼時より一番可愛がってもらっていたが、じつに残念であった。思えば哀れな祖母で、出身は対岸鹿島郡の豊郷村（現在の鹿島町）沼尾の家号数右衛門という家の次女に生まれたとかで、成長して祖父奥次に嫁ぎ、祖父が次男のため分家し、二人で渾身丹精して家を興し、伯母と父の二人の子供をなしたのであった。

伯母は長じて、麻生町の佐藤家に嫁いだが、かりそめの負傷から、破傷風にかかり、若い身空であっけなく世を去ったという。自分たちの生まれる前のことなので、顔も知らなかったが、祖母は形見の写真を持っていて、子供の頃よく見せてもらったものであった。

春秋の彼岸には庭の生花を切り、祖母と二人で何回、墓参りに行ったことであろうか。またお盆には座敷に精霊棚を吊り、灯明を点じ、三度三度お膳の小さな器に、御飯や果物を盛《も》ってお供えをしていた。祖母にすれば、亡き娘に対するせめてもの想い遣りであったと思う。祖父母とも残っている子供は父一人となり、晩年は訪ねて来る子供たちもなく、その点では淋しい思いをしていたものと考える。

さて、第一線の第三艦隊（機動部隊）司令部付より、土浦海軍航空隊に教員として赴任したのだが、毎朝始業前の朝礼時、本部庁舎前の広場を整然として埋めつくす約三千名近い甲種、乙種予科練習生の潑剌として活気のある集団を目撃し、なおかつ国内に散在する練習航空隊には約一万名に達する予科練習生が練成中であるとの話を聞いてはいたが、前線における戦闘の過程から、敵米国との彼我戦力の隔絶による絶望感をひそかに抱いていた。

だが、この力強い集団を見て、一日も早く優秀なる搭乗員を育成し、戦力となれば、あるいは退勢挽回の可能性もあるものと、心の底に感ずるものがあった。たとえ微力ではあるが、自身の精魂を傾けて、教導に従事すべき決意が湧いてきた。所属する分隊の分隊長は、吉田善吾大将の御子息、吉田清大尉であった。

第八章　機雷掃海余話

船長の逃亡つづく

昭和二十年八月十五日。それは、朝から雲ひとつない盛夏の、暑い日射しの照りつける日であった。

当時、私は横須賀海兵団における准士官学生教程を卒業後、横須賀防備隊付を拝命し、同隊所属の第四号曳船（百五十トン、乗員約三十名）の分隊士として着任していた。おりから同船は、汽罐損傷によりその修理のため、浦賀港奥の、浦賀ドックの修理船岸壁に係留されていた。

戦況は、八月六日広島、八月九日長崎に新型爆弾（原子爆弾）が投下され、両市は大多数の死傷者とともに壊滅した。

また八月八日にはソ連が対日宣戦布告を行ない、満州あるいは北方諸島に対し侵攻を開始した。加えて本土に接近した米機動部隊による太平洋沿岸の本土空襲などで、日増しに切迫の度を加えつつあった。

当日の正午に、天皇陛下による玉音放送のあることが、ラジオあるいは新聞などで報道されており、兵員の一人が陸上の民家から並四のラジオ受信機を調達してきて、船内の居住区に備えつけていた。

いよいよ正午となり、玉音放送が開始されたが、それは玉音の録音盤による放送であったというが、音声が一オクターブ高い、何か聞き取り難いものであった。

主旨は、耐え難きを耐え、忍び難きを忍んで、万難を排し無条件降伏を受け入れることを意味するものであった。

この放送を聞き、正直いっていよいよ来るべきものが来たと思うと同時に、内心ホッとするものがあったのも事実であった。

玉音放送終了後、久里浜本隊より浦賀港在泊の船艇の、准士官以上全員が本隊に集合するようにとの指令が連絡されてきた。さっそく乗り物を調達して、久里浜本隊の本部前に集合した。もちろん、本隊の准士官以上も集合していた。

号令台上に立った司令より、玉音放送の主旨および今後における行動にくれぐれも軽挙を慎み、後令を待つようにとの訓示がなされた。

司令の訓示を聞く、号令台前に整列した数十名の人々の中には、ある者は号泣し、またある者は拳で泪《なみだ》を拭いながら、切歯扼腕の体をなす者もあり、それぞれ感情のおもむくままの態度をとっていた。

しかし、私は緒戦いらい現在にいたるまでの戦闘の過程における見通しと、今後どのような事態にも対処していくべき覚悟を定めていたので、涙などは流さなかった。否、決して揶揄するつもりはないが、いまさら泣きわめいて何になるか、という感じであった。

司令の訓示が終了し、解散したあと、さっそく帰船して、約三十名の乗員に対し司令の訓示内容を説明した。そして、静かに本隊よりの指示を待つようにと伝達した。

こうして翌日から、早くも復員業務は開始され、いち早く予備士官の船長は、下船して去っていった。

数日後、船長交代者として、氏名は忘れたが特務中尉の人が乗船してきた。なにか不満があるらしく、ブツブツ文句を言っていたが、二、三日在船して自宅に帰ると、そのままふたたび帰船してはこなかった。

日を経るに従って、乗員に対する復員業務が進んで、予備役、復役延期などの兵たちが、逐次退船して行ったのであった。

この間に、三人目の船長が任命されて現われたが、この人も数日ならずして姿を消してしまった。

久里浜の本隊よりは、重要連絡事項があるたびに、各船、艇長の集合が発令されて連絡がくる。

四曳においては、右のようなわけで船長不在のまま集合の連絡があるたびに、分隊士の私が顔を見せるため、所属する第三分隊長の佐藤大尉より、

「橋本兵曹長、第四曳船の船長はどうしたんだ」

と詰問された。別に隠すことでもないので、船長は逃亡して船にはいませんよ、と返事をすると、

「困ったな、……すぐ何とかするから、しばらく我慢してくれ」

との話であった。

当時、四曳船内には、朝鮮出身の上水が二名、在船していた。その兵たちに対する処置については、本隊よりもなんらの指示連絡もなく、本人たちも行く末を心配して、

「私たちはどうなるのでしょうか」

と相談にくる。じつは私も心配をして本隊の方に問い合わせているのだが、いまだに返事がこないのだ。

「しかし、責任を持って悪いようにはしないから、いましばらく待つように」

と訓《さと》しておいた。

この人たちも数日後、本隊に集合するようにとの連絡があり、退船して行った。併合されたとはいえ、人種のちがう日本海軍に身を投じ、同じ軍務について黙々と任務を果たしてきたことには、われわれには計り知れない苦労があったものと思われた。

非常に温和な優秀な人たちであったので、帰鮮後は、枢要な地位について活躍されたのではないかと推察している。

さて最後に、約二十名の現役兵と私だけが船内に残留したが、さすがに彼らも自分たちの身の処し方、また将来について、動揺の兆しがあった。

浦賀港在泊の他の船艇では、部下乗員の不満が爆発し、艇長、分隊士らが海中に投げ込まれたとか、あるいは殴打されたとかの事件も発生しており、不穏な空気につつまれていた。

しかし、第四曳船においては、最初の船長は予備役のため、終戦後ただちに解員、二代目、

三代目は逃亡して姿を見せず、現在船長不在中であるが、現役分隊士の橋本がおり、本隊との緊密な連携のもとに復員業務もなんら問題なく処理してきた。したがって、
「今後ともにかならずお前たちと行動をともにして、行く末を見定めてから、最後に自分の処置をとるため、動揺せずに指示を待つように」
と訓戒し、日夜在船して乗員と起居寝食をともにして、離れることは一切しなかった。兵員の方も納得して、不穏な行動などに走ることはなかったのであった。

屈辱は晴らす

このようにして、一ヵ月の日時が経過し、横須賀防備隊は、日本海軍が各要地海域に敷設した機雷および米空軍が主として瀬戸内海各地に投下した磁気機雷の掃海作業などの戦後処理にあたるため残存することとなり、残留する隊員には充員召集令が発せられていた。

乗船の第四曳船は、先にも述べたように汽罐故障のため修理中であったが、老朽化のゆえか、なかなか修理が完成しない。ついに廃棄処分となり、隣りに係留されていた旧海軍工廠所属であった第三曳船乗り組みに、乗船変更が行なわれた。

かくするあいだに数日がすぎ、いよいよ横須賀防備隊が米軍に接収されることになった。

浦賀港在泊中の船艇の乗員は、それぞれの自船艇を陸岸に係留のうえ、全員久里浜本隊の兵舎に移動すべしとの命令がきた。

移動した翌日の午後であった。それぞれジープに乗車した約一コ中隊ほどの海兵隊が正門から進入し、間をおかず隊内の要所に散開し、小銃を腰だめに構えて警戒配備についたのだ

った。つづいて、

「准士官以上、帯剣を持って庁舎前に整列」

との号令が、スピーカーを通じて放送された。

准士官以上の人たちは大急ぎで庁舎前に集合し、整列した。付近には実弾装塡のカービン銃を構えた米兵多数が、われわれを取りかこみ、睨み回していた。

この間に准士官以上の武装解除が行なわれ、米軍の士官が、日本人士官の一人ひとりから、軍刀を両手で、丁重に受け取り、つぎの者に渡していく。

私はすでにこのこともあると察知し、伝家の宝刀を米軍らに渡してなるものかと、終戦と同時に自宅に運び、隠匿してあったので、当日は丸腰であった。前記の米士官が私の前に来たので「否」と手をふると、了解してつぎの人の前に移っていった。

しかし肚《はら》の底では、緒戦いらい約三年有半、太平洋上で死闘を演じ、とにもかくにも今日まで戦い抜いてきた自身および最愛の兄、弟を失ったことを考えると、今日の武装解除は、ことのほか残念に思われた。口には出さないが、心の奥深く、たとえ三十年、五十年を経てもこの屈辱はかならず晴らすと、誓ったのであった。

しかし、これは誰に語る必要もなく、また他に要求すべき事柄でもなかったのである。

まことに「生きて虜囚の辱めを受けず」とは陸軍の戦陣訓にもあるが、私は下級軍人とはいえ、現役軍人で、このような立場に立ったとき、真実に腹が切れるものであろうかと、終戦後のある一夜、ひとり静かに考察してみたが、残念ながら自分にはその度胸がなかったのであった。

また、そうは言いながら、あくまで抗戦し、一人で何がなんでも米軍に斬り込んで、報復するという勇気もなかったことも事実であった。

さて、久里浜本隊に仮入隊中、一つの挿話があった。本来、私は仮入隊中、准士官食堂に入って食事をとるのが建て前であったが、もともと気どるのが嫌いな性格なので、兵舎内で兵員と寝食をともにしていた。

ある朝、朝食を終わり、二、三の兵員と雑談をしていると、一人の少尉が現われて、ここが第三曳船の兵員食卓か、との質問であった。「ハイ、そうです」と返事をすると、私は古田という者だが……と自己紹介の挙句、このたび船長に指名されたが……と話を切り出し、指名された経緯についていて、さんざんグチを並べはじめたのであった。

私はただ黙ってひと通り話を聞いたうえで、じつは私は分隊士の橋本兵曹長ですが、と名乗り、これまでの経緯《いきさつ》をざっと説明した。

すなわち終戦以来、すぐに解員となった最初の船長、逃亡して責任を果たさなかった二代目、三代目の船長のこと、それに終戦直後から現在までの乗員の復員業務から兵器の処理、その他の船務関係全般にわたって代行して今日にいたっていること、現在残っている現役兵も、自分が全責任をもって最後まで善処するからといって、ようやく今日まで持ってきたこと、その一生懸命に従ってきてくれている乗員の手前、着任する船長が逃亡したり、グチを並べ立てられるようでは困るので、気をつけていただきたい旨を申し入れた。

これには古田船長も、気づくところがあったと見えて、その後は二度とこぼしたり、グチを並べ立てるようなことはなかった。

長い一日

船長着任と前後して、機関長も着任し、ようやく第三曳船の幹部のスタッフが顔を揃えることができたのであった。

米軍による接収と臨検の終了した翌日、われわれは浦賀港の第三曳船に帰着した。説明が遅れたが、第三曳船は三百トンの大型曳船であった。

現在、第三曳船の石炭庫は空っぽで、行動不能の状態にあった。しかし、つぎの行動を起こす必要から、燃料を搭載するように指令があった。たしか九月下旬に入っていたと思われるが、第三曳船は、貯炭場のある横須賀軍港の吾妻山の先端にある箱崎貯炭場に向けて、早朝に浦賀港を勇ましく（?）出港したのであった。

港外に出て、陸岸沿いに走り、観音崎の鼻を回り舳先《へさき》を横須賀軍港に向けてしばらく走ったころまでは、石炭庫の底を浚《さら》って、燃料を焚き口に投入し、なんとか蒸気をあげて機関を動かしていた。しかし、猿島の手前まで来ると、ついに燃料が尽きて、蒸気圧はだんだん下がり、シリンダーのピストンは、スットン、スットンと力なく上下する有様となった。

付近の航路では、米軍の上陸用舟艇ＬＣＵが兵員を満載して、幾隻となく白波を蹴立てて進航してくる。その鼻先に三百トンの大型曳船が時速二ノットか、三ノットで走っているのである。

もし航路妨害で、銃撃でもされたら大変である。冷汗をかきながら、機関長と相談してとにもかくにも、箱崎まではいかなることをしても行かなくてはならないと、船内にある木材の可燃物は、なんでござれ、すべて焚き口の中に抛《ほう》り込んだのであった。

しかし、いかに努力しても、木材の燃料では期待したほど蒸気圧はあがらず、機関長も、

「分隊士、こりゃ駄目だよ」

横須賀軍港最後の日。内地に残っていた艦の中に掃海艇も見える

と、サジを投げる有様であった。

とはいえ、何としてでも箱崎までは行かなくてはならない。たとえ役に立たぬといわれても、燃えるものなら何でもかんでも投入して、午後二時ごろ、大奮闘の末、ようやくにして箱崎貯炭場の岸壁にたどりついて接岸することができた。

今度は石炭の搭載であるが、石炭の現物は粉炭を圧縮した角炭であった。

船長は別にして、機関長も分隊士も機関員も甲板員も、全員総出動で積み込みに従事し、たしか二時間ぐらいで石炭庫に満載して、箱崎を離岸し、浦賀港に向かったのであった。

なお、箱崎貯炭場に隣接する長浦港の沖合には、日米間の降伏調印式が行なわれた、米戦艦のミズーリ号が係留され、厳然と碇泊している姿が望見された。

かつて、日本海軍華やかなりしころ、精鋭機動部隊の

旗艦要員として、一時は太平洋上を東奔西走の活躍をした時代を思い浮かべ、現在の哀れな状況に、多少ならず複雑な思いがした。

それはともかくとして、燃料を満載した第三曳船の船脚の軽さよ。今度は罐の焚き口に思い切り石炭を投入し、蒸気の最大圧力をシリンダーに送り込み、ほとんど全速に近い速力で、浦賀への帰港を急いでいた。それは往きの鬱憤を晴らすような勢いであった。

約一時間ほどで浦賀港に帰着、所定泊地に係留したが、思えば長い一日ではあった。

現在、浦賀港には各地の防備隊が閉鎖解散となり、小型船艇、とくに木造で百六十トンぐらいの駆潜特務艇が七、八隻回航されてきて、岸壁に係留されていた。それが進駐軍の命令でもあったものか、掃海作業に従事する掃海艇増強のため、先に係留されていた駆潜特務艇中、使用可能の三隻を整備して、駿河湾、あるいは瀬戸内海方面の掃海作業に従事することに発令された。

第三曳船の乗組員は、古田船長以下、全員がそっくり、昭和二十年十月三十日付で二〇二号駆潜特務艇乗り組みとなり、即日、浦賀港内において移乗した。

くたびれ損の神戸来着

今度は掃海作業である。私は航海科出身で航海術、信号術は専門であるので不安はなかった。しかし、掃海作業ははじめてなので、多少の不安は感じないではなかったが、これはもちろん、艇長の指導を受けて処理していくほか仕方がない。翌日から出港準備がはじまった。

まず掃海に必要なる器材——これは機雷の係維索を切断する特殊鋸索および掃海索の深度

を維持する、俗称〝金魚ブイ〟という浮標《ブイ》と細かい鋼索、あるいは鋼索を接続するシャックル、曳索など、予備品を含めると、かなりの重量になるものであった。

なお、出動は長期的になることが見込まれるので、私が責任者になり、各艇より数名の作業員を出してもらい、久里浜本隊の主計科倉庫より受領した。

当時の横須賀防備隊の主計科倉庫には、軍需部をはじめ、すでに解散した各部隊より集積した食糧品、あるいは衣糧品が、山のように積み上げられて格納されていた。

とっぴなことを言い出すわけではないが、終戦いらい現在まで、久里浜本隊の幹部連中は、終戦当日の悲憤の涙の乾かない翌日から、物資獲得戦に狂奔していたということを聞いていた。

そこで、主計兵と食糧の品名、数量を照合のうえ、受領しながら、自艇の作業員を呼んで、こっそり耳打ちした。

「お前たちはぼんやりしていないで、分隊士が受け取っているあいだに、主計兵に見つからないように、よい物を担ぎ出しておけ」

かくて、駆特三隻分の食糧、トラック一台分を受領し、夕刻、浦賀に帰って各艇に配分した。駆潜特務艇には、四百馬力のディーゼル機関が搭載されており、これに必要な燃料の「A重油」を、タンクの容量七トンいっぱいまで搭載した。

このようにして諸般の準備を完了した三隻の駆潜特務艇は、十一月初旬、午前九時に浦賀港を出港、湾外で編隊を組み、第一日の入泊地たる下田港をめざして航進を開始した。

途中、剣崎をすぎ、城ヶ島沖より針路を南西の伊豆半島の先端に向けて定針、平穏な相模灘をすぎて、夕刻には下田港に無事、入港することができた。

二日目は下田出港後、石廊崎をかわし、二日目の入泊地たる伊勢の的矢湾に向け、西南西方に定針、途中、駿河湾沖、遠州灘を過ぎ、夕刻には的矢湾の島陰に入泊することができた。

三日目は、的矢湾出港、大王崎をかわして針路南西、午後に潮の岬を通過して針路を北西に変針し、第三日の入泊港たる紀伊半島の由良港をめざしていた。夕刻近く、日の御崎をかわすころから天候不良となり、北々東の風が強吹して、にわかに波浪が高くなってきた。

いかにせん、わずか百六十トンの木造船である。荒天中の航海がどれだけ大変であるかということを痛感した。由良港を目前にしながら、なかなか接近することができず、やや危険を感じる状態となった。もはや操舵員に任せておけず、最後には分隊士の自分が舵輪を握って操船し、荒天の海上を突破して、由良港にたどり着くことができた。

四日目は、由良港を出港して針路北、途中、友ヶ島海峡、大阪湾を通過し、午後ようやくにして目的地たる神戸港に到着し、大桟橋の神戸掃海隊前に係留した。

さっそく古田艇長は、他艇の艇長とともに、掃海隊本部に到着の報告に赴いた。ところがである、帰艇した艇長の話によれば、到着した駆潜艇隊は、ただちに引き返し、現在駿河湾沖で活動中の掃海隊に合流し、掃海作業に従事せよとの命令が発せられていたとのことである。

まことに非情というか、さんざん苦労して到着すれば、この始末である。童謡ではないが、いま来たこの道帰りゃんせである。腹も立ったが、命令とあればいたし方ない。

明日は神戸港をふたたび出港するのであるが、せっかく神戸まで来たのだからと、艇長のはからいで、入浴を兼ねた全員の上陸が許可された。

夕刻となり、艇長と機関長と三人で神戸の街並みをぶらついたが、関東と異なり、神戸駅から三の宮駅までのガード下には、数百軒の露天が闇市を形成し、値段こそ高いが、どんな物でもないものはないという有様に目を丸くした。しかも中国人、韓国人などが幅を利かせ、自警団などを組織して、集団でのし歩いている姿が目立った。

駿河湾での掃海

翌朝、三隻の駆潜特務艇は、神戸港大桟橋を離れ、駿河湾に向けて出発した。おりから海上は平穏で、帰路の航海は、第一日目は串本港まで船足をのばし、港内に一泊して、翌日は串本港から一気に熊野灘から遠州灘を突き切って夕刻、駿河湾掃海艇隊の泊地たる御前崎灯台の裏側の地頭方に到着した。

湾内には約十二隻ぐらいの傺艇と、約一千トンぐらいの米海軍の掃海艇が一隻、随伴して、指導および監視に従事していた。話によれば、日本掃海隊の指揮官として、工藤少佐という人が米艦との連係および艇隊の指揮に任じているとのことである。投錨後は、諸般の連絡をとり、わが駆特二〇二号の対艇もきまり、明日から掃海作業に従事することとなった。

機雷原は、泊地地頭方より、十カイリほどの沖合にあり、泊地を出発してちょうど一時間くらいの航程であった。対艇との間隔は約五十メートルほどで、約三百メートルぐらいの掃海用鋼索を曳航し、反復しながら終日の作業であった。艇長には艦橋で操船に従事してもらい、私はもっぱら後甲板で、甲板員とともに掃海索の準備投入および状況監視の任についていいた。

ときには掃海が成功して、係維索を切断された機雷が浮上し、波間に隠見していることもあったが、敷設が長期間にわたったせいか、機雷本体に海草が生え、ワサリワサリと波に洗われながら漂流していた。

順番で掃海作業でなしに、浮流機雷の処分の任務が回ってきた。各艇には、機雷処分用にと三八式小銃が三梃ほど搭載されていた。

処分艇になった場合は、この浮流する機雷を処分しなければならない。適当な距離まで接近して射撃するのだが、触角に命中しなければ爆発せず、また機雷本体に小銃弾が直角に命中しなければ穴が明かず、したがって沈下しない。

何十発も撃っても、なかなか爆発もしなければ、沈下もしない。夕闇は迫り、さりとて、浮流機雷にして放置するわけにもいかず、途方に暮れていると、これを遠方から監視していた米軍掃海艇が、見かねたものか、その艇は機雷より遠ざかれとの発光信号を送ってきた。

さっそく指示どおり遠ざかると、浮流機雷に接近した米軍掃海艇の上甲板に装備された十二・七センチ四連装機銃の一連射で、さしものしぶとい機雷もドドーンと爆発して一巻の終わり。

チエッ、早くやってくれればこんなに苦労もしないのにと、舌打ちと文句を言いながらも、兵員を励ましつつ、夕闇迫る海上を舳先を泊地、地頭方に向けて帰路を急いだ。

しかし、こんな苦労ばかりではなかった。掃海中に何かの拍子で機雷が水中で爆発すると、大きな魚が、衝撃を受けて数多く浮上するのだった。これを作業の合間に「タモ」で掬《すく》い上げておき、帰港後、烹炊員が料理して、吸物、照焼き、刺身など豪華なご馳走を食べほうだいのときもあった。

このようにして新参ながら、一日一日と日を重ね、掃海作業もだんだんに馴れてきて、苦労しながらも、平穏な日が過ぎていった。

停泊時の遭難

乗艇の二〇二号駆潜特務艇は、他の横防所属の僚艇十四隻とともに、例日どおり、地頭方泊地を出港し、駿河湾沖の機雷原の掃海作業に従事していた。

多分、昭和二十年も押しつまり、十二月も中旬ごろであったと思う。

相変わらず米軍掃海艇の監視を受けながら、終日、対艇とともに掃海索を曳航して反復掃海作業を繰り返し、夕刻に作業を終了、掃海索の揚収も終わり、艇は泊地に向けて帰路を急いでいた。この日は機雷発見の収穫もなく、天候は良好で海上も平穏であった。

日没前に泊地着。当時、風速四、五メートルの南西の微風が吹いていた。ちょうど陸上から駿河湾の海上に向かって吹いている状況で、艇長が安全を考慮して、泊地のいちばん奥まで進入して投錨した。差し当たりの用事もなく、夕食をすましたうえ、しばらく雑談後、明日の掃海作業に備えて、古田艇長とともに寝室に入り、早めに就寝した。

ところがであった。昼間の作業の疲れもあって一眠りしていたおり、前甲板の方で、ガラガラン、ガラガランという音がひびいているのが耳に入った。

とっさのことではあるが、走錨中の事態が推察されたため、飛び起きて軍服を着用する暇もなく、下着のまま階段を駆け昇り、上甲板に出て状況を確認した。

見れば、泊地入港後の投錨時、所定の錨鎖を繰り出して、最後に錨鎖を錨口の手前で船体に固定する抑鎖杆という金具のピン（径約十ミリ、長さ約百ミリ）が波浪の衝撃で折損し、錨鎖を固定する役目をしなくなっており、艇首が大波に煽《あお》られるたびに走錨していたのであった。

しかも天候は、夕刻の南西の風から北東の暴風に変わっており、艇首に打ち寄せる波しぶきで、短時間のあいだに下着姿で濡れねずみになっていた。

ただちに事態の重大性を考え、艇長に報告する時間も惜しみ、上甲板を走り、後部兵員室にいた就寝中の機関員に、大至急機械用意を発令した。

そして、ふたたび前部の寝室にとって返し、まだ就眠中の艇長を呼びおこし、前記の状況と、機械用意発令の件を報告して、大至急艦橋に昇り、操船してくれるよう依頼した。

報告を受けた艇長は、びっくりして衣服を着用する暇もなく、小脇に抱えて、艦橋に駆け昇っていった。

その後、私は、波しぶきで濡れた下着を乾いたものと着替え、衣類も整えて、数分後に艦橋に昇っていったのだが、先に艦橋に上がり、それまで操船に従事していたはずの艇長から、「分隊士、駄目だよ。機関が始動しないんだ」と連絡を受けた。

そのときの状況といえば、艇は流された挙句、船底が暗礁にでも接触したものか、右舷を下にして横倒しとなり、左舷側には、三メートルもあるような波高の大波が打ち寄せ、ドドーン、ドドーンと叩きつけて、高いしぶきを上げていた。

艇長はつづいて、

「分隊士、この状況では見込みがないから、総員退去をかけようと思う」との意見であった。しかし、なおも状況を検分すると、右舷側の地頭方の陸地は近いものと推察されるが、なにぶんの暗夜で、暴風の中につぎつぎに押し寄せる磯波の過ぎ去るかなたの見通しもきかない。まして寒気も強い状態の中で、兵員を退去させ、波浪に揉まれて、万が一にも犠牲者を出すようなことがあっては大変なので、

「艇長、それは駄目です。現状での総員退去は、みすみす乗員を死なすようなものだ。相手は暴風だけであり、このままで艇が波浪のためにバラバラになってからでも遅くはない。退去の覚悟はしていても、いま少し状況を見きわめ、できれば黎明を待ってから行動すべきである」と言って、艇長の意見には賛成しなかった。

このような経過の中で、何分か何十分かが過ぎたところ、突然に横倒しになっていた艇が、水平に復したのであった。大波のために暗礁より外れたらしい。機を逸せず、艇長が伝声管にしがみついて機械室を呼び出すと、すぐに応答があった。このような状態の中でも、機関員は所定の配備について、持ち場を離れなかったのであった。

さっそく、「機関始動、前進微速」が下令され、今度は一発で四百馬力のディーゼル機関が始動した。なにぶんにも陸岸は近いと思われるので、何をおいても、艇を風に立てて沖合に出なければならぬ。

艇長が、「取舵一杯」を下令すると、舵輪に取りついていた操舵員から、

「艇長、舵がききません」との報告であった。

一難去ってまた一難、艇は波浪に併行して微速で進んでいるだけである。艇長より、「分隊士、艉《とも》に行って舵の状態を見てくれ」との下令で、ただちに艦橋を駆け降りて上甲板を走り、艇艉に至る。グレーチングをめくり、舵の状況を調べる。

小船艇の舵は動力を使わずに、舵軸の上部に扇型舵頭という、大きな歯車を半分に切ったような金物と艦橋の舵輪にワイヤーの舵索で接続された小さな歯車を噛み合わせて、舵を動かすようになっている。

それが先に触礁して大波に叩かれたさい、舵も大波の圧力を受け、前記の舵索のワイヤーを通じ、艉のコーナーに固定された導輪にも力が加わって、固定していたピンが抜け飛び、結局、舵の故障となってしまったのであった。

種々考えた末、先に述べた扇型舵頭を固定すれば、舵を固定することになるので、協力してもらっている甲板員に、搭載している円材の中から適当な長さと太さの物を三本ほど探させた。これを使えば、固定できるようである。

さっそく、この状況と、今後は後部で舵を操作する旨を艇長に報告するため、伝令を艦橋に走らせた。とにかく、生還するか、難破するかの瀬戸際である。後部甲板は、波浪としぶきで腰から下は海水に浸り、寒気も強かった。

三本ほどの円材を操り、舵頭を一応固定し、徐々に艇を風に立てるように操作した。風に立ってしばらく走ったと思うと、艇首が波に叩かれてふたたび反対方に向きをかえ、波と平行に走り出すといった有様で、この作業の繰り返しであった。

とにかく、少しずつでも陸岸より離れ、沖に出ている状態で、難破とか、海岸にのし上げ

著者らが乗艇して掃海作業にあたった木造、160トン程度の駆潜特務艇

る心配は一応なくなった。だが、私も乗員も寒気と疲労で参ってしまっていた。いつしか海上は黎明を迎え、明るくなっていたが、風波はおさまってはくれない。

艦橋に赴き、艇の操舵作業を説明し、寒風と波浪の中の作業で、身体も硬直し、今後の作業の継続は困難である旨を申し入れた。しかし、艇長は、

「事情はわかるが、艇が助からなければ、この天候では自分たちの生命もない。気の毒ではあるが、頑張ってもらうしかない」との返事であった。

とはいえ、いつまでもこの状態でいることは許されないので、一考した。舵故障の原因はわかっていた。舵索を維持する導輪の固定さえできれば、舵は復旧することもできる。懸命に協力してくれている兵員に、導輪を固定していた「ピン」に代わる適当な金物はないだろうか、と相談してみた。一人の艇員が、

「分隊士、ワイヤーの穿孔鉄はいかがですかね」と提案した。

それは良い考えなので、さっそく持ってくるように指示した。持参した数本の中から適当なものを選び、導輪の穴に合わせると、穴の寸法も合う。そこでこれを大ハンマーで打ち

込んでみると、しっかりと固定できた。艦橋に連絡して舵輪を動かすと、問題なく操舵することができた。かくて、ようやく舵故障が復旧したのである。

薩摩武士の気骨

艇長も非常に喜んでくれた。舵さえ直れば一安心で、艇長は増速を指示し、少しでも早く陸岸より離れるべく、駿河湾央めざして、進航を開始した。

このようにして夜中から朝を迎え、しかも現在にいたるまで、経過する時間をも忘れての難作業から解放されたのである。濡れた衣類も着替えて、ようやく艦橋に昇ったのであった。艇は触礁した船体部分の浸水もなく、破損した舵をいたわりながら、駿河湾央から北西北に向かって、ひたすら半速で清水港めざして進んでいた。

乗員にはまだ朝食もとらせていない。烹炊員に相談すると、艇の動揺のため、炊飯が不可能とのことである。何か方法はないかとさらに相談すると、艇には貯糧品の一部に、ゴム袋入りの乾飯があるとのことであった。

余談だが、これは過去のガ島作戦当時、同方面に送られる予定のものであったが、同方面の作戦が中止となり、軍需部に保管されていたものであった。それが終戦となり、防備隊を通じて掃海隊に配給されていたのであった。

前記の烹炊員が、お湯だけなら沸かせるとのことなので、その手配を指示した。こうして遅まきながら、朝食兼昼食に、乾飯ご飯と梅ぼしにありついたが、空腹のせいもあって、大変うまかった。真っ白いほかほかの銀飯である。

かくして駆潜特務艇二〇二号はその日の夕刻、ようやくにして清水港に到着して、岸壁に繋留された。

なお、舵足ではあるが、当時の駿河湾沖掃海隊に対する乗員の給料、食糧、器材などの補給物資を積載して駿河湾に向かっていた、かつてわれわれが乗り組んでいた横防第三曳船は、久里浜港を出港直後、下田港沖で暴風雨のため遭難沈没してしまっていた。

したがって、古田艇長をはじめ、分隊士の私、また乗員ともに嚢中無一物、食糧も心もとない状態であった。

終戦後とはいえ、戦後処理の掃海に従事していた乗員たちが、予期もしない災難に直面し、よくその困難を克服して、ようやく最寄りの清水港までたどり着いたのである。ただ言葉だけの慰労では庇《へ》の突っぱりにもならない。

戦後も遠くになり、もはや時効となっていると思うので、あえて打ち明けよう。このとき、艇長と相談し、夜間密かに隣りに係留されていた漁船の船長に交渉して、多少余裕のあったディーゼル用のドラム缶入り潤滑油一本と、数条の掃海索のワイヤーを売却し、当時の金で一千二百円を調達したことである。

そして、先任下士官を呼び、全額を渡し、今日はあなたたちには大変ご苦労をかけ、お蔭さまで艇も全乗員も命びろいをした。前述の第三曳船の事故の事情で、何もしてやることができない。これはまことに微々たる金ではあるが、たとえ全乗員に甘味の一個でも渡るようにと手渡したのであった。

なお、話のついでではあるが付け加えると、このところ、出先の掃海隊員が、このような苦労と苦しみをなめながら任務を果たしている間に、久里浜の本隊では、何が起こっていたのであろうか。

後日談だが、翌二十一年二月末、自分の希望により復員し、防備隊に帰隊したおり、司令にご挨拶し、一夜食事と入浴をともにした。そのとき、司令がしみじみと語られるには、「橋本兵曹長、長いあいだ大変ご苦労であった。出先の掃海隊員の苦労はさぞかしと思われるが、残る本隊内の惨状はまことに目に余るものがあった……」

として、士官を先頭にして、隊員が全員泥棒化してしまった様子を話された。

終戦になったとはいえ、いやしくも帝国海軍の軍人として、何と賤《いや》しく、また浅ましいことであろうか。あまり目に余るので、この私が軍刀で叩き切ってしまおうかと思ったことが、再々ならずあったとも言われた。

ちなみにこの人は、鹿児島県出身の大佐であり、おそらくいまは故人になられていると思うが、さすがに薩摩武士は気骨があったと、今でも感銘を受けている。氏名は残念ながら承知していないが、これは実話である。

話は横道にそれたが、昨夕、清水港係留後、艇長が、本艇の遭難および船体機関の状況をくわしく久里浜本隊の方に市外電話により報告した。そして、今後の行動に対する指示をうけた。

清水港の係船岸壁で一夜を明かし、翌日午前、久里浜本隊から、電報による指令が入った。

操舵装置、船体および推進器なども多少損傷していると思われる駆特二〇二号に対する指令の内容は、至急神戸港に回航して、所在の三菱造船所神戸工場に入渠のうえ、船体の検査のうえ修理を行なうべしとのことであった。

代理艇長、危機一髪

かくて本艇は、指示のごとく神戸港に赴くべく午後、清水港の岸壁を解纜、出港した。途中、数日を要して神戸港に入港し、ただちに造船所のドックに入渠し、検査を行なった。過日の遭難の際に触礁した右舷中部船底は、木板部がささくれ立って、凄いものであった。推進器の翼も多少損傷していた。

しかし、船体が小さいので、それらの修理は多数の日時は要せず、四、五日で完成して出渠した。出渠後、大桟橋の神戸掃海隊本部前に回航係留した。

ところが、不幸なことが待っていた。それは古田艇長の奥さんが、急病のために逝去されたとの電報が入っていたことであった。艇長の出身は福島県であったが、葬儀、それに爾後の家庭の問題もあり、ただちに帰郷しなければならなくなった。そして、今後も在隊する見込みはなく、復員する考えであると告げられた。

「大変とは思うが、新艇長が着任するまで、よろしく頼む」とのことであった。

事情が事情なので、とかくのことをいってもおられず、何とかやってみます、と返事をした。そして至急、帰郷する艇長を送り出した。いままでは分隊士で、艇長とでは、それぞれの職分がちがうので、目先のことを考えると、正直いって大変なことになったと思ったのも事実である。

さて、翌日からはふたたび掃海作業であるが、いままでの係維式機雷の掃海とは異なり、今度は米軍投下の磁気機雷の掃海で、作業内容が異なった。旧方式の掃海機材を全部陸揚げし、新しい機材も搭載した。そして乗員にも、新しい掃海の方法と機材の取り扱いの要領を説明した。

午後、掃海部事務所に赴き、掃海指揮官と打ち合わせを行なった。なにぶん代理艇長なので、艇の運用と、神戸港海域の習熟のため、現在行なわれている米軍掃海艇隊に対する警戒艇任務を希望し、要求を容れられた。

帰艇して、乗員にも明日の本艇の任務を説明した。夕食後は、海図あるいは現在実施中の米軍掃海域などの図面の下調べをして、早めに就寝した。

翌朝となり、いよいよ今日から出艇だ。泣いても笑っても、とにかく、やらなければならない。早めではあったが、午前七時、離岸して港外に向かい、防波堤外に出た。港内各所には、高等商船学校の練習船の大成丸、あるいは南米航路のブラジル丸、その他船名不詳の商船が沈没して檣《マスト》だけが海面に姿を見せていた。

米軍の掃海艇隊は、すでに所定海域の掃海作業に従事していた。

本艇の任務は、これらの掃海隊の作業に対し、大阪湾内を運航する多数の機帆船などが接近して妨害するのを排除することであった。

午前中は忠実に、接近する機帆船の排除に走り回っていたが、やはり新米艇長の経験不足は争えない。数年前に東京湾で発生した、潜水艦なだしおと第一富士丸の衝突事件ではないが、それに似たような事柄が発生した。

私も航海が専門であるから、海上衝突予防法も勉強しており、また乙種一等航海士の免状も所持していた。しかし、対向する相手の機帆船が、法規どおりに動いてくれず、航過直前にきて転舵され、自艇の前面に立ちふさがる形になってしまったのであった。

とっさではあったが、主機停止、後進全速、面舵一杯を下令して、あとは成り行きを見まもっていた。機帆船と本艇は刻々に接近したが、舵が利き、危機一髪、舷と舷が擦り合うようにしてかわすことができ、衝突をまぬかれることができた。

もし衝突事件でも起こせば、大変なことになるところであった。理否はともかくとして、あまり腹が立つのでメガホンで怒鳴りつけ、かつ三八式小銃で狙ぃをつけ、射つマネをして、相手をおどかした。

しかし内心は、ホッと安堵の胸をなでおろし、事故にならなかった幸運を感じていた。それにしても、船舶の交通のはげしい海面での操船では、たとえ一瞬の間でも気をゆるめることができないことを痛感し、爾後の行動にたいへん参考になったのであった。

しかし、正直にいうと嫌気がさし、また多少自信も失った。そこで午後は、神戸港の防波堤の突端に係留し、乗員には休養をいい渡した。そして夕刻まで時間を稼ぎ、午後五時に帰港、岸壁に係留した。私は何くわぬ顔をして事務所に出頭し、無事任務終了、帰着係留した旨を報告して帰艇した。

帰郷した日

一夜が明け、いよいよ今日から掃海作業である。掃海艇隊の出港時刻は午前七時である。

全艇員それぞれ所定の配置につき、私も艦橋に昇り、解纜出港した。対艇たる前続艇にしたがって、掃海目的海域たる明石海峡に舳を向けた。

現場までの航程は、原速十ノットで約一時間を要した。八時過ぎに現場着、対艇に接舷、磁杆付きの掃海索を結合し、海中に投入する。その後は両艇の間隔を約七十メートルぐらいに開き、半速八ノットぐらいで終日反復しながら、掃海作業を行なうのである。

ここで磁気機雷の掃海具を簡単に説明すると、約百メートルぐらいの鋼索に、磁杆といって、径五十ミリ、長さ一メートルぐらいの励磁した鉄棒（すなわち磁石の棒である）を三メートルぐらいの間隔で三十本ほど装着したものに、それぞれ百メートルぐらいの曳索をつけ、海中に投入、曳航するのである。

午後三時にいたり、掃海作業を中止して、明石市側の浅海面まで行き、ワイヤーおよび磁杆引き揚げ作業を行なうのであるが、ワイヤーの重量が重く、大変骨の折れる作業であった。人力に頼るほかなく、手空き総員でも一時間ぐらいかかる作業であった。揚収が終わると、最後に対艇との結合を離し、ただちに舳先を神戸に向け帰路を急ぐのであった。途中、和田岬の鼻をかわして、神戸大桟橋着、岸壁に係留を終わってようやくホッとする。

今朝の七時出港時より、入港係留まで艦橋に立ちずくめで、一歩も下に降りることはなかったのである。きょう一日の作業でだいたい要領をのみ込み、なんとか作業を継続し、責任も果たせそうであった。

一息入れて、掃海事務所に赴き、きょう一日の作業内容の報告をすませ、帰艇した。

このように危険をともなうとはいいながら、作業そのものは単純なものであった。私をはじめ乗員は、技術もだんだん向上していった。掃海具の揚収なども工夫して、時間を短縮したり、また楽な方法を考え出したりした。

ただし、代理艇長の私だけは交代者がなく、出動日は、出港から入港まで艦橋に詰めきりで、昼食は烹炊員に握り飯をつくらせ、それを艦橋でとってすませていた。

十二月も過ぎ、一月ともなると、駿河湾方面の掃海に従事していた僚艇も、同方面の掃海作業の終了にともない、逐次、神戸掃海隊に合流して、次第ににぎやかになった。明石海峡はもちろん、神戸港内、また大阪港と、掃海区域も拡げられていった。

その間、事故も問題も起こらずに作業をつづけ、一月もまたたく間に過ぎた。二月も中旬となり、久里浜の本隊から、駆特二〇二号艇長として、川田大尉が着任してきた。

ようやく代理艇長の任が解かれ、本来の分隊士に戻った。

ここで一息入れてみると、終戦直前、郷里茨城県の実家に帰した妻子のことも気にかかる。また、最後まで面倒を見るといった乗員の退艇希望者も、逐次本隊と連絡をとりながら、希望どおりに交代させた。

それに過日の駿河湾における遭難の印象も生々しく、戦時中、九死に一生を得て生還した身には、将来いつまでつづくのか、あてのない掃海業務に疑問を感じるようになった。

そろそろ親子三人で暮らすことがいちばん幸せと感じ、新艇長着任を好機として、久里浜本隊に復員希望を連絡した。その希望が容れられて、昭和二十一年二月二十二日、神戸で二〇二号駆潜特務艇を退艇し、同二十四日、久里浜の横須賀防備隊に帰着した。そして翌二十五日に解員、即日、帰郷したのであった。

あとがき

太平洋戦争が終結してはや五十七年を歴し、当時の記憶も次第に希薄になりつつある。振り返れば、小壮気鋭とはいいながら、よくも頑張ってきたものと、つくづく考える。

海軍軍人としての厳しい軍律の下で、下級軍人の身分ではありながら、空母艦隊司令部の職員として五年あまりにわたり在職し、数次の海戦に参加して自分の能力の限りを尽くし、あたえられた責任を果たすべく努力してきた。

終戦による解員後、造船会社で働いていたが、過去の長期にわたる海上勤務のために、戦後肺結核を発病し、以後十数年間にわたって闘病生活を余儀なくされた。その間、勤務する会社の温情で、生活面の面倒を見てもらうとともに、家庭では、実直な家内が、比較的裕福な実家の援助を受けながら生活を守り、二児を育成して、それぞれ一通りの教養も身に付けさせて社会に送り出し、現在いずれも中堅として活躍している。

その後、私の肺結核も、奇跡的に回復して現在にいたり、老耄《ろうもう》を除いては病気知らずである。しかし反対に家内が病弱となり、心臓疾患、胃ガン、盲腸炎から交通事故に会う連続で、最後は脳出血のため、現在二ヵ年余にわたって入院加療を余儀なくされている。

思い返せば、過去の日本帝国は、昭和年代の初期より約十五年間にわたり、中国をはじめとして米、英、露、蘭その他世界四十余ヵ国を敵とする戦乱の渦中にあった。

しかし、戦いは利あらず、陸海軍は敗亡。国土は焦土と化し、国民は飢餓に苦しむ状態となり、昭和二十年八月十五日、遂に降伏した。だが、戦後の日本国民は、戦争を放棄する新憲法の下に、鋭意努力して、今日の繁栄を築きあげたのであった。

ところが、この繁栄の裏で傲《おご》りを生じ、国民は過去の苦難、また戦乱の犠牲になった数百万人におよぶ軍人、国民があったことを忘却し、ともすれば放逸に流れる傾向にあるような気がする。

現在の日本国民は、今一度、過去を振り返り、すべての傲りを捨て、心を新たにして、過去における戦乱の犠牲者およびその家族に思いを致すべきであろう。現代社会に生きて、戦争の悲苦を知らない若い人々の参考にでもなればと、八十路を過ぎた老翁が、あえて禿筆を執った次第である。

平成十三年八月

橋本廣

単行本　平成十三年十二月　光人社刊

NF文庫

機動部隊の栄光　新装版

二〇一八年九月十九日　第一刷発行

著　者　橋本　廣

発行者　皆川豪志

発行所　株式会社　潮書房光人新社

〒100-8077　東京都千代田区大手町一-七-二

電話／〇三-六二八一-九八九一(代)

印刷・製本　凸版印刷株式会社

定価はカバーに表示してあります

乱丁・落丁のものはお取りかえ致します。本文は中性紙を使用

ISBN978-4-7698-3088-7　C0195

http://www.kojinsha.co.jp

NF文庫

刊行のことば

第二次世界大戦の戦火が熄《や》んで五〇年——その間、小社は夥しい数の戦争の記録を渉猟し、発掘し、常に公正なる立場を貫いて書誌とし、大方の絶讃を博して今日に及ぶが、その源は、散華された世代への熱き思い入れであり、同時に、その記録を誌して平和の礎とし、後世に伝えんとするにある。

小社の出版物は、戦記、伝記、文学、エッセイ、写真集、その他、すでに一、〇〇〇点を越え、加えて戦後五〇年になんなんとするを契機として、「光人社NF（ノンフィクション）文庫」を創刊して、読者諸賢の熱烈要望におこたえする次第である。人生のバイブルとして、心弱きときの活性の糧《かて》として、散華の世代からの感動の肉声に、あなたもぜひ、耳を傾けて下さい。